C. B. Lessmann * Drei Freundinnen auf Zickenkurs

C. B. Lessmann

*sisters

Drei Freundinnen auf Zickenkurs

Loewe

Bibliografische Information Der Deutschen Bibliothek
Die Deutsche Bibliothek verzeichnet diese Publikation
in der Deutschen Nationalbibliografie;
detaillierte bibliografische Daten sind im Internet
über *http://dnb.ddb.de* abrufbar.

Der Umwelt zuliebe ist dieses Buch
auf chlorfrei gebleichtem Papier gedruckt.

ISBN 3-7855-5358-7 – 1. Auflage 2005

Sonderausgabe. Bereits als Einzelbände *Dicke Freunde, dünne Haut*
und *Zicken, Zoff und viel Gefühl* im Loewe Verlag erschienen.
Umschlagillustration: Eva Schöffmann-Davidov
Umschlaggestaltung: Andreas Henze
Gesamtherstellung: Clausen & Bosse, Leck
Printed in Germany

www.loewe-verlag.de

Dicke Freunde, dünne Haut

1. Kapitel

„Was zum Teufel ist das denn?“, quiekte Jasmin. Mit spitzen Fingern zog sie einen flachen Karton unter ihrem Bett hervor und klappte ihn auf. Laura, die gerade ins Zimmer gekommen war, warf einen kurzen Blick auf den Inhalt und grinste. „Das ist entweder ’ne überfahrene Katze oder die Pizza, die ich vor drei Wochen bestellt habe“, meinte sie trocken.

„Und warum liegt das Ding unter meinem Bett?“ Angewidert verzog Jasmin das Gesicht. „Das stinkt ja ekelhaft!“

Laura nickte. „Eben deshalb.“

„Verdammte Scheiße!“, fluchte Jasmin, ließ den Karton fallen und verpasste ihm einen Tritt. „Kannst du nicht ein bisschen ordentlicher sein?“

Laura zuckte mit den Schultern. „Was soll das Geschrei? Meine Seite des Zimmers ist doch aufgeräumt.“

„Kunststück, wenn du deine Abfälle fleißig in meine schaufelst!“

Unbeeindruckt zog Laura eine Schnute und ließ sich aufs Bett plumpsen, das unter ihrem Gewicht bedenklich knarrte. Sie angelte sich eine Tafel Mokkaschokolade vom Regal, riss sie auf und stopfte sich die Riegel in den Mund.

„Warum machen wir uns überhaupt all die Mühe?“, fragte sie kauend. „Diese Diebin lassen wir doch nicht in unser Zimmer rein, oder?“

„Hey, immer langsam!“

Jasmin hockte sich neben Laura aufs Bett und schaute sie kopfschüttelnd an. Das war wieder mal typisch!, dachte sie.

Sobald sich irgendwas verändern sollte, ging Laura auf alle und jeden los.

„Wir wissen doch noch gar nichts von ihr", sagte Jasmin. „Vielleicht ist sie ja ganz nett. Außerdem kennst du die WG-Regeln. Keine verschlossenen Türen."

„Die können uns nicht zwingen, mit einer Verbrecherin zusammenzuwohnen, und uns dann verbieten, dass wir uns vor ihr schützen", erklärte Laura bestimmt.

„Wenn wir ganz lieb bitten, kriegen wir vielleicht 'ne Pistole, damit wir uns gegen sie verteidigen können", höhnte Jasmin. „Oh Mann, du machst nicht nur jede Menge Müll – du redest auch welchen!"

Langsam ging ihr Lauras Gequatsche auf die Nerven. Die Neue war für Dienstag angekündigt. Und das war heute. Irgendwann im Laufe des Tages würde sie hier auftauchen. Also war da sowieso nichts mehr zu machen.

Eigentlich war Jasmin froh darüber, dass sie nicht mehr allein mit Laura in der WG wohnen musste. Denn so lustig war es hier seit Nicoles Rauswurf auch nicht mehr.

„Diese Magdalene hat mal geklaut – na und? Du hast auch schon oft genug Mist gebaut", sagte sie zu Laura.

„Ja, ich weiß", knurrte Laura. „Allerdings würde ich niemals klauen, kapiert?"

„Aber nur, weil du nicht schnell genug wegrennen könntest." Scheiße!, dachte Jasmin sofort. Das hätte ich nicht sagen sollen.

Zu spät. Wütend sprang Laura vom Bett, stemmte die Hände in die Hüften und fauchte: „Aha, ich bin also fett! Vielen Dank für dieses tolle Kompliment, du Arsch!"

Jasmin war gespannt, was jetzt folgen würde: ein Wutanfall oder ein Heulkrampf? Sie fand es unmöglich, dass Laura bei jeder kleinsten Anspielung auf ihr Gewicht total ausrastete. So was Bescheuertes! Wusste sie denn nicht selbst, dass sie nicht so schlank war wie ein Model? Machte sie etwa jedes Mal die Augen zu, wenn sie vor dem Spiegel stand? Hm, irgendwie war ihr das sogar zuzutrauen.

Wenn sich Laura für den Heulkrampf entschieden hätte, wäre Jasmin vielleicht dazu bereit gewesen, ihre Zimmernachbarin zu trösten. Aber Laura hatte mit ihrer Brüllnummer losgelegt. Und darauf reagierte Jasmin mit versteinerter Miene und eisigem Schweigen. Sie schaute an Laura vorbei zum Fenster hinaus, hinter dem es allerdings nicht viel zu sehen gab. Es war ein nebliger Nachmittag im Oktober. Die Äste des Kastanienbaums waren fast kahl. Nur noch zwei Monate bis Weihnachten, dachte Jasmin.

Wann würde Laura endlich die Puste ausgehen? Sie tobte immer noch herum und warf Jasmin allen möglichen Schwachsinn vor, zum Beispiel den Duft ihres Deostifts oder die Farbe ihres Bademantels.

Zu gern hätte Jasmin zurückgeschrien, aber dann hätte sich der Streit garantiert in eine Klopperei verwandelt. Wie gemein von Laura, sich ausgerechnet jetzt so aufzuregen! Schließlich war sie es gewesen, die fast eine Stunde die Wohnung aufgeräumt hatte. Wie üblich hatte Lauras Unterstützung nur aus ein paar Kommentaren bestanden. Sie kam nicht auf die Idee, selbst mal einen Finger zu rühren.

Jasmin war stinksauer! Doch statt sich das anmerken zu lassen, erhob sie sich vom Bett, legte eine Hand auf Lauras Schulter und meinte: „Komm, reg dich ab! In den letzten Wochen bist du viel schlanker geworden."

Prompt erschien ein Lächeln auf Lauras Hamsterbacken. „Wirklich? Das hab ich mir heute Morgen auch gedacht, als ich aus der Dusche kam. Meine Wampe ist nicht mehr ganz so fett, oder?"

„Stimmt", schwindelte Jasmin.

Warum wurden Lügen eigentlich für was Schlechtes gehalten?, dachte Jasmin. Die waren doch viel weniger schädlich als die Wahrheit, mit der man fast jeden zur Verzweiflung bringen konnte.

Natürlich hatte Laura kein Gramm abgenommen. Alle paar Tage startete sie eine neue Diät, die sie dann aber höchstens bis zum Abendbrot durchhielt. Eine Zeit lang hatte sie eifrig Kalorien gezählt. Abgenommen hatte Laura dabei kein bisschen – dafür war sie allerdings im Kopfrechnen besser geworden.

„Entsorgst du jetzt bitte die Reste der Pizza?", bat Jasmin. „Oder was das hier sonst darstellen soll."

Laura nickte. „Okay, wird erledigt." Sie schnappte sich den Karton und brachte ihn zum Abfalleimer. Als sie aus der Küche zurückkam, stieß sie einen Seufzer aus und meinte: „Kaum ist diese Neue im Anmarsch, fangen wir schon an zu streiten."

„Ach? Wir streiten doch immer!", erwiderte Jasmin.

Wirklich ein Jammer, dass Nicole nicht mehr da war! Die hatte viel besser mit Laura umgehen können. Nicole war einfach supercool. Ja, okay, vielleicht ein bisschen zu cool. Die Regeln in der WG waren klar und wurden entweder von Lilli oder von Felipe oder von beiden zugleich einmal die Woche wiederholt. Eine lautete: Jungs dürfen nicht über Nacht bleiben. Eine andere: keine Drogen.

Für Jasmin war das kein Problem. Drogen würde sie nie anrühren – und Jungs durften sich das bei ihr nicht erlauben. Zumindest hatte sie noch keinen getroffen, für den sie eine Ausnahme gemacht hätte. Offenbar lebten die einzigen wirklich netten Typen in Hollywood und ließen sich nur ab und zu auf der Kinoleinwand blicken.

Nicole hatte beide Regeln auf einmal gebrochen. Noch dazu mit Marco, diesem Vollidioten! Jedes Mal, wenn dieser blöde Kerl in Jasmins Gedanken auftauchte, stellten sich ihre Nackenhaare auf.

„Lass uns wenigstens unsere wertvollsten Sachen verstecken", schlug Laura plötzlich vor und riss Jasmin aus ihren Gedanken.

Seufzend willigte Jasmin ein, damit Laura endlich Ruhe gab. „Packen wir unsere Rubinringe und die goldenen Uhren in den Safe!", grinste sie.

Lachend machte sich Laura daran, ihre Sachen zu durchstöbern. Jasmin hingegen ging zum Fenster und schaute hinaus in den Nebel. Sie hatte nichts Wertvolles, das sich zu verstecken lohnte. Jedenfalls nichts, was die Neue klauen konnte. Das Wichtigste in Jasmins Leben waren die Jahre, die sie mit ihrer Mutter verbracht hatte.

„Irgendwas gefunden?", hörte sie Laura hinter sich fragen und drehte sich um.

„Nein", antwortete Jasmin. „Und du?"

Wortlos präsentierte ihr Laura den Mercedesstern in ihrer Hand. Sie hatte Jasmin schon mal von dem Stern erzählt, ihr ihn aber nie gezeigt. Er stammte von dem Auto, mit dem Lauras Mutter verunglückt war. Laura war damals erst zwei Jahre alt gewesen.

„Ich verstehe echt nicht, warum du ihn aufgehoben hast", murmelte Jasmin. „Warum willst du unbedingt an diesen schrecklichen Unfall erinnert werden? Mit deiner Mutter hat dieser Stern doch gar nichts zu tun."

Ratlos zuckte Laura die Schultern. „Ich kann mich eben nicht von ihm trennen."

Jasmin gab sich einen Ruck. „Ich bin übrigens genauso bescheuert wie du", gestand sie und ging zu ihrem Kleiderschrank. Ein paar Sekunden später hielt sie eine leere Flasche zwischen den Fingern.

„Nanu!“, wunderte sich Laura. „Unsere Antialkoholikerin mit einer Pulle Schnaps?“

„Nein, kein Schnaps. Da war mal Cognac drin.“

„Und wohin ist der verschwunden?“

„In meiner Mutter. Das ist die letzte Flasche, die sie getrunken hat“, erklärte Jasmin. „Seitdem hat sie keinen Tropfen mehr angerührt.“

„Hm“, machte Laura nur.

„Nein, wirklich! Sie macht gerade einen Entzug. Schon seit drei Wochen.“

Bisher hatte sie Laura noch nichts davon erzählt. Sie konnte sich nämlich denken, wie die darauf reagieren würde. Genau so hatte sie ihrer Mutter gegenüber ja auch reagiert. Und zwar mit fast den gleichen Worten, die Laura nun benutzte: „Wieder mal?“

„Diesmal ist es endgültig!“, behauptete Jasmin nachdrücklich, womit sie nicht nur Laura überzeugen wollte, sondern auch sich selbst. „Sie ist trocken.“

„Wie ein Fisch im Wasser.“

Gereizt ließ Jasmin die Flasche wieder im Schrank verschwinden. Wenn sie das über ihre Mutter sagte, dann war das okay. Aber Laura durfte sich das noch lange nicht erlauben. Sie hätte lieber die Klappe halten sollen. Doch außer Laura gab es eigentlich niemanden, mit dem sie überhaupt darüber geredet hätte. Mit Lilli und Felipe schon gar nicht. Wenn einer von den beiden mit ihrem „emotional“ oder „psychisch labil“ loslegte, blockte sie sofort ab.

„Was ist denn mit dem Geld, das dir deine Großmutter vererbt hat?“, erkundigte sich Laura neugierig. „Du hast doch gesagt, du hättest das hier irgendwo versteckt.“

„Hab ich auch. Aber mach dir keine Sorgen, das findet kein Mensch. Du auch nicht“, fügte Jasmin schmunzelnd hinzu. „So, und jetzt geht's wieder an die Arbeit. Willst du lieber die Küche aufräumen oder das Bad putzen?“

„Einkaufen“, antwortete Laura und stieg in ihre Turnschuhe. „Wir haben doch gar nichts zum Knabbern da, wenn die Neue –“

„Magdalene“, verbesserte sie Jasmin.

„Ja, ich weiß! Also wenn diese Magdalene schon kommen muss, sollten wir was zu futtern haben. Ich geh mal kurz zum Kiosk, okay?“

Typisch Laura! Es gab wirklich nichts Essbares mehr in der Wohnung. Aber natürlich wollte sie nur verduften, um sich vor dem Aufräumen zu drücken ...

„Lilli kommt doch gleich rüber, um uns noch was über Magdalene zu erzählen“, gab Jasmin zu bedenken.

„Darum hau ich ja ab!“, rief Laura. „Vergiss nicht, sie um die Knarre zu bitten!“

Und weg war sie! Immerhin hatte sie den Hund mitgenommen.

Jasmin atmete tief durch. Ein Kontrollgang durch die Wohnung konnte nicht schaden. Die Küche war eigentlich okay. Was in erster Linie daran lag, dass sie kaum benutzt wurde. Das Bad – äh, na ja, das ging eigentlich niemanden was an. Wenn es Magdalene zu schmuddelig war, würde sie keiner abhalten, etwas daran zu ändern. Und Nicoles Zimmer? Das war aufgeräumt, so wie sie es verlassen hatte.

Jasmin blieb einen Augenblick in der Tür stehen und dachte an Nicole. Nun war sie wieder in einem Heim. Im achten oder neunten inzwischen. So genau wusste das Nicole selbst nicht. Klar, irgendwie war sie selbst dran schuld. Aber wenn dieser verdammte Marco nicht gewesen wäre ...

Die Wohnungstür wurde aufgeschlossen, und Lilli kam mit einem fröhlichen „Hallo allerseits!“ hereingestöckelt.

Warum musste Lilli immer Schuhe mit Absätzen tragen? Sie konnte ja doch nicht damit gehen.

Außerdem war Anklopfen für sie ein Fremdwort. Das war allerdings nur einer der Punkte, die den Mädchen auf die Nerven gingen.

„Na, wie läuft's denn bei euch Hübschen?“, flötete sie zur Begrüßung. Einer ihr Standardsätze und somit Punkt zwei auf der Nervliste. Gefolgt von: „Was gibt's Neues?“

„Och, nichts Besonderes“, berichtete Jasmin gelangweilt und ging voran in die Küche. „Laura ist heroinsüchtig und überlegt, auf den Strich zu gehen. Ich bin schwanger und habe mir ein Schlachtschiff auf die linke Brust tätowieren lassen. Die Wohnung ist aufgeräumt, und wir beide freuen uns auf Magdalene.“

Schon beim ersten Satz waren auf Lillis Stirn bedrohliche Falten erschienen. Dass ihr Sinn für Humor nicht halb so groß war wie ihre Angst vor Spinnen und Silberfischchen, wusste Jasmin natürlich. Gerade deshalb fiel es ihr schwer, im Umgang mit Lilli auf Witze zu verzichten.

„Kannst du mir nicht ernsthaft antworten?“, brummte sie und ließ sich am Küchentisch nieder. „Schließlich hab ich dir eine ernsthafte Frage gestellt.“

Jasmin schnaubte: „Na schön: Wir freuen uns kein bisschen auf Magdalene.“

„Warum denn nicht? Sie ist doch ein nettes Mädchen. Außerdem seid ihr dann wieder zu dritt gegen uns. Bedenke die Möglichkeiten!“

Den Gedanken hatte sie sicher von Felipe. Offenbar hatten die beiden einen richtigen Schlachtplan entworfen, um ihnen Magdalene schmackhaft zu machen.

„Kennst du sie denn schon?“, fragte Jasmin und hockte sich mit verschränkten Armen auf die Fensterbank.

„Äh – nicht persönlich. Nur ihre Akte. Sie hat sehr viel durchgemacht. Genau wie ihr.“

Oh Gott!, dachte Jasmin. Gleich würde Lilli wieder ihre berühmten feuchten Kuhaugen bekommen und beide Hände auf Jasmins Schultern legen. Jasmin war schleierhaft, warum Lilli Sozialpädagogin geworden war. War sie nicht viel zu weich für diesen Job? An manchen Tagen zerfloss sie förmlich vor Mitleid mit den Mädchen in der WG.

Felipe, der zweite Betreuer, war da ganz anders. Er blieb immer cool und ließ sich durch nichts sonderlich erschüttern, schon gar nicht durch irgendwelche Leidensgeschichten. Jasmin fand ihn eigentlich ganz nett. Na gut: Sie war total in ihn verknallt, aber sie hätte sich eher die Zunge abgebissen, als jemandem das zu verraten.

Was Jasmin über Magdalene zu hören bekam, beeindruckte sie nicht sonderlich. Ärger mit der Familie, genauer gesagt mit ihrer Mutter, ihrem Stiefvater und Stiefbruder. Mit diesem Stiefbruder kam sie wohl gar nicht zurecht. Es gab viel Stress, und sie fing mit der Klauerei an.

„Ja, ja, schon gut“, unterbrach Jasmin Lillis Bericht. „Den Rest kann ich mir denken. Probleme in der Schule, emotional unterentwickelt und psychisch labil – oder umgekehrt – und grauenvolle Erfahrungen als Sanitäterin im Zweiten Weltkrieg, stimmt’s?“

Lillis viel zu rote Lippen verzogen sich in grenzenlosem Unverständnis. „Warum machst du dich darüber lustig, Jasmin? Du hast doch selbst einiges erlebt! Erst die Sache mit deiner Mutter. Und jetzt der Tod deiner Großmutter. Das sind doch auch ernste Probleme. Wie kannst du Witze darüber machen?“

„Eben deshalb.“

Dafür hatte Lilli nur einen verständnislosen Blick übrig. Dann holte sie tief Luft. Jasmin konnte sich denken, was Lilli vorhatte: einen ihrer endlosen Vorträge zum Thema Egoismus und Mitgefühl. Um sie daran zu hindern, fragte Jasmin schnell: „Magdalene hat also nicht geklaut, weil sie klauen wollte, sondern weil sie damit ihre Probleme lösen wollte?“

„Hm, das ist alles etwas komplizierter“, sagte Lilli nachdenklich. „Darüber reden wir dann alle zusammen, okay? Jetzt ist erst mal wichtig, dass sich Magdalene von Anfang an hier wohl fühlt. Ihr werdet doch nett zu ihr sein, oder?“

„Na klar werden wir das!“, versicherte Jasmin und setzte ihr strahlendstes Lächeln auf. „Aber wir werden trotzdem höllisch auf unsere Sachen aufpassen ...“

2. Kapitel

Verdammter Mist!

Magdalene hatte so sehr gehofft, die ganze Fahrt über das Abteil für sich allein zu haben. Aber nein – bereits an der nächsten Station tauchte ausgerechnet diese Hundertjährige mit den dreitausend Falten im Gesicht auf und setzte sich ihr gegenüber.

Wann würde sie mit der Quasselei loslegen? Seit zehn Minuten schwieg die alte Dame nun schon vor sich hin. Bekam sie ihre Lippen etwa nur noch zum Essen auseinander? Alle alten Frauen, die Magdalene kannte (insgesamt zwei), waren unerträgliche Quatschtanten. Es war sicher nur eine Frage der Zeit, bis die scheintote Oma zu faseln anfangen würde. Wahrscheinlich über ihre Krankheiten und die gute alte Zeit! Vielleicht würde sie auch Geschichten über ihre Enkel und eine Tüte Kekse auspacken.

„Na, junges Fräulein?“, begann sie schließlich. Ihre Stimme klang überraschend jung. „Wohin geht denn die Reise?“

„Düsseldorf. Fotos machen“, grunzte Magdalene kurz angebunden. Unfreundlichkeit konnte nie schaden, wenn man seine Ruhe haben wollte.

Doch die Dame ließ nicht locker. „Fotos?“, wiederholte sie. „Von der Altstadt und der Königsallee?“

„Nein, von mir!“, schnaubte Magdalene. „Schon mal was von ’ner Fotosession gehört? Ich bin Model.“

Neugierig begutachtete die Dame Magdalenes Gesicht. Hoffentlich waren ihre Augen so schlecht, dass sie die zwei Riesenpickel auf Magdalenes Stirn nicht richtig erkennen konnte. Auf ätzende Kommentare über ihr Aussehen legte Magdalene keinen Wert. Davon hatte sie in den letzen Monaten mehr als genug zu hören bekommen.

„Model für Strümpfe“, erklärte sie deshalb schnell und streckte der Dame eines ihrer Beine vor die Nase.

„Sehr hübsch“, meinte die Frau und nickte anerkennend. „Wirklich sehr hübsch! Obwohl ich mit meinen Beinen auch sehr zufrieden bin. Jedenfalls mit dem linken. Hier, was sagen Sie dazu?“

Sie bückte sich, langte unter ihren Rock und zog kurz darauf ein Bein hervor. Entsetzt schrie Magdalene auf.

„Was ist denn das?“, kreischte sie.

Das Ding, mit dem die Dame wie mit einem Schwert in der Luft herumfuchtelte, hing mit keiner Faser an ihrem Körper fest.

„Sieht doch ganz echt aus, oder?“, fragte die Oma und freute sich diebisch über Magdalenes verdatterte Miene.

„Diese Plastikstelzen werden heutzutage richtig gut gebaut. Kein Vergleich zu den alten Holzbeinen von früher!“ Zufrieden schnallte sie ihr Bein wieder an. „Sieben Komma zwei Sekunden ist meine Bestzeit – ab und wieder dran“, erklärte sie stolz. „Aber das hat auch einen Grund: Ich trainiere sehr viel mehr als die anderen im Heim.“

Plötzlich streckte sie die rechte Hand aus, die nur aus Haut und Knochen bestand. Magdalene zögerte einen Moment, ehe sie die Hand schüttelte.

„Ich bin Ingrid Buchfels. Aber die meisten im Heim nennen mich –“. Sie stockte. „Raten Sie doch mal, wie ich genannt werde“, forderte sie Magdalene schmunzelnd auf.

„Äh – Ingrid?“, versuchte es Magdalene.

Die Dame kicherte „Aber nein! Ich werde Speedy genannt. Ja, stellen Sie sich vor: Speedy! Sie kennen doch Speedy Gonzales, oder? Die Zeichentrickmaus!“

Oh nein – nun fing die Dame auch noch an zu singen! „Speedy bie, Speedy bo – die schnellste Maus von Mexiko!“

„Ich muss mal aufs Klo!“, reimte Magdalene und flüchtete schneller aus dem Abteil, als Speedy ihr Bein abschnallen konnte.

Verdammt! Dass heute nicht ihr Glückstag werden würde, wusste sie spätestens, seit ihr morgens ihr Armreifen ins Klo gefallen war. Aber diese aufdringliche Oma in ihrem Abteil war wirklich zu viel.

Natürlich war Magdalene nicht auf dem Weg zu einem Fotoshooting. Sie sollte in eine WG ziehen. Zu zwei wildfremden Mädchen, die vermutlich weiß Gott was auf dem Kerbholz hatten. Und jetzt saß auch noch diese durchgeknallte hundertjährige Maus mit Plastikbein in ihrem Abteil und sang ihr etwas vor. Magdalene konnte sich lebhaft vorstellen, aus was für einem Heim die entsprungen war.

Mit Heimen kannte sie sich aus. Drei verschiedene in zwei Jahren sollten reichen. Aber immer noch besser als zu Hause rumzuhängen bei der lieben Mama und dem allerliebsten Stiefbruder.

Sie betrachtete ihr Gesicht im Spiegel. Ganz nett, aber nicht gerade Claudia Schiffer. Und die Pickel wirkten auch nicht unbedingt verschönernd. Die Erdbeermaske hatte einen Dreck gebracht! Wenn sie auch gut geschmeckt hatte. Magdalene seufzte. So würde sie nie Model werden.

Mit einem Namen wie Magdalene war das allerdings auch ausgeschlossen. Da blieb einem höchstens eine Karriere in der Volksmusik. Warum hieß sie nicht Desirée wie die schöne Frau in dem Film, den sie letztens gesehen hatte? Das klang nach einem großen Schicksal, nach Romantik und Leidenschaft. Aber Magdalene? Würg!

Um überhaupt berühmt werden zu können, musste sie sich so schnell wie möglich einen Künstlernamen zulegen. Desirée ... Das war wirklich perfekt. Nur Desirée, sonst nichts. Wie Madonna. Und Cher. Und – äh – Heino.

Magdalene holte einen Abdeckstift aus ihrer Handtasche und begann, ihre Pickel zu betupfen. Dabei merkte sie, wie ihre Hände zitterten. So irrsinnig aufgeregt war sie wegen der anderen Mädchen in dieser seltsamen WG.

Sie hatte keinen Schimmer, was sie dort erwartete. Wahrscheinlich zwei ehemalige Drogensüchtige, die sie zu ihrer Sklavin machen würden. Vielleicht liefen die ständig mit Messern bewaffnet durch die Gegend.

Die letzten paar Wochen hatte Magdalene in einem Heim außerhalb von Düsseldorf verbracht. Die anderen Mädchen dort waren neidisch gewesen, weil sie in diese WG ziehen durfte. Angeblich der letzte Schrei, den irgendwelche Sozialpädagogen ausgebrütet hatten.

Irgendwie fühlte sich Magdalene wie ein Versuchskaninchen. Man nehme eine Hand voll Heimkinder zwischen fünfzehn und siebzehn, stecke sie in eine eigene Wohnung, die Betreuer in die Wohnung nebenan und warte, was passiert. Na was wohl! Selber kochen, selber waschen, selber aufräumen? Oh Gott, bestimmt würde Magdalene bald völlig verdreckt mitten in ihrem eigenen Müll verhungern. Tolle Idee!

Noch länger auf einer Zugtoilette zu hocken hatte allerdings auch nicht viel Sinn. Das Ergebnis ihrer Schminkaktion war nicht gerade berauschend: hellrosa Tupfer in einem leichenblassen Gesicht. Sie hatte ihre Pickel nicht überdeckt, sondern markiert. Seufzend wischte sie sich die Stirn mit einem Stück Klopapier ab. Dann schlenderte sie in Zeitlupe zurück zum Abteil.

Möglich, dass Speedy inzwischen eingepennt war. Die meisten alten Leute verbringen ja bekanntlich den Rest ihres Lebens mit Schlafen.

Doch die Dame war hellwach und gluckste zur Begrüßung: „Ich dachte schon, Sie wären ins Klo gefallen!"

„Nein, ich habe nur Bauchschmerzen und –".

„Aha, ein Magengeschwür", unterbrach Speedy mitleidig. „Herr Albrecht im Zimmer neben mir klagt auch immer darüber. Falsche Ernährung, zu viel Stress. Aber vielleicht haben Sie ja auch Bulimie. Eine typische Modelkrankheit. Darf ich mal einen Blick auf Ihre Zähne werfen?"

„Finger weg!", schrie Magdalene und stieß die Hand zurück, die ihre Lippen hochziehen wollte. „Ich habe weder ein Magengeschwür noch Bulimie noch sonst etwas. Ich habe einfach nur Bauchweh", erklärte sie und fügte boshaft hinzu: „Das wird bei mir meistens durch falsches Singen ausgelöst!"

Die Alte starrte sie verständnislos an: „Sie haben auf dem Klo gesungen?“

Daraufhin stieß Magdalene einen Seufzer aus, lehnte sich zurück und sagte: „Ich werde jetzt ’ne Runde schlafen.“

„Ja, ja, Ihr jungen Menschen ...“, meinte die alte Dame. „Ihr verschlaft euer ganzes Leben.“

Magdalene warf noch einen Blick aus dem Fenster. Nebel, das war alles, was sie sah. Sie schloss die Augen und lauschte dem Rattern des Zuges. Eigentlich war sie überhaupt nicht müde, aber solange sie sich schlafend stellte, würde sie die singende Nervensäge hoffentlich in Ruhe lassen.

„Aufwachen! Na los, wachen Sie auf, junge Dame!“

Eine Hand rüttelte kräftig an ihrer Schulter. Sofort sprang Magdalene vom Sitz und fauchte: „Rühren Sie mich nicht an, kapiert? Ich hasse es, betatscht zu werden!“

Speedy blinzelte erschrocken. „Ich wollte Sie doch nur wecken, weil wir in zehn Minuten da sind. Außerdem muss ich mal auf die Toilette. Würden Sie bitte so lange auf meine Sachen aufpassen?“

Gähnend rieb sich Magdalene die Augen. „Ja, mach ich.“

Kaum war Speedy verschwunden, nahm Magdalene genauer unter die Lupe, was die alte Dame im Abteil zurückgelassen hatte. Aus einer Tragetasche lugte eine Packung Kekse. Mehrere Frauenzeitschriften lagen auf dem Sitz daneben. Und mittendrin – eine Geldbörse. Hellbraun. Ziemlich dick.

Magdalenes Herz klopfte bis zum Hals. Sollte sie zugreifen oder nicht? Nein, sie war keine Diebin. Keine richtige jedenfalls. Sie hatte schon öfter geklaut, aber dafür hatte es immer Gründe gegeben. Verdammt gute Gründe.

Andererseits war sie beim Klauen richtig toll gewesen. Eiskalt und blitzschnell. Die hätten sie nie geschnappt, wenn sie es nicht selbst gewollt hätte. Und Speedy war ja eine echte Folter. Dafür müsste sie doch eigentlich eine Art Schmerzensgeld zahlen.

Zugreifen oder nicht? Magdalene zögerte die Entscheidung immer länger hinaus.

Als die alte Frau endlich wiederkam, sagte sie: „Danke fürs Aufpassen, junges Fräulein!"

„Kein Problem!"

„Und entschuldigen Sie bitte, dass ich Sie geweckt habe. Können Sie mir noch einmal verzeihen?"

Magdalene brachte kein Wort raus. Sie drehte den Kopf zum Fenster und starrte in den Nebel.

3. Kapitel

Oh Mann, das war knapp!

Eine Minute länger in der Wohnung – und Laura wäre im Treppenhaus Lilli über den Weg gelaufen. Es gab Tage, da konnte sie Lilli ganz gut leiden. Ungefähr drei pro Jahr. Allerdings kannte sie Lilli erst seit sechs Monaten. Also hatte es bisher genau sechsunddreißig Stunden gegeben, in denen sie Lilli ganz nett gefunden hatte. Das hatte sie in null Komma nichts ausgerechnet.

Mathe war Lauras Hobby. Knapp gefolgt von Mampfen und Jasmin ärgern. Da sie sich beim Essen etwas bremsen wollte, konzentrierte sie sich auf die anderen beiden Hobbys. Keine leichte Zeit für Jasmin! Aber die hielt das schon aus. Die hatte nicht so ein dünnes Fell wie Laura. Und das war nicht das Einzige, worum Laura sie beneidete.

Alle paar Meter legte Amigo eine Pinkel- oder Schnüffelpause ein. Laura zerrte an der Leine, was den Fettklops jedoch kein bisschen störte. Er war schon ziemlich dick gewesen, als ihn die Mädchen bekommen hatten. Als Lilli ihnen feierlich den Hund übergab, faselte sie was von „Verantwortung anderen gegenüber lernen“ und so Zeug. Von diesem Zeitpunkt an gehörte Amigo sozusagen zur WG-Einrichtung wie die Küche.

Laura begriff nicht, warum Amigo immer fetter wurde. Sie gab ihm nie mehr als eine Dose Futter am Tag. Was für eine Rasse er war, konnte auch keiner so richtig sagen. Eine Mischung aus allem Möglichen wahrscheinlich. Lilli hatte ihn aus dem Tierheim geholt. Das machte ihn Laura irgendwie sympathisch. Er kam aus einem Heim, und keiner kannte seine Eltern.

Genau wie sie. Laura hatte ihre Mutter auch nicht richtig gekannt, weil sie schon so früh gestorben war. Und von ihrem Vater wusste sie nur eins: dass er ein Mann war. Mehr nicht.

Möglich, dass sie ihm eines Tages begegnen würde. Aber wollte sie das überhaupt? Manchmal hasste sie ihn, und manchmal sehnte sie sich nach ihm. Vielleicht war er schon längst tot. Vielleicht hatte er keine Ahnung, dass er eine Tochter hatte, und wollte weiterhin nichts davon wissen. Aber vielleicht würde er sie auch total happy in die Arme schließen, wenn sie ihn gefunden hatte, und dafür sorgen, dass ein neues Leben für sie anfing. Letzteres passierte sehr häufig, allerdings nur in Lauras Träumen.

Es war Nicoles Idee gewesen, den Hund Amigo zu nennen. Und Jasmin hatte natürlich sofort zugestimmt – wie immer, wenn Nicole etwas vorschlug. Aber im Grunde war es völlig egal, wie man ihn nannte. Er hörte auf keinen Namen.

„Na komm schon, Dicker, beeil dich!“, feuerte ihn Laura an. „Wenn du stundenlang an jedem Laternenpfahl stehen bleibst, kommen wir erst um Mitternacht am Bahnhof an.“

Amigo hob den Kopf und warf ihr einen müden Blick zu. Dann steuerte er auf die nächste Laterne zu und hob in aller Ruhe eine Hinterpfote.

Nach einer halben Ewigkeit erreichten sie schließlich doch den Bahnhof. Laura ging auf einen Kiosk zu, um Süßigkeiten zu kaufen, doch Amigo brauchte eine kleine Verschnaufpause. Er ließ sich vor einem Ständer mit Magazinen nieder und rührte sich nicht von der Stelle, sosehr Laura auch an der Leine zog.

„Okay, ich geb dir zwei Minuten“, gab Laura auf und durchsuchte den Ständer nach der Zeitschrift *Exklusiv Wohnen*. Darin blätterte sie am liebsten rum. Nicht weil sie sich für Sessel interessierte, die so viel kosteten wie die gesamte WG-Einrichtung, sondern weil da immer so nette Familien abgebildet waren. Vater, Mutter, Golden Retriever und zwei Kinder. Alle so sauber und so glücklich.

Sie dachte an Jasmin und Nicole, die sich dauernd über ihre Familien beschwerten. Wie nervend das für Laura war! Besser eine beschissene Familie als gar keine, oder?

In *Exklusiv Wohnen* hatte sie einmal einen Typen entdeckt, der glatt ihr Vater hätte sein können. Sogar Jasmin musste zugeben, dass er aussah wie Laura mit Bart und Halbglatze. Er saß auf einem schwarzen Ledersofa und stierte mit einem schwachsinnigen Lächeln seinen Kamin an. Ob Lauras Vater auch so reich war wie der Typ auf dem Foto?

Endlich entdeckte sie das letzte Exemplar des Magazins und wollte es sich schnappen. Doch daraus wurde nichts. Verdattert starrte Laura auf die andere Hand, die das Magazin an sich gerissen hatte. Ihre war es nicht gewesen, denn mit der hielt sie die Leine.

„Sorry!“, sagte eine helle Stimme hinter ihr. „Ich war schneller!“

Laura drehte sich um. Vor ihr stand ein Mädchen in ihrem Alter mit langen, roten Locken. Neidisch bemerkte Laura, dass sie eine tolle Figur hatte. Allerdings zierten zwei Riesenpickel ihre Stirn, worüber sich Laura diebisch freute.

„Es ist das letzte Heft“, bemerkte Laura. „Kämpfen wir darum?“

Das andere Mädchen schüttelte den Kopf. „Ich allein gegen dich und deinen Kampfhund?“

„Kampfhund?“ Laura zeigte auf Amigo, der gerade sein Maul zu einem riesigen Gähnen aufriss. „Der würde sich nicht mal wehren, wenn ihm jemand seinen Schwanz klauen wollte.“

Die beiden lachten. Nettes Mädel!, dachte Laura. Und scheißschlank! War das Leben nicht schrecklich ungerecht? Die Rothaarige hätte ruhig zehn Kilo mehr und Laura dafür zehn Kilo weniger auf den Rippen haben können.

„Ich bin übrigens Desirée“, stellte sich das Mädchen vor. „Ich kriege ein neues Zimmer und wollte mal sehen, ob ich in dem Heft nicht ’n paar schöne Möbel finde.“

„Sind aber ziemlich teuer, die Sachen da drin, oder?“

Desirée winkte lässig ab. „Ach, meine Eltern haben Kohle ohne Ende. Wir haben gerade ein neues Haus gekauft. Swimmingpool, Wintergarten, Sauna – alles dabei.“

Was für eine Angeberin! Nein, es reichte nicht, dass diese Ziege tausendmal schlanker war als Laura – sie musste noch dazu tausendmal reicher sein!

„Einen Swimmingpool haben wir leider nicht“, gestand Laura. „Mein Vater ist ein begeisterter Ruderer. Also musste er in unserem Garten unbedingt einen See anlegen lassen", erklärte sie und zog dabei eine Flappe. „Ganz schön nervig, dieses ewige Froschgequake! Mein Balkon liegt nämlich direkt über dem Wasser."

Mitleidig schüttelte Desirée den Kopf. „Du Arme!", flötete sie. „Dann kannst du ja gar nicht richtig schlafen. Dabei ist das so wichtig für den Teint und gegen Falten. Also ohne meinen Schönheitsschlaf bekäme ich bald keine Modeljobs mehr."

Modeljobs? Beinahe hätte Laura laut aufgelacht. Okay, die Figur von dieser Desirée war ja nicht übel. Aber mit dieser pickligen Haut konnte sie gerade mal für Clearasil arbeiten – als Beispiel für *vorher*.

„Mein Freund ist auch Model", erwiderte Laura honigsüß. „Hat natürlich nicht viel in der Birne, aber darauf kommt's ja bei Models nicht an. Nächsten Sommer fliegen wir zusammen nach Hawaii."

Ein breites Lächeln erschien auf Desirées Gesicht. „Wirklich? Wann denn? Meine Eltern haben dort ein Ferienhaus. Wenn es gerade frei ist, könnt ihr es sicher benutzen."

So ein Mist! Jetzt war Laura in der Klemme. Warum hatte sie sich nur von dieser arroganten Ziege anquatschen lassen?

„Wahrscheinlich im August", meinte sie unbestimmt.

„Schade!", sagte Desirée. „Da sind meine Großeltern mit ihren Freunden dort."

Weil Laura keine Lust mehr auf Desirées Geplapper hatte, warf sie Amigo einen Hilfe suchenden Blick zu. Konnte er nicht mal an der Leine zerren? Oder zu bellen anfangen? Aber nein, der Fettsack lag so unbeweglich vor ihren Füßen, als wäre er gerade eingeschläfert worden.

Laura zeigte auf das Magazin in Desirées Hand. „Du

kannst es ruhig haben", meinte sie. „Ich wollte es nur mal kurz durchblättern."

„Unsinn! Meine Eltern haben mir sicher eins mitgebracht. Hier!" Sie gab Laura das Magazin. „So, ich muss jetzt los zur Reitstunde! Bin schon viel zu spät dran. Meine Pferde werden unruhig, wenn sie mich nicht dreimal die Woche zu Gesicht bekommen. Ciao! Vielleicht sehen wir uns ja einmal wieder!"

„Auf Hawaii vielleicht!"

„Ja, genau!", lachte Desirée, nahm ihren kleinen Koffer und setzte sich in Bewegung. „Mach's gut!"

„Du auch!"

Zehn Meter weiter drehte sich Desirée noch mal um und fragte: „Wie heißt du eigentlich?"

„Laura!"

„Tschüss, Laura!"

Mit zusammengepressten Lippen schaute Laura Desirée hinterher, bis sie aus der Bahnhofshalle verschwunden war. Dann riss sie an Amigos Leine. Der rührte keinen Muskel.

„Hey, das Theater kannst du dir sparen, Blödmann! Man sieht, dass du atmest."

Mühsam erhob sich das Tier erst auf die Hinter-, dann auf die Vorderbeine und durchbohrte Laura anschließend mit einem vorwurfsvollen Blick.

„Du hast ein total bescheuertes Mädel verpasst", sagte sie. „Mit Pferden und Pool und irre schönen Beinen. Aber glaub mir: Ich hätte sie auch dann nicht leiden können, wenn sie nicht reich und schlank gewesen wäre und keine Eltern gehabt hätte! Das war einfach nur 'ne blöde Kuh!"

Sie stellte das Magazin zurück in den Ständer und ging hinüber zum Kiosk. Dort kaufte sie Vollkornkekse und Diätcola.

„Sei froh, dass du ein Hund bist, Amigo“, seufzte sie. „Die anderen Hunde verarschen dich nicht, weil du so fett bist.“

Amigo machte schon wieder Anstalten, sich hinzulegen, also zog sie ihn schnell weiter. Doch im nächsten Augenblick blieb sie so abrupt stehen, dass er sich die Schnauze an ihrem Unterschenkel stieß.

Warum war diese Desirée in die Bahnhofshalle zurückgekehrt? Sie hatte es doch so furchtbar eilig gehabt. Und jetzt lehnte sie an einem Getränkeautomaten und glotzte eine alte Frau an. Die Frau wirkte völlig verzweifelt. Ununterbrochen kramte sie in ihrer Handtasche oder in ihrem Tragekorb herum. Offenbar hatte sie irgendwas verloren. Und Desirée? Die öffnete plötzlich ihren Rucksack und nahm etwas heraus. Dann ging sie auf die alte Frau zu.

Weil Laura vor Neugier zu platzen drohte, setzte sie sich schnell in Bewegung, um nichts von der merkwürdigen Szene zu verpassen. Vorsichtig pirschte sie sich an. Hinter einer Säule ging sie in Deckung und spitzte die Ohren.

„So ein Glück!“, hörte sie die alte Frau sagen. „Wenn Sie mein Portmonee nicht gefunden hätten, wäre ich völlig verloren gewesen! Da sind ja alle meine Ausweise drin. Und mehr als dreihundert Mark. Wie soll ich mich nur dafür bedanken?“

„Schon gut“, meinte Desirée lächelnd. „War doch selbstverständlich.“

„Aber diese Kleinigkeit werden Sie mir doch nicht abschlagen, oder?“ Die Dame nestelte an ihrem Portmonee herum und steckte dann Desirée einen Schein zu. „Hier, nehmen Sie! Tausend Dank noch mal! Und viel Glück mit Ihren Fotos!“

Sie verabschiedete sich von Desirée und machte sich dann leicht hinkend auf den Weg Richtung Ausgang.

Laura beobachtete, wie Desirée verächtlich den Schein in ihrer Hand anstarrte.

„Tausend Dank!“, murmelte sie dabei. „Und dann zehn Mark! Lächerliche zehn Mark! Umgekehrt wär’s mir lieber gewesen!“

Warum war sie so enttäuscht?, wunderte sich Laura. Ihre stinkreichen Eltern überschütteten sie doch wahrscheinlich mit Taschengeld. Na, egal, dieses verwöhnte Möchtegernmodel konnte ihr gestohlen bleiben! Sie hatte ein anderes Problem. Und das hieß Magdalene. Wenn sich Laura nicht beeilte, würde die Neue vor ihr zu Hause sein.

„Komm schon, Dicker“, forderte sie den Faulpelz auf, der wieder in Tiefschlaf versunken war. „Wenn du schön brav mit mir heimgehst, bring ich dir nachher bei, wie man in Schuhe pinkelt. Allerdings nicht in meine, sondern in die von Magdalene. Echt toller Name übrigens! Wenn ich so heißen würde, hätte ich mich schon längst umtaufen lassen. In Margherita. Wie meine Lieblingspizza. Schade, dass die nicht auch mager macht.“

4* Kapitel

Das war ja wieder mal eine richtig gute Idee gewesen! Magdalene war stinksauer. Auf sich selbst und auf Speedy, die alte Dame mit dem Plastikbein. Warum hatte sie vorher nicht wenigstens mal nachgesehen, wie viel Geld Speedy in ihrem Portmonee hatte? Für läppische zehn Mark Belohnung hatte sie auf drei Hunderter verzichtet. „Verlustgeschäft“ hätte ihr Stiefbruder Simon so was genannt. Und sie grün und blau geschlagen, weil sie geklaut hatte. Und dann noch mal zugeschlagen, weil sie das Geld wieder zurückgegeben hatte. Und wenn sie gar nichts gemacht hätte, dann hätte der Dreckskerl sie erst recht verprügelt. Eigentlich hatte er nie Gründe dafür gebraucht.

Magdalene blieb vor einem Modegeschäft stehen. Die Kleider im Schaufenster fand sie nicht halb so interessant wie ihr Spiegelbild. Sie sah sich gerne an. Und viel lieber in einem Schaufenster als in einem Spiegel. Denn das Fenster vertuschte kleine Fehler. Keine Spur von Pickeln.

„Pretty Woman walking down the street ...“, grölte plötzlich eine Jungenstimme hinter ihr. Magdalene fuhr herum. Auf der anderen Straßenseite entdeckte sie zwei Typen mit Skateboards unterm Arm. Einer grinste sie blöd an, der andere kratzte sich verlegen an seinem mickrigen Adamsapfel. Kurz entschlossen streckte Magdalene den rechten Arm aus und hob den Mittelfinger, den ein silberner Ring zierte. Die beiden Vollidioten ließen ihre Bretter fallen, stiegen auf und rollten davon.

Magdalene setzte ihren Weg fort. Sie war jetzt auf der richtigen Straße und behielt die Hausnummern im Auge. Nummer 65 – hier sollte ihr neues Zuhause sein. Eine richtige kleine Wohnung. Vielleicht sogar ein eigenes Zimmer. Endlich mal kein Heim mit langen Fluren, riesigen Esstischen und Streitereien um die Fernbedienung im Fernsehraum.

Ein fetter Dackel mit einem noch fetteren Frauchen kam ihr entgegen. Prompt musste Magdalene an diese Laura denken. Ob sie ihr das mit dem Modeln abgekauft hatte? Aber so ganz ehrlich war das Mädchen sicher auch nicht gewesen. Nie im Leben war dieser Fleischklops mit einem echten Model zusammen. Na und Hawaii? Aber auch wenn sich Laura das ausgedacht hatte – allein um ihre Eltern beneidete Magdalene sie.

Familienidyll mit Fröschequaken. Und wahrscheinlich nur nette Schwestern, keine Brüder.

Nachdem Magdalene einen Blick auf die nächste Hausnummer geworfen hatte, blieb sie abrupt stehen. Verdammter Mist! Sie war so in Gedanken versunken gewesen, dass sie an ihrer zukünftigen Wohnung vorbeigegangen war.

Also machte sie kehrt. Zwei Minuten später stand sie wieder vor dem Haus Nummer 65 und klingelte bei WG.

„Ja?", meldete sich eine fröhliche Stimme in der Sprechanlage.

„Hier ist –" Sollte sie Desirée sagen? Sie hasste ihren Namen! Jedes Mal, wenn sie ihn aussprechen sollte, lähmte irgendwas ihre Zunge.

„Wer ist denn da?", fragte die Stimme geduldig nach.

„Die Neue!"

Der Summer ertönte. Ehe Magdalene die Tür aufdrückte, atmete sie kräftig durch.

Das Treppenhaus sah ziemlich spießig aus. Eine altrosa Tapete, auf der sich gelbe Rosen rankten. Auf jedem Treppenabsatz stand ein riesiger Blumenkübel.

Im dritten Stock wurde Magdalene von einem Mädchen erwartet, das fast einen Kopf größer war als sie.

„Bist du Magdalene?", fragte es lächelnd.

Zu gern hätte sie mit Nein geantwortet und gebeten, nur mit Desirée angeredet zu werden. Aber das war zu albern. Sie wollte nicht mit einem Lachkrampf begrüßt werden.

„Ja", sagte sie nur und stellte ihren Koffer ab. „Und wer bist du?"

„Jasmin. Hi!"

Die beiden Mädchen schüttelten sich die Hand. Dabei

stellte Magdalene fest, dass Jasmin alles andere als hässlich war – lange schwarze Haare und eine Haut wie aus Porzellan. Nicht mal mit einer Lupe hätte man einen Pickel auf ihrem Gesicht erkennen können. Und diese Lippen! Nicht so schmale Striche wie bei Magdalene, sondern ein richtiger Kussmund.

„Willkommen bei uns!“, sagte Jasmin förmlich und schnappte sich Magdalenes Koffer. „Komm rein, aber geh bloß nicht gleich ins Bad!“

„Wieso nicht?“

„Weil da mal eine Bombe eingeschlagen hat“, erklärte Jasmin. „Seitdem sieht es nicht besonders gut dort aus.“

„Egal.“

Jasmin ging voran durch den schmalen Flur. Als sie die Hand nach einer Türklinke ausstreckte, tauchte eine kleine, dünne Person am Ende des Flurs auf.

„Das ist Lilli, die uns zusammen mit Felipe betreut“, stellte Jasmin die Frau vor. „Sie freut sich sehr, dich kennen zu lernen, und würde dir gerne die Hand drücken. Aber sie kann in diesen Schuhen keinen Schritt laufen, weil die Absätze einen halben Meter zu hoch sind.“

Magdalene lachte.

„Hör nicht auf ihre dummen Witze“, meinte Lilli verlegen und setzte sich in Gang.

Magdalene stellte fest, dass Jasmin nicht übertrieben hatte. Lilli konnte sich in ihren Stöckelschuhen wirklich kaum bewegen. Für die paar Meter brauchte sie eine halbe Ewigkeit und strauchelte zweimal. Warum quälte sie sich so in diesen blöden Dingern?

Nachdem Lilli Magdalene begrüßt hatte, zeigten ihr die beiden ihr neues Zimmer. Es war klein und recht dunkel, aber es stand nur ein einziges Bett darin.

„Ist das für mich allein?“, wunderte sich Magdalene.

„Nein, hier wohnen noch dreizehn andere Mädels“, scherzte Jasmin. „Sie schlafen im Schrank.“

„Gefällt's dir?“, fragte Lilli.

Am liebsten hätte Magdalene einen Jubelschrei ausgestoßen und wäre Lilli und Jasmin vor Begeisterung um den Hals gefallen. Aber sie grunzte nur „Hmhm“ und warf einen gelangweilten Blick auf die vier kahlen Wände. Immerhin: keine pissgelben Rosen, die sich durch eine rosa Welt rankten.

Eine Viertelstunde später saßen die drei um den niedrigen Wohnzimmertisch, tranken grünen Tee und beschnupperten sich gegenseitig. Magdalene war nicht sonderlich begeistert von der Sitzgruppe, auf der sie sich niedergelassen hatten. Sie wirkte so schäbig, als käme sie vom Sperrmüll. Und genau daher stammte sie auch, wie sie kurz darauf von Lilli erfuhr.

„Aber jetzt reden wir nicht über die Möbel, sondern über unsere neue Mitbewohnerin“, meinte Lilli und nippte mit ihren knallroten Lippen an der Tasse. „Erzähl uns doch mal was über dich, Magdalene!“

Scheiße! Genervt verdrehte Magdalene die Augen. Genau wie Lilli hatten die im Heim auch immer angefangen. Und sie hatte sich eingebildet, in der WG würde alles anders laufen.

„Oh Mann, das ist ja wie bei den Anonymen Alkoholikern!“, mischte sich Jasmin ein. Sie lächelte Magdalene an. „Da muss auch jeder direkt mit seiner Lebensgeschichte rausrücken. Zumindest hat meine Mutter mir das mal so beschrieben.“

„Ist deine Mutter eine Anonyme Alkoholikerin?“, fragte Magdalene vorsichtig.

„Na ja, anonym nicht gerade“, antwortete Jasmin. „Halb Düsseldorf hat sie schon mal besoffen durch die Gegend torkeln sehen.“

Jasmins Offenheit wirkte ansteckend auf Magdalene.

„Ich hab geklaut“, gestand sie ohne Umschweife und war selbst davon überrascht, wie locker sie das zugeben konnte. Eigentlich hasste sie es, darüber zu reden. Richtig verstanden hatte die ganze Sache nämlich noch niemand. Außer Arabella, ihrer besten Freundin im vorletzten Heim.

„Was hast du denn geklaut?“, erkundigte sich Jasmin neugierig.

„Alles Mögliche – Parfüm, Klamotten, CDs, Schmuck. Diese Kaufhausdetektive sind so was von dämlich! Es hat Wochen gedauert, bis mich mal einer angesprochen hat. Wenn ich es nicht zugegeben hätte, hätten die mich nie gekriegt.“

Offenbar lief das Gespräch in eine Richtung, die Lilli nicht so sehr behagte. Denn von einer Sekunde auf die andere wollte sie das Thema wechseln.

„Was sind denn deine Hobbys?“, fragte sie Magdalene platt.

„Hat sie doch gerade erzählt“, antwortete Jasmin an Magdalenes Stelle. „Klauen!“

Das fand Magdalene so komisch, dass sie in lautes Gelächter ausbrach. Egal, wie toll diese Jasmin aussah – Magdalene mochte sie trotzdem.

Auf Lillis Gesicht erschien ein breites Lächeln. Wahrscheinlich freute sie sich darüber, dass sich die beiden so gut verstanden.

In diesem Augenblick schloss jemand die Wohnungstür auf.

„Nun komm schon rein, du fauler Köter!“, schimpfte eine

tiefe Mädchenstimme, die Magdalene bekannt vorkam. „Den ganzen Weg musste ich dich hinter mir herziehen! Mir fallen gleich die Arme ab."

Die Wohnungstür wurde zugeknallt.

„Blöder Hund!", knurrte die Stimme im Flur.

Magdalenes Hand zitterte, als sie nach ihrer Teetasse griff. Das durfte ja wohl nicht wahr sein! Gleich würde das dicke Mädchen vom Bahnhof vor ihr stehen. Haufenweise Lügen hatte sie ihr aufgetischt. Wenn Laura den anderen was davon erzählte, war sie gleich am ersten Tag unten durch.

Da kam Laura auch schon ins Wohnzimmer gestiefelt.

„Diese lahme Trantüte macht mich noch wahnsinnig!", beschwerte sie sich – und riss plötzlich die Augen auf. „Ach du Scheiße!", zischte sie bei Magdalenes Anblick.

Sofort wurde sie von Lilli zurechtgewiesen. „Benimm dich bitte! Das ist Magdalene, unser neues WG-Mitglied. Und das ist Laura, die zusammen mit Jasmin in dem anderen Zimmer wohnt."

Magdalene starrte Laura genauso entsetzt an wie umgekehrt.

„Worauf wartet ihr?", drängte Lilli. „Wollt ihr euch nicht ordentlich begrüßen?"

Zögernd stand Magdalene auf und streckte den Arm aus. Es dauerte einige Sekunden, bis Laura ihre Hand schüttelte.

„Hey, warum glotzt ihr euch so an?", fragte Jasmin erstaunt. „Kennt ihr euch etwa von irgendwoher?"

„Nein!", erklärten Magdalene und Laura im Chor und mussten daraufhin kichern.

Während sich Magdalene wieder auf dem uralten Sessel niederließ, zog Laura ihre Jacke aus. Dann griff sie in ihre Leinentasche und holte die Flasche Diätcola und die Vollkornkekse raus. Mit einem lauten Stöhnen setzte sie sich neben Lilli aufs Sofa.

„Möchtest du auch einen Tee?“, fragte die Betreuerin, die längst aus ihren Stöckelschuhen geschlüpft war.

„Danke, ich hab heute schon gekotzt“, erwiderte Laura. „Ich trinke lieber Cola!“

Sie angelte sich die Flasche, schraubte sie auf und wollte sie an den Mund setzen.

„Du weißt, wo die Gläser sind“, ermahnte sie Lilli mit strenger Miene.

„Ja, in der Küche“, entgegnete Laura gelassen und nahm einen großen Schluck aus der Flasche.

„Darüber reden wir noch, meine Liebe!“, kündigte ihr Lilli gereizt an. „Aber jetzt ist Magdalene wichtiger. Sie wollte uns gerade was über sich erzählen.“ Sie wandte sich Magdalene zu. „Wo leben denn deine Eltern?“

Blöde Frage!, dachte Magdalene. Hatte sie denn nicht ihre Akte gelesen? Vermutlich kannte sie die sogar auswendig.

„Ihre Eltern?“, meldete sich Laura zu Wort. „Die leben bestimmt in einer Luxusvilla mit Swimmingpool. Allerdings sind sie nicht so oft zu Hause, weil sie ständig Urlaub auf Hawaii machen, stimmt's?“ Laura warf Magdalene einen herausfordernden Blick zu.

„Ja, genau!“, keifte Magdalene zurück. „Wir haben wirklich einen gigantischen Pool im Garten. Vielleicht möchte dein Vater irgendwann einmal zum Rudern bei uns vorbeikommen?“

Lilli und Jasmin schauten reichlich verwirrt von Laura zu Magdalene und wieder zurück.

„Darf ich mal fragen, worüber ihr redet?“, wollte Lilli wissen. „Was soll der Quatsch mit der Luxusvilla?“

„Vergiss es“, brummte Laura. „Ich hab nur einen schlechten Tag. Tut mir Leid, Desi… – äh – Magdalene.“

Magdalene spürte, wie ihr das Blut in den Kopf stieg. Eigentlich sollte sie lieber die Klappe halten. Doch sie konnte sich nicht verkneifen zu fragen: „Wer ist Desi?“

„Die Hauptfigur in dem Buch, das ich gerade lese“, antwortete Laura ohne Zögern.

Lachend mischte sich Jasmin wieder ein. „Du und lesen? Das ist ja ganz was Neues! Wie heißt denn das Buch?“

„Desi“, erklärte Laura nicht besonders einfallsreich. „Es geht um ein Mädchen, das ständig lügt und sich einbildet, es könnte mal Model werden. Dabei hat es mehr Pickel als Wimpern im Gesicht.“

So eine blöde Kuh! Magdalene biss sich auf die Lippen, damit ihr kein übles Schimpfwort rausrutschte.

Inzwischen hatte Jasmin die Packung Kekse aufgerissen und sich gleich drei Stück davon in den Mund geschoben. Außer ihrem Geschmatze und zwei Rülpsern war in den nächsten Minuten nichts zu hören.

Magdalene trank ihren Tee aus, obwohl der aussah wie eine Urinprobe und auch so ähnlich schmeckte. Dabei entging ihr nicht, dass Laura ihr immer wieder schnelle Seitenblicke zuwarf. Na, es war ja ziemlich nett von ihr gewesen, dass sie dichtgehalten hatte! Den Seitenhieb mit den Lügen und den Pickeln hätte sie sich zwar sparen können, aber Magdalene konnte trotzdem nicht böse auf sie sein.

Kurz darauf schaute Lilli zur Uhr und stieg in ihre Schuhe. „So, ich muss rüber und meinen Schreibkram erledigen.“ Sie stand auf. „Wenn du Fragen hast, Magdalene, dann komm zu mir. Die Betreuerwohnung ist genau gegenüber.“

„Okay“, sagte Magdalene.

Kaum war Lilli verschwunden, äffte Laura sie nach: „Darüber reden wir noch, meine Liebe!"

„Ich find's auch nicht super, dass du dauernd aus der Flasche trinkst", sagte Jasmin. „Könnte ja sein, dass du irgendeine ansteckende Krankeit hast."

„Ich weiß genau, auf welche Krankheit du anspielst, du Arsch!", schnaubte Laura. „Auf meine Fettsucht!"

Sie sprang vom Sofa und rauschte wütend aus dem Wohnzimmer.

Kopfschüttelnd schaute ihr Jasmin hinterher. „Lass dich nicht täuschen", sagte sie zu Magdalene. „In Wirklichkeit ist Laura ein richtig guter Kumpel."

„Kann ich mir denken", gab Magdalene zurück. „Und jetzt würde ich ganz gern meinen Koffer auspacken."

„Ich helf dir dabei."

Die beiden verzogen sich in Magdalenes neue Bude.

„Für einen Hasen wäre hier gerade genug Platz", meinte Jasmin. „Aber vielleicht gefällt es dir trotzdem bei uns. Warum hast du nur so einen winzigen Koffer? Sind da deine ganzen Klamotten drin?"

Magdalene reagierte nicht darauf. Sie stand am Fenster und schaute in die Wohnung schräg gegenüber.

„Nicht zu fassen!", staunte sie. „Ich hatte ja keine Ahnung, dass Brad Pitt neuerdings in Düsseldorf wohnt! Oder was ist das für ein Knabe da drüben?"

„Brad Pitt", bestätigte Jasmin schmunzelnd. „Jedenfalls wurde er von Nicole auch immer so genannt. Weißt du, das ist das Mädchen, das vorher hier wohnte. Und damit sie unseren Hollywoodstar besser beobachten konnte, hat sie die Gardinen abgenommen."

„Soll ich ihm mal winken?"

„Wieso nicht?"

Doch ehe sich Magdalene dazu entschließen konnte, hatte sich Brad eine Jacke geschnappt und war aus seinem Zimmer verschwunden.

Während sie Magdalenes Sachen in den Schrank räumten, machte Jasmin einige Bemerkungen über Laura.

„Man kann ganz gut mit ihr klarkommen, wenn man will. Im Grunde mag sie zwar niemanden, der weniger wiegt als sie, aber ab und zu gibt es auch Ausnahmen. Wer weiß, vielleicht wirst du so eine Ausnahme."

„Und was ist mit dir?", erkundigte sich Magdalene. „Mag sie dich?"

„Mich mag jeder." Jasmin grinste. „Falls du jetzt denkst, was für eine eingebildete Ziege, dann herzlichen Glückwunsch: Du hast ganz richtig gedacht!"

Im Koffer lag nur noch ein Paar Turnschuhe, das Magdalene unterm Bett verstaute. Jasmin schlug vor, ihr die Küche zu zeigen. Sie war viel geräumiger, als Magdalene erwartet hatte.

„Der Tisch ist so groß, weil manchmal einer der beiden Betreuer mit uns futtert", erfuhr sie von Jasmin. „Ab und zu sogar alle beide. Lilli hast du ja gerade kennen gelernt. Der andere Betreuer heißt Felipe. Er kommt aus Andalusien. Und genau so sieht er auch aus", fügte sie hinzu, wobei ein seltames Lächeln über ihr Gesicht huschte.

„Bist du in ihn verknallt?", fragte Magdalene.

„Spinnst du? Der hat immer mindestens drei Freundinnen gleichzeitig! Außerdem bin ich eine so genannte Schutzbefohlene. Wenn mich der Kerl auch nur mit dem Ohrläppchen berühren würde, wandert er für ein paar Jahre in den Knast."

„Möchtest du denn gern von seinem Ohrläppchen berührt werden?"

Jasmin zog eine Schnute und warf ihre Haare zurück. Weitere Fragen nach Felipe brannten Magdalene auf der Zunge. Doch plötzlich fing der Hund an zu bellen und hörte nicht mehr damit auf.

„Nanu, was ist denn mit Amigo los?“ Jasmin runzelte die Stirn. „Der bellt höchstens einmal im Monat. Komm, wir schauen mal nach!“

Der Krach kam aus Magdalenes Zimmer. Mit wedelndem Schwanz stand Amigo vor ihren Turnschuhen und bellte sie an.

„Was soll das, Amigo?“, fuhr Jasmin die fette Promenadenmischung an. „Hör sofort damit auf!“

„Vielleicht mag er den Gestank meiner Schweißfüße“, vermutete Magdalene.

Sie hob einen der Schuhe auf – und ließ ihn sofort wieder fallen.

„Dieses Schwein hat in den Schuh gepinkelt!“, schrie sie voller Wut. „Das ist ja ekelhaft! Warum hat er das gemacht?“

Lauras Kopf tauchte im Türrahmen auf. „Warum wohl?“, flötete sie mit honigsüßer Stimme. „Weil er so unheimlich froh darüber ist, dass du ab heute bei uns wohnst. Herzlich willkommen, Desirée!“

5. Kapitel

A Punkt sieben Uhr schaltete sich der Radiowecker ein. Madonnas Stimme schwebte durchs Zimmer und kitzelte so lange Jasmins Ohr, bis sie wach wurde. Vorsichtig öffnete sie ein Auge und blinzelte in Richtung Fenster. Es war noch dunkel draußen. Würde sich heute endlich mal wieder die Sonne blicken lassen? In den letzten Tagen war es nur trübe und neblig gewesen. Immerhin hatte es nicht geregnet. Jasmin mochte keine Regentage. Wenn es nach ihr ginge, würde zwölf Monate im Jahr August sein.

Gähnend schwang sie die Beine aus dem Bett und stand auf. Mindestens zwei Minuten lang streckte und reckte sie ihren langen Körper, damit er vielleicht noch ein paar Zentimeter länger wurde. Sie hatte kein Problem damit, dass sie so groß war. Dadurch hatte sie wenigstens eine Ausrede, warum sie auf andere herabschaute.

Nach Madonna dröhnte ein Technostück aus den Boxen. Wie schaffte es Laura nur, bei diesem Lärm weiterzupennen?

Jasmin zupfte vorsichtig an Lauras Nachthemd. Irgendwann hatte Laura Regeln aufgestellt, wie sie geweckt zu werden wünschte: kein künstliches Licht, kein brutales Rütteln und nichts Kaltes. Und die wichtigste Regel lautete: Am besten gar nicht wecken!

„Was ist?“, murmelte Laura total verschlafen. „Ist schon Morgen?“

„Nein, es ist heute“, erklärte Jasmin fröhlich. „Und es regnet nicht!“

„Schade, ich mag Regen", behauptete Laura. „Und darum schlaf ich jetzt auch weiter. Gute Nacht!" Sie wälzte sich auf die andere Seite.

„Nix da!", rief Jasmin, zog ihr die Decke weg und warf sie auf ihr eigenes Bett. Dann rannte sie schnell hinaus. Hinter ihr knallte etwas gegen die Tür, wahrscheinlich Lauras Teddy.

Jasmin wollte ins Badezimmer verschwinden, doch da stieg ein seltsamer Geruch in ihre Nase. Hatte sie Halluzinationen? Oder lag sie noch im Bett und träumte? Oder roch es tatsächlich nach ... Frühstück? Nach Eiern und Kakao und Toast?

Mit einem Schwung riss sie die Küchentür auf.

„Guten Morgen, Jasmin!"

Nein, das war keine Traumgestalt. Das war Magdalene, die fertig angezogen am Tisch saß. Und der Tisch war gedeckt wie in einem Werbespot für Margarine.

„Ich hoffe, du magst Rührei mit Schinken", sagte Magdalene und zeigte auf die Pfanne am Herd. „Ich war mal schnell einkaufen."

Jasmin konnte nur fassungslos nicken. Schinken! Rührei! Sie war selbst ganz gerührt. Stumm griff sie nach einem Teller und ging zur Pfanne. Am liebsten hätte sie sich alles draufgeladen, aber dann hätte sie Laura garantiert erwürgt. Wenn es ums Essen ging, verstand sie absolut keinen Spaß.

„Lass es dir schmecken", sagte Magdalene, als sich Jasmin schon drei volle Gabeln in den Mund geschaufelt hatte. „Guten Morgen kannst du mir ja sagen, wenn du fertig bist."

„Guten Morgen!", sagte Jasmin mit vollem Mund. „Und danke für dieses tolle Frühstück!"

„Bitte sehr!“

Eine Minute später erschien Laura auf der Bildfläche. Schweigend ließ sie sich zwischen ihnen nieder und mampfte drauflos. Jasmin ärgerte sich darüber, dass sie Magdalene wie Luft behandelte. Ein bisschen Dankbarkeit könnte nicht schaden. Bis jetzt hatte ihr gemeinsames Frühstück aus einem Glas Wasser oder Limo und einem Schokoriegel bestanden, weil sie beide und Nicole morgens zu faul gewesen waren, großartig den Tisch zu decken.

„Sie ist ein Morgenmuffel!“, entschuldigte sich Jasmin eine halbe Stunde später für Laura, als sie sich zusammen mit Magdalene auf den Schulweg machte. „Aber sie fand das Frühstück garantiert genauso super wie ich. Warum hast du dir denn so viel Arbeit gemacht?“

„Um mich bei euch einzuschleimen“, behauptete Magdalene grinsend. „Sonst pinkelt ihr auch noch irgendwann in meine Schuhe. Wieso geht Laura eigentlich auf eine andere Schule als du?“

„Keine Ahnung. Hat sich halt ergeben.“

„Wie sind denn die anderen in unserer Klasse so drauf?“, erkundigte sich Magdalene.

Jasmin winkte ab. „Die Jungs kannst du vergessen. Dafür sind die meisten der Mädchen echt in Ordnung.“

Das stimmte zwar nicht so ganz, aber Jasmin wollte Magdalene beruhigen. Schließlich war es ihr erster Tag.

Dafür wirkte sie erstaunlich cool. Oder spielte sie Jasmin nur was vor? An ihrer Stelle wäre Jasmin irrsinnig nervös gewesen. Und das gestand sie Magdalene auch.

Die tat überrascht. „Nervös? Wieso denn? Ich hab kein bisschen Angst. Mit denen werd ich schon fertig.“

Was wollte sie damit sagen? Sie gingen doch in die Schule, nicht zum Wrestling.

Jasmin zählte ihr die Fächer auf, die sie heute hatten, und beschrieb die Lehrer.

„Englisch ist richtig gut. Ich will vielleicht auch mal Englischlehrerin werden. Miss Burnham stammt aus einer alten schottischen Familie – so richtig mit Landsitz und Pferden und allem Drum und Dran."

Sie schwärmte weiter, aber Magdalene schien ihr gar nicht zuzuhören, sondern mit ihren Gedanken ganz weit weg zu sein.

„Hast du wirklich keine Angst?", fragte Jasmin noch mal an einer roten Ampel.

Magdalene stieß einen Seufzer aus. „Ich hatte schon so viele erste Schultage, da werde ich diesen hier auch noch überstehen."

Als sie um die nächste Ecke gebogen waren, kam die Schule in Sicht. Jasmin wechselte die Straßenseite und steuerte auf eine Bushaltestelle zu.

„Was willst du denn hier?", fragte Magdalene. „Wieder zurückfahren?"

„Blödsinn! Da sind ein paar Freundinnen von mir."

Drei der Mädchen hatten Zigaretten in der Hand. Wenn sie nicht gerade daran zogen, husteten oder gähnten sie. Die Vierte hockte auf der Bank und schrieb eine Aufgabe ab. Das gleiche Bild wie jeden Tag.

„Morgen, Leute!", begrüßte Jasmin ihre Freundinnen. „Das hier ist Magdalene. Ich hab euch von ihr erzählt. Und das hier sind Sanja, Karin, Lee und Martina."

Die vier nickten Magdalene zu. Nur eine von ihnen bekam die Zähne auseinander.

„Willkommen in der Hölle!", murmelte Lee.

„Ich kann schon das Fegefeuer riechen", meinte Jasmin und rümpfte die Nase.

„So schlimm ist es nicht“, versuchte Karin Magdalene zu beruhigen. „Nur die Jungs sind bescheuert.“

„Außer Martin!“, erklärte Martina bestimmt und warf Karin einen angriffslustigen Blick zu.

„Die beiden sind ein Paar“, klärte Jasmin sie auf. „Martin und Martina, ist das nicht süß?“

Magdalene zuckte die Schultern.

„Na schön, ein paar sind in Ordnung“, räumte Karin ein. „Aber sie werden trotzdem Witze über deine Pickel machen.“

Daraufhin stemmte Magdalene die Hände in die Hüften und machte ein finsteres Gesicht. „Welche Pickel, hä?“

Verdammt!, ärgerte sich Jasmin. Sie hätte Magdalene vorbereiten sollen, dass Karin ziemlich direkt sein konnte.

Die musterte Magdalene höchst erstaunt und zeigte auf ihre Stirn. „Ich meine die beiden Dinger da oben. Das sind doch Pickel, oder? Aber es könnte natürlich auch sein, dass dir Hörner aus dem Kopf wachsen.“

Eine Sekunde später lag Karin auf dem Boden und schrie wie verrückt, weil ihre Zigarette in ihren Haaren weiterglühte. Magdalene hatte so schnell zugeschlagen, dass Jasmin die ganze Aktion gar nicht richtig mitbekommen hatte.

Während Lee und Sanja der jammernden Karin auf die Beine halfen, brüllte Martina total außer sich Magdalene an: „Spinnst du, du Arsch? Wie kannst du sie schlagen? Du hast wohl einen Knall! Die Zigarette hätte ihr die Haare verbrennen können.“

„Tja, Rauchen gefährdet eben die Gesundheit“, meinte Magdalene cool.

Fuchsteufelswild stürzte sich nun Karin auf Magdalene, packte sie am Kragen und zischte: „Was fällt dir ein, du blöde Schlampe?“

„Niemand fasst mich an!“, zischte Magdalene zurück.

Jasmin wollte dazwischengehen. Das Funkeln in Magdalenes Augen gefiel ihr ganz und gar nicht. Doch plötzlich spürte sie einen brennenden Schmerz an der linken Wange. Sie hatte den Schlag abgekriegt, der eigentlich Karin treffen sollte. Tränen schossen ihr in die Augen.

Mit einem Mal wurde es mucksmäuschenstill an der Haltestelle. Zornige Blicke schweiften hin und her. Mitten in das Schweigen hinein dröhnte der Schulgong.

„Gehen wir“, meinte Lee. „Kommst du mit, Jasmin?“

Jasmin schüttelte den Kopf, setzte sich auf die Bank und vergrub ihr Gesicht in den Händen. Sie konnte jetzt nicht einfach weggehen. Erst musste sie rauskriegen, was mit Magdalene los war.

Ihre Freundinnen ließen die beiden allein.

Im Weggehen rief Karin Magdalene zu: „Lass dich mal gegen Tollwut impfen, du Idiotin!“

Erstaunlicherweise sagte Magdalene kein Wort dazu. Sie hatte die Hände in den Taschen vergraben und schaute den Mädchen hinterher, bis sie auf dem Schulhof verschwunden waren. Dann warf sie einen verstohlenen Blick auf Jasmin, die das alles durch ihre Finger hindurch beobachtet hatte.

„Tut mir Leid“, entschuldigte sich Magdalene schließlich leise. „Ich wollte dir nicht wehtun.“

Als ob es darum ginge! Jasmin nahm die Hände vom Gesicht und schaute Magdalene stumm an.

„Ich kann's dir nicht erklären“, fuhr Magdalene nach einer Weile fort. „Wenn ich wütend bin, dann – dann –“. Sie senkte den Kopf. „Sie hätte mich nicht lächerlich machen sollen.“

„Es war doch nur ein dummer Witz“, warf Jasmin ein.

Da wurde Magdalene heftiger. „Keiner macht sich über mich lustig. Und keiner fasst mich mehr an, verfluchte Scheiße!"

Jasmin verkniff sich die Frage, die sie jetzt gern gestellt hätte. Sie hatte das „mehr" in Magdalenes letztem Satz nicht überhört.

„Was nun?", fragte Magdalene unsicher.

Jasmin stand auf und befühlte ihre Wange. Das würde mit Sicherheit einen blauen Fleck geben.

„Wir gehen rein, was sonst?"

Magdalene starrte sie entsetzt an. „Ich kann da jetzt nicht reingehen. Die werden mich alle saublöd anglotzen. Ich hau ab in die Wohnung. Deine Freundinnen hassen mich doch wie die Pest!"

Damit hatte sie vermutlich Recht.

„Ach, das regle ich schon", sagte Jasmin ruhig und setzte sich in Bewegung. „Los, komm mit. Du hast doch keine Angst, oder?", bemerkte sie über die Schulter.

Ohne sich umzudrehen, spürte sie, dass Magdalene ihr zögernd folgte.

„Tut's denn sehr weh?", fragte Magdalene, nachdem sie sie eingeholt hatte.

Und ob! Ihr ganzes Gesicht brannte wie Feuer. Magdalenes Schlag war kräftig gewesen. Ob sie heimlich mit Hanteln trainierte? Keine ihrer Freundinnen hätte eine Chance gegen Magdalene gehabt. Weder einzeln noch alle zusammen.

„Nein, es tut nicht weh", schwindelte sie, damit sich Magdalene nicht doch noch aus dem Staub machte.

Magdalene griff in ihre Schultasche und kramte eine Banane heraus. „Hier, 'ne kleine Entschuldigung", flüsterte sie fast. „Was anderes hab ich nicht ..."

Jasmin mochte zwar kein Obst, griff aber trotzdem nach der Banane. „Ein rohes Steak wäre mir lieber."

„Wieso denn roh?", fragte Magdalene verwundert.

„Hilft angeblich gegen Schwellungen und blaue Flecke", grinste Jasmin.

Verlegen trottete Magdalene weiter neben ihr her.

Als sie den Schulhof überquerten, ging ein älterer Mann mit Glatze an ihnen vorbei, den Jasmin höflich grüßte. Der Mann grüßte ebenso höflich zurück.

„Wer war das?", erkundigte sich Magdalene.

„Herr Striewe, unser Direktor", antwortete Jasmin. „Also ein sehr wichtiger Mann. Tu mir einen Gefallen: Was immer er in den nächsten Jahren zu dir sagen wird – verprügle ihn bitte nicht, okay?"

6. Kapitel

Endlich, endlich, endlich!

Laura saß auf dem Klo und träumte von Marco. Seit Nicoles Rauswurf aus der WG hatte er sich nicht mehr bei ihnen blicken lassen. Laura vermutete, dass er Angst vor Jasmin hatte. Sie behandelte ihn wirklich ekelhaft seit dieser Geschichte.

Na schön, er hätte nicht hier einschlafen dürfen, schon gar nicht in Nicoles Bett. Jungs durften nicht in der WG übernachten, das war eine eiserne Regel. Und dass ihm das winzige Päckchen Marihuana aus der Tasche gefallen war, als er Felipe gegenübergesessen hatte, war vermutlich auch nicht sehr hilfreich gewesen. Besonders clever war der Knabe sowieso nicht. Sonst hätte er sich irgendeine Ausrede einfallen lassen, als Felipe ihn mitten in der Nacht am Ohr ins Wohnzimmer schleifte und ihn fragte, was er hier machte. Nur gegrinst hatte er, dieser Blödmann!

Aber was war das für ein Grinsen ... Wow, Marco sah so wahnsinnig toll aus! Außerdem war er der coolste Typ, der ihr je über den Weg gelaufen war.

Laura seufzte und griff nach dem Klopapier.

Sie hatte nur noch zwanzig Minuten, um ihre Haare zu stylen und was zum Anziehen zu finden.

Nur noch zwanzig Minuten, und sie würde Marco endlich wiedersehen. Hoffentlich kam Jasmin nicht früher als erwartet nach Hause und machte alles kaputt, indem sie ihn aus der Wohnung vertrieb.

Laura raste ins Schlafzimmer. Sie hielt sich erst gar nicht damit auf, in ihrem eigenen Schrank etwas Brauchbares zu suchen. Gott sei Dank trug Jasmin am liebsten Sachen, die ihr zwei Nummern zu groß waren. Beim Wühlen stieß sie eine kleine Kiste um, die klirrend auf dem Schrankboden landete. Scheiße, auch das noch!

Blitzschnell sammelte sie den Inhalt wieder ein, schnappte sich ein T-Shirt und stürmte zurück ins Bad. In der Tür stutzte sie. Mist, warum hatte sie nicht früher dran gedacht? Ein ausgiebiges Bad mit ganz viel Schaum hätte ihr bestimmt nicht geschadet. Aber dafür war es jetzt zu spät.

Mit gemischten Gefühlen begutachtete Laura ihr Spiegelbild. Wenn sie fünfzehn Kilo weniger gewogen hätte, wäre sie vermutlich ganz hübsch gewesen. An ihrem Gesicht gab es nichts auszusetzen: große Mandelaugen, ein schöner Mund und eine Stupsnase. Wenn nur diese verfluchten Kilos nicht da wären! Oder schleppte sie nicht mehr ganz so viele davon rum wie noch vor einer Woche? Vielleicht sollte sie mal auf die Waage steigen. Immerhin hatte sie in den letzten Tagen weniger gefuttert als sonst. Das bildete sie sich jedenfalls ein.

Zögernd machte sie einen Schritt auf die Waage zu. Wollte sie tatsächlich ihr genaues Gewicht erfahren? Ach nein, lieber nicht. Ihre gute Laune hätte erheblich darunter leiden können. Sie durchwühlte ihre kurzen Locken und verteilte großzügig Gel. Dann angelte sie sich Jasmins Lippenstift und malte sich einen roten Kussmund. Ein paar Tropfen von Jasmins Parfüm konnten auch nicht schaden. Jetzt fehlte ihr nur noch Jasmins Figur. Oder die von dieser bescheuerten Desilene, oder wie die sich nannte. Aber über die wollte Laura jetzt nicht nachdenken.

Nachdem sie noch einen letzten prüfenden Blick in den Spiegel geworfen hatte, lächelte sie sich selbst zu. Und zuckte zusammen: Ein Vampir grinste sie an! Dummerweise hatte sie auch ihre Zähne mit Lippenstift beschmiert.

Na ja, eigentlich war es auch gar keine schlechte Idee, sie noch einmal zu putzen. Wer weiß, vielleicht wollte Marco sie ja heute küssen?

Kaum hatte sie sich den Mund ausgespült, da klingelte es. Laura raste zur Tür und fragte in die Sprechanlage: „Bist du's, Marco?"

Keine Antwort. Laura drückte trotzdem auf den Summer. Dann presste sie ihr rechtes Auge an den Türspion. Ein paar Sekunden später tauchte Marco auf.

Total nervös öffnete sie die Tür, lächelte Marco an und sagte: „Hi!"

Marco sagte gar nichts. Und nicht mal die leiseste Andeutung eines Lächelns erschien auf seinem Gesicht. Er stapfte einfach an Laura vorbei und ging ins Wohnzimmer.

Gereizt wollte Laura die Tür zuknallen, doch da tauchte Salih vor ihr auf.

„Hi, Laura!", sagte er und tat dabei genauso cool wie sein bester Freund und sein großes Idol Marco. „Alles klar?"

Sie nickte. Was sollte sie auch sonst machen? Salih einen so kräftigen Schubs verpassen, dass er die Treppe runterfiel? Das hätte sie eigentlich am liebsten gemacht, schließlich brachte er sie um die Chance, mit Marco allein zu sein.

Aber inzwischen war auch Salih im Wohnzimmer verschwunden, und als Laura dort auftauchte, hatte er es sich schon im Lehnstuhl gemütlich gemacht. Marco hockte auf dem Sofa, die Hände hinterm Nacken verschränkt, und starrte an die Decke.

Scheiße, so hatte sich Laura das nicht vorgestellt! Warum schleppte Marco diesen blöden Salih mit? Der Kerl war so dämlich, dass er nicht mal allein seine Nase fand, um darin zu bohren. Laura konnte ihn absolut nicht ausstehen. „Marcos Schatten" hatte ihn Nicole immer genannt, weil er seinem Freund nie von der Seite wich. Erstaunlich, dass Salih damals in der entscheidenden Nacht nicht auch in Nicoles Bett gelegen hatte!

Unsicher stand Laura im Wohnzimmer und überlegte, wie sie Salih am schnellsten loswerden könnte.

„Hast du was zu trinken, Schönheit?", fragte Marco und schaute sie mit hochgezogenen Augenbrauen an. Laura nickte und ging in die Küche.

Schönheit! Marco hatte sie Schönheit genannt. War er nicht schrecklich süß? Mit weichen Knien und drei Dosen Cola in der Hand kehrte sie zurück ins Wohnzimmer.

Als sie Marco eine Dose gab, berührten sich ihre Hände. Laura fühlte, wie sich ein Grinsen auf ihrem Gesicht ausbreitete. Ihr wurde ganz heiß. Wäre das schön, wenn er jetzt seinen Arm um sie schlingen würde und dann seine wundervollen Lippen –

„Danke, Schönheit!“, unterbrach Salih Lauras Träumereien und nahm ihr die zweite Dose ab. Oh Gott, diesen Trottel hatte sie ja ganz vergessen!

Sie beschloss, Salih komplett zu ignorieren, und setzte sich zu Marco aufs Sofa. Der schenkte ihr jedoch keinerlei Beachtung und sah sich im Wohnzimmer um, als wäre er noch nie hier gewesen.

„Wie läuft's denn in der Schule?“, fragte Laura nach einer Weile.

Keine Antwort. Sie nippte an ihrer Cola und warf Marco dabei einen Seitenblick zu. Er hatte sicher den schönsten Oberkörper von ganz Düsseldorf. Sollte sie ihm ihre Cola übers Hemd schütten? Dann müsste er es ausziehen.

„Wie läuft's denn so in der Schule?“, wiederholte Laura, weil ihr nichts anderes einfiel.

Und siehe da: Marco bequemte sich endlich zu einer Antwort. „Unser Mathelehrer ist der letzte Wichser!“, grunzte er. „Er hat mir schon wieder 'ne Sechs verpasst.“

„Wieso?“, fragte Laura, die Marcos Nähe ganz kribbelig machte.

„Wahrscheinlich mag er keine Türken“, vermutete Marco mit finsterer Miene.

„Du bist aber doch kein Türke, Marco“, gab der Oberschlauberger Salih zu bedenken.

„Ach nee!“, knurrte sein Freund. „Und woher soll unser Mathelehrer das wissen?“

Eine ziemlich dumme Erklärung, fand Laura. Sein Lehrer wusste doch, dass er Marco Müller hieß. Und dieser Name hörte sich nun wirklich nicht so an, als stammte Marcos Familie aus Anatolien.

Sie wollte ihn aber auch nicht unbedingt verärgern. „Gemeiner Kerl!“, meinte sie deshalb so ernst wie möglich.

Marco nickte ihr gnädig zu, dann fing er an, zu summen. Salih stimmte sofort mit ein. Unruhig rutschte Laura auf dem Sofa herum und lauschte dem Konzert. Was sollte das hier werden? Etwa ein Ständchen?

„Braucht ihr noch einen Schlagzeuger?“, erkundigte sie sich. „Dann könnten wir eine Band aufmachen. Leute, ihr seid ein ziemlich langweiliger Besuch, wisst ihr das? Wenn ich Gesumme hören will, kann ich mir auch ein paar Fliegen einladen.“

„Entschuldige, Laura!“

War das wirklich Marcos Stimme gewesen? Wie melodisch er ihren Namen ausgesprochen hatte! Laura schwebte im siebten Himmel. Das konnte doch noch ein schöner Nachmittag werden.

„Salih und ich waren gestern bei einem Freund“, sagte Marco unvermittelt. „Und auf dem Weg dahin –“.

Da fiel Salih begeistert ein: „Ja, da war diese geile –“.

„Anlage!“, unterbrach ihn Marco schnell und durchbohrte ihn mit einem strafenden Blick. Dann wandte er sich wieder an Laura: „Ich hab sie gesehen und wusste sofort: Die muss ich haben!“

Ganz tief tauchten seine Augen in die von Laura. Ob er dabei wohl die Luft anhalten musste? Ein wohliger Schauer lief Laura über den Rücken.

„Weißt du, woran ich gedacht habe, als ich das Ding sah?“, fuhr Marco fort und legte eine Hand auf ihr linkes Knie.

„Nein“, konnte Laura nur hauchen. Sie hatte plötzlich einen trockenen Mund bekommen.

„An uns beide hab ich gedacht.“ Marcos Stimme war jetzt so weich wie Watte. „Uns beide, wie wir im Kerzenschein tanzen.“

Laura schloss die Augen. Nein, sie saß nicht mehr auf dem Sofa. Sie schwebte zu sanfter Musik in Marcos zärtlichen Armen durchs Wohnzimmer und achtete darauf, dass ihr weißes Seidenkleid der Kerze nicht zu nahe kam.

„... tanzen zum Sound dieser genialen Anlage", flötete Marco. Doch dann stieß er einen hoffnungslosen Seufzer aus. „Aber das wird wohl alles nur ein Traum bleiben." Abrupt riss er die Hand von Lauras Knie.

„Nur ein Traum?", murmelte Laura enttäuscht. „Aber wieso denn?"

„Ja, wieso denn?", wollte auch Salih wissen, der sich neugierig vorgebeugt hatte.

„Wegen der fünfhundert Mark", stöhnte Marco und lehnte sich zurück. „So viel kostet die Anlage. Und das ist echt billig für so ein Megateil."

„Fünfhundert Mark?" So viel Geld hatte Laura noch nie auf einmal gesehen, geschweige denn besessen. „Können dir deine Eltern nicht was leihen?"

Marco winkte ab. „Vergiss es!"

Prompt winkte Salih ebenfalls ab, allerdings nicht halb so cool wie Marco, und wiederholte im selben Tonfall: „Vergiss es!"

Scheiße, das durfte doch wohl nicht wahr sein!, ärgerte sich Laura. Ihr absoluter Traumtyp wollte mit ihr tanzen – bei Kerzenschein! –, und dann scheiterte alles an lächerlichen fünfhundert Mark! Warum suchte sich Marco keinen Nebenjob? Schließlich waren bald Ferien, und Marco war schon siebzehn.

„Einen Job?", ächzte Marco, als er von ihrer Idee erfuhr. „Bist du verrückt? Weißt du, was man bei einem Job tun muss? Arbeiten!"

„Und das ist Scheiße!", erklärte Salih mit Nachdruck.

Immerhin: Marco hatte ihm diesen Satz nicht vorsagen müssen. Ganz allein war er auf diese großartige Erkenntnis gekommen.

„Wie willst du dir denn sonst die fünfhundert Mark besorgen?“, fragte Laura. „Vielleicht gibt es ja jemanden, der es dir leihen könnte?“

„Das ist so lieb von dir, dass du das vorschlägst“, säuselte Marco. Gleichzeitig verirrte sich wieder seine Hand auf ihr Knie. „Ich zahl's dir auch zurück, Ehrenwort! Kommst du mit, wenn ich sie kaufe?“

Marco rückte näher an sie heran. Sie spürte seinen Atem auf ihrer Nase. Er musste Salamipizza gegessen haben. Mit einer Extraportion Knoblauch drauf.

Sie öffnete den Mund, um etwas zu sagen.

„Na, du Arsch?“

Nein, das hatte sie nicht gesagt. Das war Jasmin, die wie ein Racheengel in der Tür stand. Ihre Augen schleuderten zornige Blitze auf Marco, der Laura sofort losließ und ans andere Ende des Sofas flüchtete.

Hinter Jasmin lugte Magdalene neugierig ins Wohnzimmer.

„Du traust dich noch hierher, du Penner?“, fuhr Jasmin Marco an. „Hab ich dir nicht deutlich gesagt, dass ich dich hier nie mehr sehen will?“

„Ich besuche Laura“, erklärte Marco lässig, knetete dabei aber nervös seine Handknöchel.

„Als du das letzte Mal eine von uns besucht hast, ist sie aus der WG geflogen“, giftete Jasmin. „Also verpiss dich, kapiert?“

Statt darauf zu antworten, zauberte Marco das unwiderstehliche Grinsen auf sein Gesicht. Allerdings galt es weder Laura noch Jasmin, sondern – Magdalene!

„Na, Schönheit?“, sagte Marco und fuhr sich durch die Haare. „Wir kennen uns noch nicht, stimmt's? An so ein tolles Mädel würde ich mich bestimmt erinnern.“

Hä? Was sollte dieses Gesülze? Laura ballte die Fäuste. Sollte sie eine davon in Marcos Fresse donnern?

Magdalene war nicht sonderlich beeindruckt. Zumindest tat sie so, als würde sie sein Geschleime kalt lassen.

„Das ist nur Magdalene, unsere neue Mitbewohnerin“, sagte Laura betont gleichgültig.

„Ich wette, du bist Model“, vermutete Marco. „Oder Schauspielerin.“

„Oder beides“, fügte sein Schatten hinzu.

Magdalene verdrehte zwar genervt die Augen, aber Laura entging trotzdem nicht, wie sehr sie sich über die Komplimente freute. Und plötzlich fingen alle gleichzeitig an zu reden. Marco wollte etwas von Magdalene wissen, Salih wiederholte Marcos Frage, Jasmin betonte in mehrfacher Ausführung, dass Marco sich verpissen sollte, und Magdalene versuchte, Jasmins Aufmerksamkeit zu gewinnen.

Verdammt, dachte Laura, in dieser Wohnung waren eindeutig zu viele Leute.

Mit einem fröhlichen „Hallo allerseits!“ öffnete Lilli die Wohnzimmertür und schlug damit fast Magdalene zu Boden. Bei Marcos Anblick kippte sie allerdings fast selbst aus ihren Stöckelschuhen.

„Was macht der denn hier?“, kreischte sie. „Diesen Kerl wolltet ihr doch nie mehr in die Wohnung lassen!“

„Ich kenne die beiden gar nicht“, verteidigte sich Magdalene sofort.

„Und ich will diese Idioten nicht mehr kennen“, knurrte Jasmin, zupfte Magdalene am Ärmel und verzog sich mit ihr in die Küche.

Lilli nahm Laura ins Visier. Doch ehe sie sich noch verteidigen konnte, pfiff Marco zum Rückzug – worüber Laura gleichzeitig erleichtert und verzweifelt war.

„Wir wollten gerade abhauen“, verkündete er und erhob sich vom Sofa.

„Ja, wir sind schon weg“, bestätigte Salih.

„Schnauze!“, zischte Laura ihn an, bevor er Marco in den Flur folgen konnte.

Ohne Abschied verschwanden die beiden aus der Wohnung. Laura stampfte wütend mit dem Fuß auf, als die Tür ins Schloss fiel.

„Du bist übergeschnappt, Laura!“, schimpfte Lilli und ließ sich auf den Schaukelstuhl fallen. „Dieser Blödmann ist dafür verantwortlich, dass wir deine Freundin aus der WG schmeißen mussten. Er nimmt Drogen, fliegt bald von der Schule, verkehrt mit Kriminellen und ist obendrein noch dämlich. Und du – du lässt ihn in die Wohnung, obwohl du ganz allein hier bist. Mein Gott, der hätte sonst was mit dir machen können. Ich bin schrecklich enttäuscht, Laura.“

„Ich auch!“, seufzte sie.

„Wirklich?“, fragt Lilli erstaunt.

Laura nickte und griff nach der Coladose. „Ich wünschte, er hätte sonst was mit mir gemacht!“

7 Kapitel

Unruhig wälzte sich Jasmin im Bett herum. Sie konnte nicht schlafen, weil ihre Gedanken Pingpong spielten. Ständig musste sie an ihre Mutter denken, die jetzt seit fast drei Wochen in dieser Entzugsklinik war. Sie durfte niemanden anrufen. Das war Teil der Therapie. Während des Entzugs sollte ihre Mutter zu ihrem Alltag keinen Kontakt haben.

Pah, als ob Jasmin zu ihrem Alltag gehören würde ...

Schließlich meldete sich ihre Mutter nur alle paar Wochen bei ihr. Es gab ein bisschen Blabla und am Ende dann das große Versprechen, bald mit dem Saufen aufzuhören. Im Hintergrund war das Grölen ihres Freundes zu hören. Bei jedem Anruf war es ein anderer.

Früher hatte Jasmin oft davon geträumt, irgendwann bei ihrer Mutter wohnen zu können. Als ihre Oma noch lebte, war es allerdings nicht so schlimm gewesen. Sie hatten sich gemeinsam um den Haushalt gekümmert, über alles geredet und viel gelacht. Eine richtige Kichererbse war Oma gewesen.

Seit Omas Tod vor sechs Monaten lachte Jasmin nicht mehr viel. Geweint hatte sie allerdings auch nicht. Sie konnte noch immer nicht begreifen, dass ihre Oma endgültig weg war. Sie war ihr sogar böse, weil sie nun schon so lange nichts mehr von sich hatte hören lassen. Im Grunde ihres Herzens wusste sie natürlich, dass sie ihre Oma nie mehr wieder sehen würde. Aber wer tauchte schon gern auf den Grund seines Herzens hinab?

Weil Jasmin keine Lust hatte, zu ihrem Vater, dessen dritter Frau und deren Tochter in ein kleines Nest an der Ostsee zu ziehen, war sie ins Heim gekommen. Und kurz darauf in die WG.

Zu ihrer Schwester konnte sie auch nicht. Sibylle war zwar schon neunzehn, aber sie studierte in München. Neben Job und Studium konnte sie nicht auch noch eine kleine Schwester gebrauchen.

Wie ungerecht vom Schicksal, dass ihre Oma gestorben war. Es reichte doch, dass ihre Mutter eine Trinkerin war. Und dass ihr Vater ein seltsames Hobby hatte: Familien gründen. Alle paar Jahre suchte er sich eine neue Frau und drehte ihr mindestens ein Baby an, ehe er sie wieder verließ. Ob er sich wohl noch an alle Namen seiner Kinder erinnerte? Jasmin war sich nicht sicher. Ihr Vater war dumm wie Bohnenstroh und hatte nichts als seinen LKW und Borussia Dortmund im Kopf.

Jasmin fand allein schon die Vorstellung unmöglich, mit ihrem Vater zusammenzuleben. Da wohnte sie lieber bei zwei halbwegs normalen Mädchen, von denen die eine immer launischer wurde und die andere grundlos um sich schlug. Dass die beiden einander nicht ausstehen konnten, machte die Sache natürlich nicht leichter.

Seufzend wälzte sich Jasmin auf den Bauch und vergrub den Kopf unterm Kissen.

Nanu, was war denn das für ein Geräusch gewesen? Hatte Laura angefangen zu schnarchen? Da war es wieder. Jasmin musste grinsen. Ihr eigener Magen sorgte für diese seltsamen Laute. Anscheinend protestierte er dagegen, dass Jasmin das Abendbrot hatte ausfallen lassen, um Mathe zu lernen. Zahlen machten nicht satt. Allerdings hatten sie auch keine Kalorien.

Weil ihr Bauch keine Ruhe geben wollte, stand Jasmin auf, schlich sich leise aus dem Zimmer und machte sich auf den Weg in die Küche.

Als sie die Tür öffnete, blieb ihr fast das Herz stehen. Ein Alien! Ja: Das musste ein Wesen von einem fremden Planeten sein, das da vor dem Kühlschrank stand. Es trug ein langes, schwarzes Gewand und hatte ein dunkelrotes Gesicht. Selbst Leichen in Horrorfilmen sahen Vertrauen erweckender aus.

Jasmin stieß einen entsetzten Schrei aus.

„Schhhh!“, fauchte das Ding aus einer anderen Welt. „Du weckst ja das ganze Haus auf.“

Kein Zweifel: Das war Magdalenes Stimme gewesen. Eindeutig! Aber wo steckte Magdalene?

Das Wesen zeigte auf sein grauenvolles Gesicht und meinte: „Hilft angeblich gegen Pickel. Starr mich doch nicht so an wie einen Geist! Das Zeug muss in zehn Minuten runter, dann bin ich wieder Magdalene. Aber hoffentlich mit ein paar Pickeln weniger!“

Eine Gesichtsmaske! Jasmin musste über sich selbst lachen. Magdalene stimmte mit ein. Kichernd setzten sie sich an den Tisch. Während sich Jasmin ein Glas Cola einschenkte, tauchte Amigo in der Küche auf. Bei Magdalenes Anblick klemmte er sofort den Schwanz zwischen die Hinterpfoten und düste ab in den Flur. Die Mädchen mussten wieder lachen.

Nachdem sie sich einigermaßen beruhigt hatte, nahm Jasmin Magdalenes Maske genauer in Augenschein und schnupperte. „Soll das heißen, dass ich gleich keinen Erdbeerjogurt naschen kann?“

„Erraten“, gestand Magdalene. „Es sei denn, du willst ihn mir von den Wangen lecken.“

„Ich bin so hungrig, dass ich es am liebsten tun würde."

„Moment", sagte Magdalene und verschwand im Flur. Wenige Minuten später kam sie mit einem Arm voll Schokoriegeln zurück.

„Für absolute Notfälle", meinte sie. „Besonders wichtig um zwei Uhr nachts."

„Warum bist du eigentlich noch wach?", fragte Jasmin und riss den ersten Schokoriegel auf. Sie liebte Karamell.

„Erstens wollte ich nicht, dass mich eine von euch mit dem Zeug im Gesicht sieht."

„Und zweitens?", bohrte Jasmin nach, worauf sich Magdalene verlegen am Hinterkopf kratzte.

„Brad war ziemlich lang auf", erzählte sie. „Ich konnte mich nicht von ihm losreißen. Ich meine vom Beobachten", fügte sie hinzu. „Und du? Hast du öfter Heißhunger nachts?"

„Nein, ich konnte nicht schlafen", sagt Laura.

„Probleme gewälzt?"

Jasmin nickte. „Ich denk halt nach. Über meine Mutter. Aber auch über uns drei. Und die Zukunft. So Zeug halt."

„Hm", machte Magdalene.

Sollte sich Jasmin darüber freuen oder ärgern, dass Magdalene sie nicht über ihre Mutter ausquetschte? Wollte sie rücksichtsvoll sein oder interessierte sie Jasmin und ihre Mutter einen Dreck?

„Und was geht dir so durch den Kopf?", erkundigte sich Jasmin.

„Ach gar nichts. Das müsstest du doch spätestens heute in der Mathestunde gemerkt haben."

„Aber dafür hast du heute niemanden verprügelt. Oder hab ich nur nichts davon mitgekriegt?"

Magdalenes Maske veränderte sich. Sollte das ein Lächeln sein? Oder zog sie eine Grimasse? Jasmin nahm sich vor, die Prügelei gestern sicherheitshalber nicht noch mal zu erwähnen.

„Wenn ich überhaupt denke, dann daran, wie ich wohl in zehn Jahren sein werde“, behauptete Magdalene.

„Älter“, erwiderte Jasmin. „Und zwar um genau zehn Jahre.“

„Und reich und berühmt. Ich will nämlich Model werden. Und ich will mich Desirée nennen.“

„Warum Desirée?“

„So heißt ein Film mit Marlon Brando, meinem Lieblingsschauspieler. Wahnsinnig romantisch! Die Frau in dem Film ist mutig und klug und schön und wird von allen geliebt und – na ja, da muss man schon Desirée heißen, um es so weit zu bringen.“

„Marlon Brando? Der fette alte Typ, der so undeutlich spricht?“ Jasmin wunderte sich. „Den findest du super?“

„Hey, der war auch mal jünger. Ist zwar schon hundert Jahre her, aber das stört mich nicht. Guck dir einen alten Film mit ihm an. Gegen Marlon Brando sieht Brad Pitt aus wie ein kleiner Schuljunge. Und damit meine ich den echten Brad Pitt und nicht den Typen von gegenüber.“

Jasmin schnappte sich den nächsten Schokoriegel. Diesmal mit Erdbeerfüllung – wenn sie schon den Jogurt verpasst hatte.

„Reich und berühmt will ich nicht werden, sondern Lehrerin“, meinte sie gedankenverloren. „Für Deutsch und Englisch.“

„Warum?“

„Ganz einfach: Mir fällt nichts Besseres ein.“

Magdalene lachte. „Ich glaube, du wärst eine gute Lehrerin.“

„Wirklich? Wieso?“

Magdalene legte den Kopf schief. „Weiß ich nicht so genau. Aber du wirkst irgendwie überzeugend. Als du mich heute vor der Schule zur Seite genommen und mir gesagt hast, dass ich gefälligst die Fäuste in der Hosentasche lassen soll –“. Sie zuckte mit den Schultern. „Da hatte ich echt Respekt vor dir. Verstehst du, was ich meine?“

„Ja. Nein. Vielleicht.“

Jasmin schnappte sich den dritten Schokoriegel – mit Marzipanfüllung.

„Sag mal, denkst du manchmal über eine Familie nach?“, wollte Jasmin wissen. Am helllichten Tag im Bus oder auf dem Schulhof hätte sie so eine Frage bestimmt nicht gestellt. Aber jetzt mitten in der Nacht, allein mit Magdalene in der Küche, hatte sie das Gefühl, alles Mögliche mit ihr bequatschen zu können.

„Du meinst, heiraten und Kinder kriegen und so?“

Jasmin nickte.

„Hm, eigene Kinder könnte ich mir schon vorstellen“, sagte Magdalene. „Wäre sicher nett, jemanden um sich zu haben, der dümmer ist als man selbst.“

„Und was machst du nach ihrem vierten Geburtstag?“

„Sehr witzig!“ Magdalene wühlte in dem Haufen aus leeren Schokoriegelverpackungen. „Das Blöde an eigenen Kindern ist, dass man dazu einen Mann braucht. Und ehrlich gesagt, finde ich Männer nicht so toll.“

„Bist du lesbisch?“

„Frauen mag ich eigentlich auch nicht sehr“, gab Magdalene zu.

„Darf ich mal fragen, was ihr beide hier veranstaltet?“

Jasmin und Magdalene fuhren erschrocken zusammen und starrten zur Tür. Dort hatte sich Laura aufgebaut. Sie trug ein T-Shirt mit dem Filmposter von Matrix als Aufdruck. Keanu Reeves stand auf dem Bild genauso breitbeinig da wie Laura in diesem Moment. Nur dass das Shirt über ihrem Bauch derart spannte, dass Keanu O-Beine hatte.

„Wir essen“, sagte Magdalene und wandte sich wieder den Schokoriegeln zu.

Laura grummelte irgendwas und riss dann den Kühlschrank auf.

„Wo ist der Erdbeerjogurt?“, meckerte sie mit verschlafener Stimme.

„Kämpft gegen meine Pickel“, erklärte Magdalene und stand auf. „Aber jetzt muss er runter. Mal sehen, wer stärker war. Wenn er nicht gewirkt hat, nehme ich ihn nur noch zum Futtern.“

Sie ging ins Bad, verfolgt von Lauras verständnislosen Blicken.

„Soll das heißen, sie hat sich meinen leckeren Jogurt in ihr ekliges Gesicht geschmiert?“, brummte Laura. „Was soll ich denn jetzt essen?“

„Am besten etwas, das ganz wenig Kalorien hat“, schlug Jasmin vor.

„Und was soll das sein?“

„Gar nichts!“

Zum Glück war Laura zu müde für einen Wutanfall oder einen Heulkrampf. Gähnend schlurfte sie aus der Küche. Jasmin war überrascht, dass sie nicht mal die Tür hinter sich zuschlug.

8. Kapitel

So musste man sich fühlen, wenn man eine Schwester hatte. Zumindest hatte es sich Magdalene so vorgestellt: in der Küche hocken, was Leckeres futtern und bis spät in die Nacht über Gott und die Welt quatschen. Wie schön wäre es doch gewesen, wenn sie die WG nur mit Jasmin hätte teilen dürfen. Aber Laura würde hier ganz bestimmt nicht ausziehen. Es sei denn, sie würde noch fetter werden und irgendwann nicht mehr durch die Tür passen.

Grübelnd setzte sich Magdalene im Wohnzimmer auf die Couch und kraulte Amigo, der sich zu ihren Füßen niedergelassen hatte. Mit der anderen Hand angelte sie sich das Anzeigenblatt vom Tisch und blätterte es durch.

Plötzlich fiel ihr Blick auf eine Zeile Großbuchstaben: WILLST DU MODEL WERDEN?

„Klar!", antwortete Magdalene laut, sodass Amigo neugierig den Kopf hob.

„Nicht du, Dicker!", sagte sie. „Ich rede mit mir selbst. Das gewöhnt man sich an, wenn einem sonst keiner zuhört."

Unter der Anzeige stand eine Telefonnummer und eine Adresse. Die Straße kannte Magdalene, weil sie auf ihrem Schulweg lag. Ob sie einfach mal bei dieser Agentur Schwaab reinschneien sollte? Okay, man hörte zwar oft genug von Betrügern, die junge Mädchen abzockten. Aber schließlich war Magdalene kein Baby mehr und nicht auf den Kopf gefallen und würde schnell rauskriegen, ob es bei dieser Agentur mit rechten Dingen zuging oder nicht.

Außerdem: Vom Nichtstun kam ihre Karriere bestimmt nicht in Gang. Niemals würde zufällig ein berühmter Fotograf an ihrem Fenster vorbeifliegen und sie zu Probeaufnahmen einladen. *Wer nicht wagt, der nicht gewinnt,* stand in goldenen Buchstaben auf einem scheußlichen Sofakissen im Wohnzimmer ihrer Mutter. Die war in ihrem Leben nur ein einziges Wagnis eingegangen: die Ehe mit Magdalenes Stiefvater. Gewonnen hatte ihre Mutter dabei allerdings nicht. Und Magdalene erst recht nicht.

Kurz entschlossen sprang sie auf, ging in den Flur und schlüpfte in ihre Jacke. Amigo war hinter ihr hergewatschelt.

„Du kommst mit!“, entschied sie und legte ihn an die Leine. „Sicher ist sicher. Und wenn sie nicht genügend Angst vor dir haben, behaupte ich, du wärst ein supergefährlicher Kampfhund.“

Anscheinend war Amigo einverstanden. Jedenfalls verzichtete er auf irgendeinen Kommentar.

Knapp eine Viertelstunde später stand Magdalene vor dem Haus und wunderte sich. Weit und breit war kein Firmenschild zu sehen. Misstrauisch rümpfte sie die Nase.

Trotzdem klingelte sie bei Schwaab und marschierte dann drei Stockwerke hinauf durch ein ausgesprochen düsteres Treppenhaus. Aha, oben an der Tür hing doch ein Schild, wenn auch nur ein total schäbiges. Jeder Idiot könnte so ein Ding entwerfen – vorausgesetzt, der Idiot hatte einen PC und einen Drucker.

Die Tür ging auf, und eine gepflegt aussehende Dame Anfang fünfzig lächelte Magdalene freundlich an.

„Haben Sie einen Termin?“, fragte sie mit einer heiseren Stimme.

Magdalene schluckte. „Nein, ich wollte nur – äh –, ich

dachte, weil ich ganz in der Nähe wohne, könnte ich mal einen kurzen Abstecher –".

„Schon gut", unterbrach die Dame sie und bat sie herein. „Vielleicht kann ich Sie ja noch dazwischenschieben. Herr Schwaab wird im Moment nur so gejagt von Terminen."

Das Vorzimmer war winzig und nicht gerade modern eingerichtet. Grelle Tapeten hatte Magdalene erwartet und total ausgefallene Möbel. Aber hier drin sah es entsetzlich altmodisch aus. So würde sich vielleicht Speedy Gonzales einrichten, aber eine Agentur?

Inzwischen hatte die Sekretärin einen Blick in den Terminkalender geworfen.

„Heute ist Ihr Glückstag, junge Dame!", zwitscherte sie fröhlich. „Wenn Sie ihn nicht länger als zehn Minuten belagern, dann können Sie jetzt mal kurz zu Herrn Schwaab."

Magdalene nickte. Feierlich öffnete die Sekretärin die Tür neben ihrem Schreibtisch und schob Magdalene ins Zimmer ihres Chefs.

Herr Schwaab stand am Fenster, die Hände hinterm Rücken verschränkt, wandte sich jedoch sofort um, als die Sekretärin die Tür hinter Magdalene geschlossen hatte. Er war klein und fett, hatte eine Halbglatze und schwitzte wie im Hochsommer, obwohl es ein ungemütlicher, stürmischer Herbsttag war. An der Wand seines Büros hingen jede Menge Fotos von jungen Mädchen. Keins von ihnen kam Magdalene bekannt vor.

Irgendwie fühlte sich Magdalene hin- und hergerissen. Sie glaubte sich der Erfüllung ihres Traumes so nah wie nie zuvor. Andererseits traute sie Herrn Schwaab nicht weiter, als sie ihn hätte werfen können. Und das wäre angesichts seiner gigantischen Wampe bestimmt nicht allzu weit gewesen.

Lächelnd kam er auf sie zu, stellte sich höflich mit einer Verbeugung und einem Händedruck vor und fragte Magdalene nach ihrem Namen. Widerwillig musste sich Magdalene eingestehen, dass ihr das Lächeln sehr freundlich vorkam. Ehrlich gesagt, hatte sie eher ein schmieriges Grinsen erwartet.

„Na, wenn das nicht meine zukünftige Claudia Schiffer ist!“, sagte er übertrieben begeistert und musterte Magdalene von oben bis unten. „Deshalb bist du doch hier, oder? Du willst bestimmt Model werden.“

„Nein, ich bin vom Pizzaservice“, erwiderte Magdalene trocken und zeigte auf Amigo. „Hier ist die Calzone, die Sie bestellt haben.“

Herr Schwaab stutzte. Mit Humor kam man bei ihm wohl nicht sehr weit.

„Ja, ich will Model werden“, erklärte Magdalene schnell. „Hab ich denn überhaupt eine Chance?“

Herr Schwaab pflanzte sich hinter seinen riesigen Schreibtisch und zeigte auf den etwas in die Jahre gekommenen Ledersessel ihm gegenüber.

„Aber natürlich, Magdalene. So was sehe ich doch auf den ersten Blick. Was meinst du, wie viele Mädchen hier jeden Tag auftauchen, die ich sofort wieder wegschicken muss? Die meisten sind nicht mal schön genug, um in einer Geisterbahn zu arbeiten.“

„Echt?“ Zögernd ließ sich Magdalene nieder.

Herr Schwaab schaute hinauf zu den Fotos an den Wänden. „Alles meine Mädchen“, erklärte er stolz. „Jede hat Spitzenjobs bei internationalen Modehäusern.“

Unauffällig schaute sich Magdalene im Büro um. Es war genauso bescheiden möbliert wie das Vorzimmer. Arbeitete Herr Schwaab etwa aus purer Nächstenliebe? Wenn seine

Mädchen so erfolgreich waren, hätte er doch einen Haufen Geld mit ihnen verdienen müssen. Zu sehen war davon beim besten Willen nichts.

Herrn Schwaab war Magdalenes skeptischer Blick nicht entgangen. „Tut mir Leid, dass ich dich in dieser Bruchbude empfangen muss“, entschuldigte er sich. „Unser neues Büro am Hafen muss bald fertig sein. Mit Panoramablick auf den Rhein. Wird sündhaft teuer, aber dafür traumhaft schön. In zwei Monaten ist der Umzug. Willst du zur Einweihungsparty kommen?“

„Na klar!“, jubelte Magdalene, obwohl sie am liebsten laut aufgelacht hätte.

Diesem Schwätzer glaubte sie kein einziges Wort. Nicht zu fassen, für wie dämlich er sie anscheinend hielt! Magdalene war gespannt, was für Schwindeleien er sonst noch auf Lager hatte. Darum spielte sie das Spielchen weiter mit.

„Was muss ich denn tun, um Model zu werden?“, erkundigte sie sich naiv.

„Ja, so gefällt es mir, kommen wir gleich ohne Umschweife zum Geschäft“, sagte Herr Schwaab hocherfreut, schlug einen Ordner auf und reichte ihn Magdalene. „Sieh dir das mal in Ruhe durch.“

In Klarsichtfolien verpackt, lächelten Magdalene die Gesichter einiger hübscher Mädchen an. Das erste Foto war jeweils mit Büroklammer drangepinnt. Es zeigte das Mädchen ungeschminkt in normalen Klamotten. Auf den anderen sah man mal das Gesicht in Großaufnahme, dann den ganzen Körper – in Bikini oder Abendkleid oder irgendeinem teuren Fummel. Darin waren die meisten Mädchen kaum noch wieder zu erkennen.

„Aus diesen Fotos basteln wir dann die Setkarten“, erläuterte Herr Schwaab.

„Aha“, machte Magdalene. „Und was, wenn ich keine Fotos von mir habe?“

„Überhaupt kein Problem – die Fotos macht unser Fotograf. Der weiß, in welchem Licht du am besten aussiehst. Natürlich nur, wenn du einverstanden bist.“

Magdalene nickte begeistert.

„Deine Setkarte kommt dann in unser Archiv, und jeder Kunde kann sich aus den Karten das Model aussuchen, das am ehesten zu ihm passt“, erklärte Herr Schwaab weiter. „Du wärst zum Beispiel perfekt für Levis-Werbung. Dann kannst du auch den Job beim Pizzaservice ganz schnell an den Nagel hängen.“

Das klang einfach zu schön, um wahr zu sein. Dass da ein mächtiger Haken an der Sache sein musste, konnte sich Magdalene natürlich denken.

„Und wie lange muss ich warten?“, fragte Magdalene. „Ich meine, wann können wir denn die Fotos machen?“

„Morgen“, antwortete Herr Schwaab lächelnd. „Du musst nur draußen bei Frau Klein die Gebühren bezahlen, und schon geht's los.“

Magdalene stutzte. „Gebühren?“

„Meinst du, hier gibt's was umsonst? Wir arbeiten mit einem absoluten Starfotografen zusammen, und der kostet natürlich ein paar Mark. Er hat schon alle Topmodels vor der Linse gehabt. Du kannst froh sein, dass er überhaupt seine kostbare Zeit für dich opfert. Das macht er eigentlich nur, weil er ein guter Freund von mir ist.“

„Wie viel?“, fragte Magdalene, ohne sich anmerken zu lassen, wie sauer sie war.

„Am Anfang seiner Karriere muss man etwas Geld investieren, um wirklich groß rauszukommen“, meinte Herr Schwaab ausweichend.

„Wie viel?“

„Tausend Mark.“

„Ich will den Mann nicht kaufen“, ächzte Magdalene. „Er soll nur ein paar Fotos von mir machen.“

Herr Schwaab breitete bedauernd die Arme aus. „So viel kostet es nun mal. Aber wenn du die Summe nicht auf einen Schlag hinblättern kannst, wäre auch Ratenzahlung möglich. Was hältst du von einer Anzahlung von fünfhundert Mark?“

„Hm, ich werde drüber nachdenken“, antwortete Magdalene und stand auf. Dann verabschiedete sie sich von Herrn Schwaab und versprach, sich in den nächsten Tagen wieder zu melden.

Frau Klein telefonierte, als sie mit Amigo an der Leine durchs leere Vorzimmer ging. Das alles roch so sehr nach Betrug, dass einem fast die Nase davon schmerzte.

Und trotzdem – der Gedanke an die tollen Fotos ließ sie nicht mehr los!

„Wo krieg ich nur tausend Mark her, Amigo?“, fragte sie den Hund, als sie zusammen den Bürgersteig entlangspazierten. „Dann hätte ich schon mal die Setkarte und könnte mich damit bei anderen Agenturen bewerben. So eine Karte brauche ich auf jeden Fall.“

Aber war dieser Fotograf das Geld wirklich wert? Eintausend Mark, damit ihr Bild bei einem fetten Kerl an der Bürowand hing. Von dem Geld konnte sie sich selbst ein Bild kaufen – von van Gogh oder so.

„Du musst entscheiden, Amigo!“, forderte sie den Hund auf, der gerade an einem Fahrradreifen schnupperte. „Soll ich mir die Fotos leisten, ja oder nein?“

Amigo schaute sie einige Sekunden lang an. Dann hob er eine Hinterpfote und pinkelte an den Reifen.

9. Kapitel

Sonntag!

Am liebsten hätte Laura den ganzen Tag im Bett verbracht. Und von Marco geträumt. Vom Tanz im Kerzenschein, seiner Hand auf ihrem Knie, seinem Blick in ihrem, ihren Lippen auf seinen ...

Sie drehte sich auf die andere Seite und schaute zu Jasmins Bett hinüber. Es war leer. Vermutlich war Jasmin schon vor Stunden aufgestanden. Laura fand es unbegreiflich, dass Schlafen nicht die Lieblingsbeschäftigung aller Menschen dieses Planeten war.

Nachdem sie sich ausgiebig gestreckt hatte, erhob sie sich gähnend und in Zeitlupe aus dem Bett. Auf dem Weg zum Schrank schlief sie fast wieder ein. Sie kramte ein bisschen herum, fand nichts, das sie gern angezogen hätte, und zeigte ihren gesamten Klamotten einen ausgestreckten Mittelfinger. Dann stapfte sie in den Flur.

Eigentlich wollte sie in die Küche, weil ihr Magen dringend Nachschub brauchte. Doch weil aus dem Wohnzimmer Stimmen zu hören waren, entschloss sie sich zu einem kleinen Abstecher. Schließlich gab es auch einen Grund dafür. Und der hieß Michael Jackson.

Magdalene und Jasmin saßen auf dem Sofa, beide mit einem Buch in der Hand.

„Na, du Schlafmütze?“, begrüßte sie Jasmin. „Ich dachte schon, du wolltest den ganzen Tag durchpennen.“

Laura ging nicht darauf ein, weil sie sofort zum Thema kommen wollte.

„Wo ist mein Michael-Jackson-T-Shirt?“

„Keine Ahnung“, sagte Jasmin. „Hast du es vielleicht gesehen?“, fragte sie Magdalene. Die zuckte nur mit den Schultern, ohne den Blick vom Buch zu wenden.

„Wo ist mein T-Shirt?“, wiederholte Laura eine Spur giftiger. „Ich habe alles abgesucht.“

„Dann such noch mal!“, entgegnete Jasmin gereizt. „Wir müssen für die Englischarbeit lernen.“

„Und ich muss mich anziehen. Sagt mir jetzt sofort, wo das T-Shirt ist, sonst – sonst –“.

„Sonst futterst du unsere Englischbücher zum Frühstück, stimmt's?“

Das war Magdalene, die es gewagt hatte, eine Anspielung auf Lauras Verfressenheit zu machen. Laura überlegte, ob sie flennen oder explodieren sollte. Zu beidem hatte sie im Moment keine Lust. Stattdessen fing sie wieder mit dem T-Shirt an.

Total genervt klappte Jasmin ihr Englischbuch zu und unterbrach Lauras Gejammer mit den Worten: „Jetzt halt endlich die Luft an, verstanden? Niemand hat dein verdammtes Michael-Jackson-Teil! Wer will denn mit einem Typen auf der Brust rumlaufen, den kein Schwein mehr kennt? Wer sollte denn dein Shirt klauen, hä? Wenn du es genau wissen willst: Magdalene und mir ist es drei Nummern zu groß. Mindestens!“

Laura spürte, wie ihr das Blut in den Kopf schoss. Wie gemein von Jasmin, sie so fertig zu machen! Noch dazu in Magdalenes Gegenwart.

Eigentlich waren doch Jasmin und sie enge Freunde, nicht die blöde Magdalene. Aber Jasmin hatte wohl die Seiten gewechselt. Und Magdalene hatte nichts Besseres zu tun, als auch noch dämlich vor sich hin zu grinsen und dabei so zu tun, als hätte sie nur Augen für ihre blöden Englischvokabeln.

Wutschnaubend drehte Laura den beiden ihren breiten Rücken zu und rauschte ab in ihr Zimmer. Dort machte sie sich daran, den Kleiderschrank auszuräumen, und zwar komplett.

Nur eine Minute später waren Jasmin und Magdalene zur Stelle.

„Was soll der Scheiß?“, wunderte sich Jasmin. „Tut mir Leid wegen eben. War nicht so gemeint, hast du gehört?“

„Halt die Klappe, und räum selbst deinen Schrank aus!“, fauchte Laura. „Dann werden wir ja sehen, ob du mein T-Shirt hast oder nicht!“

„Du spinnst ja!“, knurrte Jasmin.

Trotzdem riss sie kurz darauf ihren Schrank auf und machte sich ebenfalls daran, ihn auszuräumen. Magdalene ließ sich mit verschränkten Armen auf dem Fensterbrett nieder und schaute belustigt dabei zu, wie die zwei Kleiderberge auf dem Teppichboden immer höher wurden.

Nur wenige Minuten später waren die Schränke leer, doch Michael Jackson blieb spurlos verschwunden. Ohne Erfolg schauten die Mädchen erst unterm Bett und dann in der Küche und im Badezimmer nach.

„Vielleicht ist dein Michael gerade auf Amerika-Tour“, scherzte Magdalene, doch Laura war nicht nach Witzen zu Mute.

„Ich gehe jetzt rüber zu Lilli!“, verkündete sie im Flur. „In unserer WG wird geklaut!“

„Red doch keinen Müll!“, brüllte Jasmin so laut, dass Amigo ein schmerzhaftes Winseln hören ließ. „Niemand klaut hier, du blöde Kuh!“

„Bist du sicher?“

Laura konnte sich nicht verkneifen, einen Seitenblick auf Magdalene zu werfen, ehe sie aus der Wohnung verschwand.

„Du hast sie nicht mehr alle, du Arsch!", schrie Jasmin hinter ihr her. „Deinen Michael-Jackson-Fetzen würden wir nicht mal als Rotzfahne benutzen!"

Laura knallte die Tür hinter sich zu. Ehe sie bei der Betreuerwohnung klingelte, holte sie tief Luft. Hoffentlich hatte Felipe Dienst. Den konnte sie zwar genauso wenig leiden wie Lilli, aber dafür sah er besser aus.

Pech gehabt – Lilli öffnete die Tür.

„Du?" Lilli machte ein erstauntes Gesicht. „An einem Sonntagvormittag? Was ist passiert? Ist dein Bett kaputt?"

Sehr komisch! Musste sich eigentlich jeder in diesem Haus über sie lustig machen? Zumindest bei Lilli wusste Laura zum Glück, was sie zu tun hatte, um Ernst genommen zu werden. Sie brauchte nur das Zauberwort auszusprechen, das mit P anfing.

„Ich hab ein Problem, Lilli."

Prompt machte ihre Betreuerin ein Gesicht wie ein Kind an Heiligabend kurz vor der Bescherung.

„Wirklich? Dann komm doch rein."

Die Betreuerwohnung war winzig und bestand nur aus einer Küche, einem Minibadezimmer und einem Wohnzimmer mit einer Schlafcouch. Dort übernachtete der Betreuer, der gerade Nachtdienst hatte, und das war meistens Felipe.

Laura und Lilli ließen sich am Küchentisch nieder. Nachdem Lilli ihr eine Tasse Früchtetee eingeschenkt hatte, lehnte sie sich zurück, schaute Laura ganz tief in die Augen und sagte: „Dann lass mal hören. Also, was ist dein Problem?"

„Ein Diebstahl."

„Du hast gestohlen?“ Mitleidig schüttelte Lilli den Kopf. „Aber dafür gab es bestimmt einen Grund, oder? Du wolltest mit dem Diebstahl deiner Mitwelt deutlich machen, dass im Innern –“

„Nein, ich hab nicht gestohlen!“, warf Laura ungeduldig ein.

„Aha, verstehe. Was ist denn dann dein Problem?“

„Mein Michael-Jackson-T-Shirt ist weg.“

„Und?“

„Und das ist alles.“

„Wie bitte?“

Enttäuscht runzelte Lilli die Stirn. Was hatte sie erwartet? Etwa einen Selbstmordversuch durch eine Überdosis Schokolade?

„Wo kann denn das T-Shirt sein?“

„Das möchte ich auch mal gerne wissen“, antwortete Laura. „Wir haben die ganze Wohnung abgesucht und es nirgends entdeckt. Also muss es geklaut worden sein.“

„Geklaut?“

Jetzt wurde Lilli hellhörig. „Hast du denn einen bestimmten Verdacht?“

„Ist denn nicht vor ein paar Tagen ein Mädchen bei uns eingezogen, das angeblich ein echter Meisterdieb sein soll?“, fragte Laura zurück.

Lillis Augenbrauen wanderten steil in die Höhe. „Du meinst Magdalene?“

Wer sonst? Laura nickte. Und Lilli? Die stand sofort auf, packte Laura beim Arm und hob sie vom Stuhl.

„Das ist ein ungeheuerlicher Vorwurf, weißt du das?“, meinte sie und zog Laura zur Tür. „Und darum muss das sofort geklärt werden. Wir gehen jetzt rüber und reden Klartext.“

Magdalene saß mit Jasmin wieder über den Englischbüchern, als Laura und Lilli im Wohnzimmer auftauchten. Die beiden unterbrachen die Vokabelabfrage und begrüßten Laura und die Betreuerin mit feindseligen Blicken.

„Hey, was ist los?“, fragte Magdalene.

„Laura behauptet, dass ihr T-Shirt verschwunden ist“, erklärte Lilli in ruhigem Ton. „Und jetzt wollen wir gemeinsam überlegen, wo es sein könnte.“

„Okay, ich will ein Geständnis ablegen“, seufzte Jasmin. „Ich hab das T-Shirt auf der Kö verkauft und mir für das Geld ’ne Harley zugelegt. Können wir jetzt bitte mit dem Scheiß aufhören?“

Doch Laura ließ sich nicht von Jasmins Witzen beeindrucken und schlug vor: „Wie wär’s, wenn wir mal Magdalenes Schrank unter die Lupe nehmen?“

Die war sofort einverstanden. „Na klar. Erst klaue ich ein T-Shirt groß wie ein Zweierzelt und bin dann auch noch so blöd und verstecke mein Diebesgut genau da, wo es alle vermuten“, scherzte sie im Rausgehen.

Die anderen folgten ihr.

In Magdalenes Zimmer war es sehr still. Laura, Jasmin und Lilli beobachteten sie dabei, wie sie ihren Schrank ausräumte und alles aufs Bett warf. Weinte sie? Tränen waren nicht zu sehen, aber ab und zu zog sie ihre Nase hoch.

„Tja, das war’s“, sagte sie schließlich, als der Schrank leer war. „Kein Michael Jackson, keine Madonna, kein gar nix. Und jetzt geh ich aufs Klo.“

Kaum war sie verschwunden, packte Jasmin Laura am Kragen und zischte: „Du bist die letzte Vollidiotin! So was Gemeines hätte ich dir niemals zugetraut.“

Lilli ging dazwischen. „Aufhören mit der Streiterei. Wir werden gleich alle darüber reden, verstanden?“

„Worüber? Über ein T-Shirt, das niemand geklaut hat? Mit dieser bekloppten Ziege rede ich nie mehr ein Wort!“

Und damit stürmte sie aus dem Zimmer, verfolgt von Lilli, die alles wieder einrenken wollte.

Lauras Herz klopfte bis zum Hals. Nervös knabberte sie auf ihrer Unterlippe herum.

„Scheiße!“, flüsterte sie. „Verdammte Scheiße!“

10. Kapitel

„Wo willst du denn hin?“, krähte Laura einen Tag später, als sie von der Schule nach Hause kam. „Haust du etwa ab?“

Magdalene stand mit Rucksack und Jacke vor ihr. Eigentlich hatte sie schon vor zehn Minuten aufbrechen wollen, dann aber doch wieder den Mut verloren.

Sorgfältig hatte sie das Mitbringsel für ihre Mutter in Zeitungspapier verpackt: eine Nixe in einer Schneekugel. Unglaublich kitschig, dieses Teil. Aber ihre Mutter sammelte nun mal so einen Schrott. Geschmack hatte sie noch nie gehabt. Sonst wäre sie nie im Leben mit so einem Mann bestraft worden.

„Was ist denn da drin?“, fragte Laura neugierig und zeigte auf den Rucksack.

Offenbar war sie gesprächiger, wenn Jasmin nicht da war. In ihrer Gegenwart bekam sie kaum noch den Mund auf. Kein Wunder: Jasmin ließ Laura seit der Sache mit dem verschwundenen T-Shirt total links liegen. Und eigentlich wollte auch Magdalene kein Wort mehr mit Laura wechseln, doch dafür redete sie einfach zu gern. Besonders freundlich war sie allerdings nicht zu Laura. Aber das konnte sie ja wohl auch kaum erwarten.

„Was da drin ist, geht dich nichts an", wies sie Laura zurecht.

„Etwa Diebesgut?", kam es prompt zurück. „Oder willst du Amigo entführen? Wo steckt der Fettsack überhaupt?"

Magdalene bückte sich, um ihre Schuhe zuzuschnüren. Meine Güte, Laura hatte ihr gerade noch gefehlt! Nach stundenlangem Überlegen hatte sie sich dazu durchgerungen, nach Ewigkeiten mal wieder ihre Mutter zu besuchen. Sie wollte sie um das Geld für die Fotos bitten. Ein Versuch konnte nicht schaden. Wenn sie Ja sagte, würde Magdalene ihr um den Hals fallen und ein paar Freudentränen vergießen. Wenn sie Nein sagte, dann wollte sie die Agentur Schwaab abhaken und die Setkarte vergessen. Fürs Erste jedenfalls.

Doch das Geld war nicht das eigentliche Problem. Viel schlimmer war die Tatsache, dass Magdalene ihren Stiefbruder wieder sehen würde. Seine Augen. Sein blödes Grinsen. Seine Hände. Seine abgekauten Fingernägel. Seine Knöchel, denen sie so viel verdankte. Blaue Flecken vor allem. Und ab und zu ein blaues Auge. Komisch, dass Blau immer noch Magdalenes Lieblingsfarbe war.

„Amigo ist in der Küche", brummte sie, ohne Laura anzusehen. „Und in dem Rucksack ist ein Zelt drin."

„Ein Zelt?"

„Du weißt schon, dein blödes Michael-Jackson-T-Shirt."

Weil sie nicht sonderlich neugierig auf Lauras Antwort war, ging sie schnell zur Tür.

„Jasmin ist einkaufen. Wenn sie zurückkommt, dann sag ihr doch bitte, dass ich bei meiner Familie bin. Ciao!"

Sie griff nach der Türklinke und wollte gehen. Sie warf

Laura noch einen letzten Blick zu und stutzte. Was war denn mit der los? Richtig verletzt sah es aus, das pummelige Mädchen mit der großen Klappe.

„Sorry wegen dem Zelt", erklärte Magdalene unwirsch. „Man wird ja wohl mal einen Scherz machen dürfen, oder?"

„Das Zelt fand ich nicht so schlimm", murmelte Laura betrübt und fummelte dabei an ihrem linken Ohrläppchen herum. „Aber das andere war echt fies."

„Das andere?"

„Na, das mit der Familie", sagte Laura. „Erinnere mich nur daran, dass ich keine habe. Vielen Dank!"

„Bist du verrückt? Damit wollte ich dich garantiert nicht ärgern. Familie!", stöhnte sie. „Wenn du sie haben willst, würde ich sie dir liebend gerne schenken, diese wundervolle Familie!"

„Du brauchst mich nicht zu trösten", erwiderte Laura gereizt.

„Ich dich trösten?" Magdalene musste grinsen. „Warum sollte ich das tun? Ich kann dich nicht leiden, das weißt du doch. Wir beide werden niemals Freundinnen werden."

„Hm, eigentlich schade."

Das fand Magdalene auch. War das der Grund, warum sie plötzlich fragte: „Willst du mitkommen?"

Hatte sie das wirklich gesagt? Sie selbst war von ihrem Vorschlag genauso überrascht wie Laura.

Die zögerte nur ganz kurz und meinte dann: „Klar, ich komm gerne mit. Schließlich will ich mir euren tollen Swimmingpool mal mit eigenen Augen ansehen. Soll ich einen Badeanzug mitnehmen?"

„Nein, du kannst dein Killerwalkostüm hier lassen. Und wenn du unterwegs auch nur ein Wort über dieses beknackte T-Shirt verlierst, bring ich dich um!"

Drei Minuten später verließen die beiden das Haus und marschierten zur nächsten Haltestelle. Laura nervte sie mit Witzen übers Klauen. Trotzdem war Magdalene irgendwie froh, dass sie nicht allein nach Hause fahren musste.

Schon als sie noch bei ihrer Mutter und ihrem Stiefvater gewohnt hatte, hatte sie immer versucht, Freundinnen mitzubringen. Wenn Besuch da war, kam es weniger oft zu Streitereien. Das Blöde war nur, dass Magdalene kaum Freundinnen hatte. Sie war immer gut in der Schule gewesen. Immer höflich zu den Lehrern. Trotzdem hatte sich nie ein anderes Mädchen so richtig mit ihr angefreundet. Oder vielleicht gerade deshalb? Ja, zugegeben: Irgendwie war sie damals ziemlich langweilig gewesen. Und kein bisschen selbstbewusst. Aber wenn man jeden Tag von seiner Familie zu hören bekam, dass man ein Nichts war, glaubte man schließlich selbst daran.

Familie ... Wenn sie schon dieses Wort hörte, spürte sie ein fieses Kribbeln im Magen.

An ihrem Stiefvater mochte Magdalene nicht, dass er ihr Stiefvater geworden war, ohne dass sie dagegen etwas hätte tun können. Ansonsten war er weder besonders freundlich noch besonders ekelhaft – eigentlich war er gar nichts Besonderes. Aber er verdiente regelmäßig Geld. Immerhin. Das musste ihrer Mutter am besten gefallen haben an ihm. Einen großen Fehler konnte ihm Magdalene allerdings nicht verzeihen: seinen Sohn Simon.

In den ersten paar Wochen, nachdem die beiden zu ihnen gezogen waren, war noch alles gut gelaufen. Simon war sogar richtig nett zu ihr gewesen. Deshalb fand es Magdalene gar nicht so übel, einen großen Bruder zu haben.

Leider gewöhnte er sich ziemlich bald an, ihr eine zu scheuern, wenn ihm was nicht passte. Na schön – sie sah lieber MTV als den Sportkanal. Da konnte man aber auch mal höflich nach der Fernbedienung fragen und musste nicht gleich Boxkämpfe veranstalten, bei denen klar war, wer der Sieger sein würde. Und man musste nicht mit einer Verliererin rechnen, die sich niemals anmerken ließ, wie sehr sie unter der Niederlage litt.

Ihre Mutter hielt das alles für ganz normale Reibereien unter Geschwistern. Dabei übersah sie nur eine kleine Tatsache: dass Simon und Magdalene gar keine Geschwister waren. Und dass Magdalene von ihrer Mutter erwartete, vor Simon in Schutz genommen zu werden. Aber das traute die sich nicht, weil sie sonst Ärger mit Magdalenes Stiefvater riskiert hätte.

Magdalene konnte sich noch gut an das letzte Gespräch mit ihrer Mutter zu diesem Thema erinnern. Am Tag zuvor hatte ihr Simon mal wieder ein blaues Auge verpasst. Das hinderte ihre Mutter jedoch nicht daran, sich Gedanken über das passende Geburtstagsgeschenk für ihren lieben Stiefsohn zu machen. Da hatte Magdalene vorgeschlagen: „Schenk ihm doch einen Punching-Ball. Dann hab ich vielleicht endlich mal Pause."

Ihre Mutter fand das alles andere als komisch. Und so war es eigentlich auch gar nicht gemeint gewesen. Sätze dieser Art dienten nur als Versuch, ihre Mutter auf ihre Qualen aufmerksam zu machen, ohne in großes Gejammer auszubrechen. Dazu war Magdalene zu stolz.

Kaum hatte sie das mit dem Punching-Ball ausgesprochen, machte ihre Mutter ein ängstliches Gesicht, legte beide Hände auf Magdalenes Schultern und flüsterte: „Bitte, mein Schatz! Hier läuft im Moment alles so gut. Mach mir das nicht kaputt, hörst du?"

Nein, Magdalene hatte nichts kaputtgemacht. Sie hatte

kein einziges Wort mehr über Simon verloren. Stattdessen hatte sie angefangen, ohne Geld einkaufen zu gehen.

„Träumst du mit offenen Augen?“ Laura stieß Magdalene in die Rippen. „Ich hab dich schon dreimal gefragt, wann wir aussteigen müssen.“

Magdalene schaute kurz aus dem Fenster der Straßenbahn. „Noch zwei Haltestellen.“

Diesen Weg kannte sie in- und auswendig. Jeden Baum, jeden Altglascontainer, jeden Zigarettenautomaten. Sogar die Hundehaufen auf dem Bürgersteig kamen ihr bekannt vor. Gab es wirklich Zeiten, in denen sie gern nach Hause gefahren war? Die mussten ewig her sein. Zeiten, in denen es noch keinen Simon gegeben hatte und keine blauen Flecken. Zeiten, an die sie sich kaum noch erinnern konnte.

Hoffentlich bekam sie das Geld von ihrer Mutter. Dann würde sie bald reich und berühmt sein und Desirée heißen. Dann war alles andere nicht mehr wichtig. Obwohl das natürlich Quatsch war. Heillos romantische Träumereien. Blödsinnige Einbildungen. Magdalene war nicht dumm. Aber sie liebte ihren großen Traum und würde alles tun, damit er in Erfüllung ging. Vielleicht würde er auch platzen wie eine Seifenblase. Dann würde sie sich einfach einen neuen Traum zulegen.

Als sie aus der Bahn stiegen, schaute sich Laura verblüfft um.

„Ich dachte, du wohnst in so ’ner riesigen Hochhaussiedlung“, staunte sie. „Aber hier stehen ja nur Reihenhäuser rum. Gehört euch eins davon?“

„Uns nicht, sondern meiner Mutter. Da ganz hinten, das ist es.“

Sie überquerten die Straße und steuerten auf ein gelbes Haus mit einem gepflegten Vorgarten zu.

„Da ist ja tatsächlich ein kleiner Teich hinter dem Zaun", stellte Laura schon von weitem fest. „Es ist zwar kein Pool, aber mit meinen Zehen könnte ich locker drin baden. Du hast also gar nicht so sehr gelogen."

„Erstens: Das ist kein Teich, sondern 'ne Pfütze. Zweitens: Was war denn mit deinen Lügen, hä? Fliegst du etwa nicht in den Sommerferien nach Hawaii?"

„Nein, dieses Jahr nicht", gab Laura im Scherz zurück. „Übrigens war ich erst ein einziges Mal am Meer. In Ostende. War aber schön dort."

Sie waren vor dem Haus angekommen. Unschlüssig trat Magdalene von einem Bein aufs andere.

„Wieso klingelst du nicht?", drängte Laura. „Hast du denn vorher angerufen? Ist überhaupt jemand da?"

„Sonntags? Da sind sie immer da. Alle." Sie atmete tief durch. „Okay", flüsterte sie Laura ins Ohr. „Dann wollen wir mal. Vorhang auf!"

Sie drückte auf die Klingel, so lange, bis jemand die Tür aufriss.

Simon!

Breitbeinig stand er da, in einem roten Trainingsanzug. Magdalene kam aus dem Staunen nicht heraus. War der Kerl immer schon so klein gewesen? Er reichte ihr ja kaum bis an die Gurgel. Mit dem Simon aus ihren Albträumen hatte dieser Knabe absolut nichts gemeinsam. Kein bisschen Furcht einflößend sah er aus. Genau genommen, sah er im Moment sogar ausgesprochen dämlich aus.

„Du?", brachte er schließlich hervor.

„Ja, ich. Und das hier ist Laura, eine Freundin von mir. Müssen wir draußen bleiben, wie die Hunde vor einer Metzgerei?"

„Wir haben keine Metzgerei."

Magdalene riss die Augen auf. „Echt nicht? Und ich Idiotin wollte zwei Schnitzel bei dir kaufen!"

Lauras Gekicher wirkte nicht ansteckend auf Simon. Mit ernster Miene bat er die beiden herein.

„Mama ist im Wohnzimmer", sagte er und ging voraus.

Mama? Hatte sich Magdalene verhört? Wen bitte bezeichnete Simon als Mama? Was war aus der guten alten Beate geworden? Redete Simon womöglich gar nicht von ihrer Mutter, sondern von seiner eigenen?

Auf der Schwelle zum Wohnzimmer blieb Magdalene stehen und wollte sich die Schuhe ausziehen. Der Teppich dort drin war einer der Heiligtümer im Haus. Wenn es nach ihrem Stiefvater ging, durfte man ihn eigentlich überhaupt nicht betreten.

„Spinnst du?", zischte Laura hinter ihr. „Ich latsch doch hier nicht in Strümpfen rum."

Laura hatte Recht.

„Magdalene?", hörte sie ihre Mutter aus dem Wohnzimmer rufen. „Meine Kleine ist da? Wo denn?"

Meine Kleine? Was für 'ne Kleine? Scheiße! Magdalene musste sich in den falschen Film verirrt haben.

Und da stürzte ihre Mutter auch schon herbei und zog sie an die Brust. Ihr Deo roch ganz anders als früher. Und ihre Haare stanken nicht mehr wie ein voller Aschenbecher. Also hatte sie mittlerweile mit dem Rauchen aufgehört.

„Ist das schön, dass du dich mal wieder blicken lässt!", säuselte sie ihr mit hoher Stimme ins Ohr. „Wie geht es dir? Du meldest dich ja überhaupt nicht mehr!"

Als sie endlich losgelassen wurde, entdeckte Magdalene, dass ihre Mutter ebenfalls einen Trainingsanzug trug. Einen knallbunten. Früher hätte sie eher ein Kettenhemd angelegt als so ein Teil. War diese Frau wirklich ihre Mutter? Vielleicht sollte Magdalene damit anfangen, sie Beate zu nennen.

Nachdem Laura vorgestellt war, führte Beate die beiden ins Wohnzimmer. Die Sitzgarnitur war nagelneu, und in einer Ecke war eine Hausbar eingerichtet. Schade, dass sie Amigo zu Hause gelassen hatten! Der hätte bestimmt mit Freuden an einen der Barhocker gepinkelt. Und Magdalene hätte ihn nicht daran gehindert.

Eine halbe Stunde und eine Tasse heiße Schokolade später wäre Magdalene gerne noch mal vor die Tür gegangen, um nachzusehen, ob sie sich nicht mit der Hausnummer vertan hatte. Was ging hier vor? Simon brachte ihr was zu trinken, rülpste ihr nicht ins Gesicht und redete nur, wenn er etwas gefragt wurde. Ihre Mutter erzählte, dass sie in der letzten Woche fast fünfzig Kilometer gejoggt war.

Joggen! Ihre Mutter! Früher war sie nur zu Fuß gegangen, wenn das Auto kaputt war und sie kein Geld fürs Taxi hatte.

Und dann erkundigte sich Beate alias Mama auch noch nach der Schule! Die war ihr immer so gleichgültig gewesen wie der Staub auf der Heizung. Magdalene hätte auch jeden Morgen für sechs Stunden in den Wald gehen können, ohne dass sich ihre Mutter im Geringsten daran gestört hätte. Jetzt allerdings nahm sie Wörter wie Mathematik, Klassenarbeiten und Vokabeln in den Mund, ohne sich dabei die Zunge zu brechen.

Das Geplauder fand Magdalene ja ganz lustig, aber deshalb war sie nicht gekommen. Sie musste ihre Mutter etwas Wichtiges fragen. Vor Laura war das jedoch unmöglich. Warum ging sie nicht endlich mal aufs Klo? Magdalene ärgerte sich, dass sie Laura mitgenommen hatte.

In diesem Moment fragte ihre Mutter: „Und was ist mit

Chemie? Kannst du dir denn all diese komplizierten Formeln merken?“

Da stand Magdalene auf, streckte ihrer Mutter die Hand entgegen und sagte: „Gestatten: Magdalene Dorner. Und wer sind Sie?“

Einen Augenblick starrte ihre Mutter sie verständnislos an. Dann schlug sie die Augen nieder und nestelte verlegen am Reißverschluss ihrer Trainingsjacke.

Simon sprang aus dem Sessel.

„Was sollte das, du dumme Kuh?“, bellte er Magdalene an. „Willst du schon wieder Ärger machen?“

Magdalene stemmte die Hände in die Hüften. „Und was willst du dagegen tun, hä? Mich verprügeln? Na los, fang an! Ich warte schon die ganze Zeit darauf.“

„Darf ich mal fragen, was hier los ist?“

Diese Stimme gehörte Magdalenes Stiefvater. Auf Socken, in speckigen Jeans und im Unterhemd erschien er im Wohnzimmer. Ganz langsam schaute er sich um. Anscheinend brauchte er eine Weile, bis er checkte, was er da vor sich sah. Ein fremdes Mädchen, das gelangweilt auf dem Sofa saß und in einer Zeitschrift blätterte. Und die Tochter seiner Frau, die mitten im Zimmer stand und seinen Sohnemann mit einem giftigen Blick durchbohrte.

„Hallo, Magdalene“, sagte er, ohne dabei eine Miene zu verziehen. „Hast du hier eben so rumgebrüllt?“

„Hallo, Bertram“, sagte sie vollkommen gleichgültig. Seine Frage ignorierte sie einfach.

Dafür meldete sich sofort Simon zu Wort. „Kaum ist sie da, macht sie auch schon wieder Ärger!“

„Stimmt das?“, wollte Bertram wissen.

„Quatsch!“, erwiderte Magdalene gelassen. „Ich hab mich nur darüber gewundert, dass sich Beate plötzlich für meine

Schule interessiert. Die war ihr doch früher immer scheißegal!"

„Wie kannst du nur so was sagen?", beschwerte sich Magdalenes Mutter. „Und was soll das mit Beate? Bin ich nicht mehr deine Mama?"

Dazu fiel Magdalene so viel ein, dass sie stundenlang hätte weiterreden können. Aber wozu? Verstehen würde sie ja sowieso keiner, schon gar nicht ihre Mutter. Was für eine schwachsinnige Idee, hier aufzukreuzen! Das waren die tausend Mark nicht wert.

Sie warf einen Blick auf Laura, die so tat, als ginge sie das alles nichts an. Und so war es ja auch. Die hatte selbst genug Probleme und würde sich bestimmt nicht einmischen, wenn Magdalene mit dem Geld loslegen würde.

Bertram war zur Hausbar gegangen und hatte sich ein Bier geholt. „Wenn du dich nur hier blicken lässt, um deine Mutter zu beleidigen, kannst du gleich wieder abhauen."

Im Gegensatz zu den anderen beiden kam er Magdalene kein bisschen verändert vor.

„Ich bin hier, weil ich meine Mutter um was bitten möchte", stellte sie klar. „In ihrem Haus hast du mir gar nichts zu sagen, kapiert?"

Darauf reagierte Bertram, indem er einen tiefen Schluck aus seiner Flasche nahm. Das mit dem Haus hatte ihm immer schwer zu schaffen gemacht. Wenn Magdalene ihn ärgern wollte, hatte sie nur erwähnen müssen, dass es nicht sein Haus war, in dem er mit seinem Sohn wohnte.

Der hatte sich wieder in seinen Sessel gefläzt. Magdalene entging nicht, dass er ständig zu Laura hinüberschaute. Die schenkte ihm jedoch keinerlei Beachtung.

Magdalene wollte sich nicht mehr setzen, sondern alles so schnell wie möglich hinter sich bringen.

„Ich verstehe gar nichts mehr“, sagte sie zu ihrer Mutter, die pausenlos mit diesem verdammten Reißverschluss rumspielte. „Du läufst hier im Trainingsanzug herum, lässt dich von dem Spinner Mama nennen, joggst jeden Tag in der Gegend rum und interessierst dich plötzlich für Mathe und Chemie.“

„Tja, es hat sich halt einiges verändert, seit – seit –“

„Seit ich weg bin?“

Ihre Mutter nickte. „Aber du hast dich doch auch verändert. Das sieht man ja auf den ersten Blick.“

„Du hast Recht, ich hab ’ne ganze Menge dazugelernt in den Heimen“, bestätigte Magdalene in bitterem Ton. „Wie man zurückschlägt zum Beispiel.“

Ein seltsames Lächeln huschte über Simons Gesicht. Glaubte er ihr etwa nicht? Aber dieser Trottel war jetzt nicht wichtig. Jetzt ging es um Magdalenes Karriere. Um die Setkarte. Um die tausend Mark.

„Ich brauche Geld“, sagt sie und schaute gespannt von ihrer Mutter zu Bertram und wieder zurück. Ihre Mutter zeigte überhaupt keine Regung. Bertram grinste nur höhnisch und nippte dann an seinem Bier.

„Wofür?“, fragte ausgerechnet Simon, obwohl ihn das einen Dreck anging.

„Wofür?“, wiederholte ihre Mutter.

„Ist doch egal“, erklärte sie mürrisch. Das mit der Setkarte hätte keiner von ihnen kapiert. „Ich brauche Geld. Tausend Mark. Gibst du sie mir oder nicht?“

Von der Hausbar drang ein Kichern an ihr Ohr. Sie schaute nicht hin, weil sie ihre Mutter nicht aus den Augen lassen wollte. Warum konnte sie nicht mal den Kopf heben und sie angucken? Schließlich freute sie sich doch angeblich darüber, Magdalene endlich wiederzusehen.

„Tausend Mark? Wo soll ich die hernehmen?“

„Von der Bank, Mutti. Du hast doch ein Konto, oder?“

Erst nickte sie, dann schüttelte sie den Kopf. Dann nickte sie wieder. Es war zwecklos.

„Komm, Laura, wir hauen ab“, knurrte Magdalene und ging auf die Tür zu.

„Warte doch, mein Kind!“

Ihre Mutter kam ihr hinterher und hielt sie am Ärmel fest. „Willst du nicht noch einen Kakao?“

„Nein, ich will tausend Mark.“

„Die kann ich dir nicht geben“, seufzte ihre Mutter. „Weißt du, was die Hausbar gekostet hat?“

„Ach ja?“, machte Magdalene. Dann fiel ihr ein, dass sie ihrer Mutter etwas mitgebracht hatte. „Ich hab noch was für dich“, sagte sie. Sie holte das Päckchen aus dem Rucksack und warf es im Hinausgehen über die Schulter in Richtung Hausbar.

Draußen ging sie weiter zur Haltestelle, ohne sich umzusehen.

Erst fünfzig Meter weiter holte Laura sie ein.

„Hey, renn doch nicht so schnell!“, beschwerte sie sich. „Was war denn das für ’n Abgang?“

„Ein beschissener!“

Laura durfte nicht merken, dass Magdalene mit den Tränen kämpfte. Sie hätte die Flennerei falsch verstanden. Nein, sie weinte nicht wegen der tausend Mark, sondern wegen Simon. So viele Sachen hatte sie ihm an den Kopf werfen wollen, Beschimpfungen, Erklärungen, Fragen. Nichts davon war sie losgeworden. Die große Abrechnung war auf unbestimmte Zeit verschoben.

„Wofür brauchst du denn so einen Haufen Kohle?“, wollte Laura wissen, als sie an der Haltestelle ankamen.

„Für Fotos. Ich will Model werden."

Oh Gott, hörte sich das blöd an!

„Hä? Ich dachte Models werden dafür bezahlt, dass man sie fotografiert."

„Nur die, die gut aussehen", witzelte Magdalene. „Die anderen müssen selbst dafür blechen."

„Du siehst doch gut aus."

Hatte Laura das ernst gemeint? Eher unwahrscheinlich. Aber Magdalene freute sich trotzdem und berichtete im Gegenzug von der Agentur Schwaab und der Setkarte.

„Das riecht doch alles nach Betrug", sagte Laura.

„Stimmt. Aber die Fotos will ich auf jeden Fall."

In der Bahn saßen sie schweigend nebeneinander und schauten aus dem Fenster. Erst kurz vor dem Aussteigen fand Magdalene die Sprache wieder.

„Und? Willst du meine Familie geschenkt haben?"

„Na klar!", antwortete Laura. „Und dann würde ich sie schleunigst gegen eine andere umtauschen."

11. Kapitel

Montage hatten immer etwas Grauenvolles, fand Jasmin. Auch dann, wenn man nicht zum ersten Mal seit Wochen seine Mutter wiedersah. Auch dann, wenn man nicht Angst davor haben musste, dass der Entzug wieder nichts gebracht hatte und sie schon zum x-ten Mal rückfällig geworden war. Aber das machte diesen besonderen Montagnachmittag noch um einiges schlimmer.

So ein Mist, dass Lilli nicht mitkommen konnte. Zugegeben, Jasmin war selten begeistert von ihrer Betreuerin. Mit ihren merkwürdigen Fachausdrücken und ihrem Mitleidsgetue ging sie einem manchmal ganz schön auf die Nerven. Doch wenn man sie wirklich brauchte, war sie immer für einen da. Nur ausgerechnet heute konnte sie nicht, weil sie wegen irgendeiner wichtigen Familiensache zu ihrer Schwester nach Dortmund gefahren war. Darum würde Felipe sie zu ihrer Mutter begleiten.

Felipe ...

Normalerweise bekamen ihn die Mädchen kaum zu Gesicht. Er hatte die Nachtschicht in der kleinen Dienstwohnung nebenan. Geplant war gewesen, dass er und Lilli jede Woche die Schicht wechselten. Doch Lilli konnte einfach kein Auge zutun in der Wohnung nebenan. Ständig malte sie sich aus, in der WG würden wilde Orgien gefeiert. Oder die Badewanne würde überlaufen. Oder das Haus würde abbrennen, weil Laura oder Nicole den Herd nicht ausgeschaltet hatten. In Wahrheit hatten sie das Ding noch nie eingeschaltet.

Felipe dagegen war supercool. Er tauchte nur in der Wohnung auf, wenn es tatsächlich einen Grund dafür gab. So wie damals in der Nacht, als er Marco in Nicoles Bett erwischte.

Irgendwie fühlte sich Jasmin immer etwas unwohl in seiner Nähe. Komisch: In der Schule bekam sie ständig zu hören, dass sie für ihr Alter schon sehr reif wäre. Auch ihre Oma hatte das oft behauptet. Oh Mann, die hätte sie mal in Felipes Gegenwart erleben sollen! Da befahl zum Beispiel ihr Gehirn ihrem linken Fuß: „Mach einen Schritt nach vorne!“ Und was passierte? Der rechte Fuß bewegte sich rückwärts. Sie konnte in seiner Gegenwart nie klar denken.

Laura war nicht blind und hatte schon längst bemerkt, dass Jasmin wie ausgewechselt war, sobald Felipe auftauchte. Ihre blöden Witzchen und dummen Sprüche waren Jasmin nicht erspart geblieben. Doch sie hatte nie ernsthaft darauf reagiert.

Sofort nach der Schule hatte sie ihre Jeans gegen einen Rock getauscht. Und danach hatte sie ihren neuen Lippenstift aufgetragen. Ein dezentes Hellrot, nicht so ein knalliges Zeug wie das, mit dem Lilli ihren Mund verunstaltete.

Als sie aus dem Badezimmer zurück in ihr Zimmer kam, holte sie die leere Cognacflasche aus dem Schrank. Reichlich sentimental von ihr, die Pulle aufzuheben. Die gehörte in einen Altglascontainer. Schließlich war es nur eine Flasche wie alle anderen. Und garantiert nicht die letzte, die ihre Mutter gesoffen hatte. Jasmins Vertrauen in diese Entzugskliniken war gleich null. Zu oft war ihre Mutter schon rückfällig geworden.

Es klopfte an der Tür. Jasmin zuckte zusammen und verstaute die Flasche wieder zwischen ihren Pullovern.

„Bist du fertig?", rief Felipe von draußen.

„Nein, ich stehe nackt vor meinem Schrank und finde nichts zum Anziehen. Kannst du mir nicht suchen helfen?"

Auf Scherze dieser Art ging Felipe niemals ein.

Auch jetzt wiederholte er nur ungerührt: „Bist du fertig?"

Jasmin ärgerte sich darüber, dass sie gerade so dummes Zeug geschwätzt hatte. Typisch! Warum konnte sie nicht ganz normal mit ihm reden? So wie mit Laura. Weil die kein Mann war und nicht aussah wie dieses Model aus der Deowerbung, das in Zeitlupe und äußerst knapper Badehose am Strand entlanglief. Felipe hätte glatt der Zwillingsbruder von diesem Typen sein können.

„Wie geht's, Schatz?"

Hä? Träumte sie? Oder hatte Felipe sie gerade wirklich Schatz genannt?

„Ich freu mich echt, dich wiederzusehen!"

Wow, so hatte Felipe noch nie mit ihr geredet! Ein Kribbeln wanderte langsam von Jasmins Nacken hinunter zu ihren Zehen.

Was würde passieren, wenn sie jetzt die Tür öffnete? Würde er sie in die Arme nehmen und küssen? Von so einem Happy End hatte sie schon zig Mal geträumt. Allerdings war diese Kussszene immer von schmalziger Musik untermalt gewesen. Solle sie erst eine Kuschelrock-CD auflegen, ehe sie nach der Türklinke griff?

Da fuhr Felipes Stimme fort. „Was ist mit heute Abend? Hast du da schon was vor?"

Jasmin traf fast der Schlag. Ein Date mit Felipe! In irgendeiner Kneipe. Oder vielleicht sogar in der Disco. Felipe behauptete zwar, er könne nicht tanzen, aber sie würde es ihm schon beibringen. Zuerst natürlich die ganz langsamen Tänze, bei denen man sich kaum bewegen musste.

Ihr Puls raste wie verrückt. Hatte Felipe endlich geschnallt, was sie für ihn empfand? Angeblich war es gesetzlich verboten, dass er sich mit ihr einließ. Aber war das Gesetz der Liebe nicht viel entscheidender?

„Ja super!", jubelte Felipe plötzlich. „Also bis heute Abend, Schatz!"

Was? Sie hatte doch noch gar nichts gesagt!

Plötzlich wurde Jasmin klar, was los war: Felipe hatte telefoniert. Mit seinem Handy. Und das direkt vor ihrer Tür. Ihm war scheißegal, ob sie mitkriegte, mit wem er sich verabredete.

Und jetzt telefonierte er schon wieder.

„Hi! Hier ist Felipe. Hör zu, Liebling, ich kann heute leider nicht. – Nein, ich hab mir eine schwere Erkältung eingefangen. Bleibe wohl besser im Bett."

Dieser dreckige Lügner! Hoffentlich fragte Liebling nicht, mit wem er im Bett bleiben wollte.

Jasmin riss die Tür auf. Felipe ging im Flur auf und ab und zwinkerte ihr zu.

„Morgen?“, flötete er ins Handy. „Ja, da hab ich vielleicht Zeit.“

Aber wahrscheinlich nur, wenn Schatz beschäftigt ist, dachte Jasmin bitter, während sie in ihren Mantel schlüpfte. Felipe half ihr dabei mit einer Hand. Das fand Jasmin so süß, dass ihre Wut auf ihn in Sekundenschnelle verflog.

Nachdem er sich von Liebling verabschiedet hatte, ließ er das Handy in der Brusttasche seines schwarzen Anoraks verschwinden.

„Wie viele Freundinnen hast du eigentlich?“, konnte sich Jasmin nicht verkneifen zu fragen.

„Geht dich das was an?“, fragte Felipe zurück, riss die Wohnungstür auf, verbeugte sich schwungvoll und sagte: „Nach Ihnen, Mademoiselle!“

Wie eine Königin schritt Jasmin an ihm vorbei. Er lachte.

„Wenn du eine Schleppe hättest, würde ich sie dir den ganzen Tag hinterhertragen.“

Für diesen Satz hätte sie ihn küssen können!

Auf der Straße wunderte sie sich mal wieder darüber, wie toll Felipe aussah. Dagegen musste es doch ein Gesetz geben. Sozialpädagogen sollten alle aussehen wie – na ja, wie nette, ältere Herren. Die dürften auch nicht zwanzig Freundinnen gleichzeitig haben. Und schon gar nicht so einen verdammt lässigen Gang. Dieser Mistkerl! Ob seine Freundinnen auch nur den blassesten Schimmer davon hatten, was für ein übler Schwindler er war?

Felipe deutete auf sein Auto, das im Halteverbot stand. Jasmin hätte gern eine Bemerkung darüber gemacht. Ihn zum Beispiel darauf hingewiesen, dass er den Mädchen in der WG dauernd was von Regeln erzählte, die man einhalten musste. Er selbst hielt sich ja nicht mal an die einfachsten Verkehrsregeln. Aber Jasmin sagte lieber nichts. Sie hatte Angst, sich zu verhaspeln, so aufgeregt war sie.

Er schloss die Beifahrertür auf. Während Jasmin einstieg, ging Felipe ums Auto herum. Sie lehnte sich hinüber und zog den Knopf der Fahrertür nach oben. Mit einem merkwürdigen Grinsen klemmte sich Felipe hinters Steuer.

„Was ist?“, fragte sie mit einer Stimme, die zu ihrer eigenen Überraschung kein bisschen nervös klang.

„Ich musste gerade an einen Film denken.“ Er startete den Motor. „Da ist ein Mann der Meinung, er habe dann die richtige Frau gefunden, wenn sie einen Test besteht.“

„Und wie sieht der Test aus?“

„Er schließt die Beifahrertür auf, geht um den Wagen herum und –“. Er steckte eine CD in den Player.

„Und was dann?“, fragte Jasmin neugierig.

„Na ja, wenn sie die Fahrertür entriegelt hat, dann ist sie die Richtige.“

Jasmin schluckte. Jetzt musste sie was sagen, schnell!

„Heißt das, wir sind ab heute verlobt?“, meinte sie locker und hätte sich dafür am liebsten auf die Schulter geklopft.

Felipe lachte laut auf. „Dann kann ich ja gleich die werte Frau Mama um Ihre Hand bitten, verehrtes Fräulein. So, und jetzt anschnallen bitte! Wir heben ab!“

Während der Fahrt herrschte Schweigen. Nicht deshalb, weil Jasmin keine Lust hatte, mit Felipe zu quatschen, sondern wegen der Musik. Rap. So laut, dass der Rapper in Jasmins Hinterkopf zu hocken schien. Bass und Schlagzeug prügelten erbarmungslos auf ihren Magen ein. Ein Wunder, dass Felipe noch nicht taub war!

Mit verschränkten Armen lehnte sich Jasmin zurück, schloss die Augen und dachte an ihre Mutter. Sie war sich nicht sicher, ob sie sich auf das Wiedersehen freuen sollte oder nicht. Beim letzten Treffen hatte sie sich richtig geekelt vor der Frau, die sie zum Abschied in die Arme geschlossen und nicht mehr losgelassen hatte. Fettige Haare, schmutziger Pulli, Schweißgeruch, Schnapsfahne ... Als sie nach Hause gekommen war, hatte sich Jasmin über eine halbe Stunde lang geduscht.

Plötzlich würgte Felipe die Musik ab.

„Nervös?“, fragte er mit ungewöhnlich ernster Miene.

Jasmin nickte. Dann schaute sie aus dem Fenster. Tagsüber sah es hier ganz nett aus. Zwischen den hohen Mietshäusern gab es ziemlich viel Grün. Nachts sollte man sich hier allerdings lieber nicht rumtreiben. Da wimmelte es im Gebüsch nur so von Ratten. Die meisten waren zweibeinig.

Plötzlich zuckte sie zusammen. Lag da wirklich Felipes Hand auf ihrer Schulter? Tatsächlich!

„Willst du schon hochgehen oder sollen wir noch eine Weile hier sitzen bleiben?“

Jasmin zögerte. „Eine Minute, okay?“

„Mhm.“

Er nahm seine Hand wieder weg. Schade. Wegen ihrer Mutter hatte sie nicht um die Minute gebeten. Sie wollte nur noch etwas länger mit Felipe alleine sein. Vielleicht würde das in diesem Jahr nicht mehr vorkommen.

Ob er ahnte, wie dankbar sie ihm dafür war, dass er die Klappe hielt? Was hätte sie nicht alles von Lilli zu hören bekommen! Dass sie Rücksicht auf Mutters Labilität zu nehmen hatte. Dass Jasmin sie nicht mit ihren Wünschen überforden sollte. Dass sie dieses vermeiden und jenes unbedingt erwähnen müsste. Blablabla!

„So, ich hau jetzt ab“, erklärte sie schließlich und stieß die Tür auf.

„Möchtest du, dass ich mitkomme?“

Ja, das wollte sie. Und wie sie das wollte! Aber ihrer Mutter konnte sie das nicht antun. Wenn ein Fremder in der Nähe war, verwandelte sie sich in ein kleines, schüchternes Kind, das kein Wort rauskriegte.

„Bis gleich!“, rief Jasmin, sprang aus dem Auto und ging quer über einen Spielplatz aufs Haus ihrer Mutter zu.

Sie hatte nicht vor, länger als zehn Minuten zu bleiben. Alle Besuche liefen immer nach dem gleichen Schema ab. Am Anfang waren ihre Mutter und sie vor Freude völlig aus dem Häuschen und plapperten munter drauflos, aber nach einer Viertelstunde hatten sie keine Ahnung mehr, worüber sie reden sollten. Das wollte Jasmin ihnen beiden heute ersparen.

Doch es lief ganz anders, als sie es sich vorgestellt hatte. Ihre Mutter war super drauf. Es gab keine peinlichen Fragen und keine noch peinlicheren Geständnisse. Über den Entzug verlor Mutter nur einen einzigen Satz. Und der war so leise, dass Jasmin ihn nicht richtig verstand.

Sie redeten über Oma. Und über Jasmins große Schwester. Es gab keine Schweigepausen mit irgendwelchem dummen Gelaber. Der Tee schmeckte gut. Ihre Mutter sah schmal aus und hatte tiefe Ränder unter den Augen, aber sie roch gut. Ihre Haare glänzten. Ihre rote Bluse war sauber. Auf dem Wohnzimmertisch standen Blumen. Richtige Blumen und nicht dieser Plastikscheiß, den ihre Mutter sonst immer in Vasen gestellt und um den sich dann jahrelang niemand mehr gekümmert hatte.

Aus den geplanten zehn Minuten wurden über zwei Stunden.

Entscheidende Worte fielen erst, als sie sich im Hausflur voneinander verabschiedeten.

„Ich hätte dich gerne hier bei mir, Jasmin. Möchtest du nicht auch wieder mit mir zusammenleben? Du brauchst darauf nicht gleich zu antworten. Aber tu mir einen Gefallen, und denk drüber nach, okay?"

„Okay."

Beim Runtergehen dachte Jasmin jedoch an ganz was anderes: an Felipes Auto. Ob es noch dort am Spielplatz parken würde? Vermutlich nicht. Felipe hatte bestimmt Besseres zu tun, als stundenlang auf sie zu warten.

Irrtum!

Als sie an die Windschutzscheibe klopfte, zuckte er zusammen und hob die Augen von dem Buch auf seinem Schoß. Dieses Lächeln!

„Und?", fragte er, nachdem sie eingestiegen war. „Wie war's?"

Sie winkte ab. „Stinklangweilig! Sie hat nicht gekotzt und ist auch nicht besoffen durchs Wohnzimmer getorkelt. Und zwischendurch gab's jede Menge Umarmungen."

Felipe lachte. „Umarmungen? Hört sich gut an!"

Dabei fiel Jasmin ein, dass er sich vermutlich bald mit Schatz treffen würde.

„Och", meinte sie betont gleichgültig. „Davon kriegst du heute Abend bestimmt noch mehr als genug."

12 Kapitel

„Was heißt, er will mich sprechen?“, fauchte Magdalene Laura an, die vor ihrem Bett stand. „Ich bin doch kein Kleinkind! Heute Nachmittag hab ich schon was vor, und zwar Schlafen! Und ich werde das nicht verschieben, nur weil Señor Felipe gerade eingefallen ist, dass er mit mir reden will. Meine nächste Sprechstunde ist morgen um drei, kapiert?“

„Meine Güte!“ Laura verdrehte genervt die Augen. „Auf mich brauchst du nicht böse zu sein, du Komikerin“, schimpfte sie. „Ich sollte dir nur was von Felipe ausrichten. Aber dass es mich immer freut, dir etwas zu sagen, was dich ärgert, ist natürlich eine andere Sache“, fügte sie spitz hinzu.

Magdalene war sauer, sowohl auf Felipe als auch auf Laura. Seit der Sache mit dem Michael-Jackson-T-Shirt, das weiterhin spurlos verschwunden blieb, gifteten sich die beiden Mädchen nur noch an. Daran hatte auch der gemeinsame Besuch bei Magdalenes Familie nichts geändert.

„Was glaubt dieser Spinner eigentlich, wer er ist?“, rief Magdalene verärgert aus.

„Sozialpädagoge und für dich verantwortlich“, brummte eine männliche Stimme.

Verdattert schaute Magdalene hinüber zur Tür. Dort stand ein unglaublich toll aussehender Typ, einen Arm lässig an den Rahmen gelehnt, und grinste sie an. Das musste Felipe sein! Seltsam, dass er ihr noch nie begegnet war, obwohl sie schon so lang hier wohnte. Aber schließlich hatte er immer Nachtdienst. Und bis jetzt hatte es noch keinen Ärger gegeben, schon gar nicht nachts. Da schlief Magdalene auch wie ein Murmeltier. Früher, in den Heimen, hatte sie immer stundenlang wach gelegen. Aber hier brauchte sie nur den Kopf aufs Kissen zu legen, und prompt fielen ihr die Augen zu. So wie eben, als sie sich nur mal kurz ausstrecken wollte. Dabei war es vier Uhr nachmittags.

Nein, Jasmin hatte nicht übertrieben: Der Bursche war alles andere als hässlich! Auf der Straße hätte sich Magdalene garantiert nach ihm umgedreht. Und falls ihr jemand eine *Playgirl*-Ausgabe mit Nacktfotos von Felipe in die Hand hätte drücken wollen, hätte sie bestimmt nicht dankend abgelehnt. Mehr als Anschauen war allerdings nicht drin. Als Freund hätte sie so einen alten Typen nicht geschenkt haben wollen. Der musste mindestens Anfang dreißig sein.

Ob Jasmin tatsächlich in ihn verknallt war, wie Laura behauptete? Angeblich benahm sie sich wie eine Irre in seiner Gegenwart. Doch das konnte Magdalene nicht glauben, ehe sie es nicht selbst gesehen hatte.

Felipe grinste immer noch. Erwartete er etwa eine Entschuldigung, weil sie ihn beschimpft hatte? Eher wäre eine Entschuldigung dafür fällig gewesen, dass der Witzbold nicht angeklopft hatte.

Missmutig erhob sie sich vom Bett. Da kam Felipe auf sie zu und streckte seine Hand aus.

„Wir hatten noch nicht das Vergnügen", sagte er gelassen und schüttelte ihr die Pfote. „Gestatten: Felipe Lacleaux."

„La Klo? Warum nicht La Toilette?"

Magdalene fing an zu kichern, während Felipe und Laura einen gelangweilten Blick wechselten.

„Diesen bescheuerten Witz macht jeder, der Felipes Namen zum ersten Mal hört", erklärte Laura. „Und darum ist das kein Witz mehr. Pass mal gut auf: L-A-C-L-E-A-U-X. So wird es geschrieben."

„Aber ausgesprochen wird es trotzdem wie 'n Klo. Allerdings riecht Felipe besser", fügte sie augenzwinkernd hinzu.

„Herzlichen Glückwunsch!", stöhnte Laura. „Den Witz macht jeder als nächsten."

Kopfschüttelnd verließ sie das Zimmer und schlug die Tür hinter sich zu.

Ach du Schande!

Nicht dass Magdalene Angst vor Felipe hatte. Aber ihr war reichlich mulmig zu Mute, so ganz allein mit diesem Schönling in ihrem engen Zimmer. Nervös verschränkte sie die Arme vor der Brust.

Ihr Betreuer spürte, dass sie sich nicht besonders wohl fühlte.

„Sollen wir ins Wohnzimmer gehen?", schlug er vor. „Da ist es gemütlicher."

Eine Minute später saß Magdalene auf der uralten Couch und Felipe im Lehnstuhl, getrennt durch den niedrigen Tisch, auf dem zwei Dosen Diätcola standen. Gemeinheit! Nur weil Laura so fett war, musste die ganze WG diesen Diätmüll schlucken.

„Gut, lass uns reden!", sagte Felipe und lehnte sich zurück.

„Worüber? Übers Wetter?"

„Nein, über dich."

„Gibt's denn da noch was, das du nicht über mich weißt?", wunderte sich Magdalene. „Steht doch alles in meiner Akte. Die muss inzwischen so dick sein wie die Bibel."

„Irrtum!", widersprach Felipe. „Die ist so schmal –"

Ohne auf seine weiteren Worte zu achten, stand Magdalene leise auf, huschte zur Tür und riss sie auf. Laura schrie überrascht auf.

„Stehst du zufällig hier rum, oder wolltest du lauschen?“, zischte Magdalene.

„Bin ja schon weg“, murmelte Laura kleinlaut und verschwand in ihr Zimmer.

Kopfschüttelnd schloss Magdalene die Tür und ließ sich aufs Sofa fallen.

„Woher wusstest du, dass Laura an der Tür hängt?“, staunte Felipe mit gerunzelter Stirn.

„Siebter Sinn. War ja lang genug im Heim. Da lernt man so was.“ Sie trank einen Schluck von der Diätcola. Igitt! Da waren nicht nur keine Kalorien drin, sondern auch sonst nichts.

„Also, worüber wolltest du mit mir reden?“

„Unter anderem über das T-Shirt“, antwortete Felipe. „Lilli hat mir die Sache erzählt.“

Magdalene presste die Lippen zusammen und verengte die Augen zu schmalen Schlitzen.

Sofort hob Felipe beschwichtigend die Hände. „Nein, jetzt krieg keinen Anfall. Lilli und ich sind uns einig, dass Laura sich da was zusammenspinnt. Wär ja nicht das erste Mal.“

Total verblüfft horchte Magdalene auf. Offenbar schien der Typ kein großer Fan von Laura zu sein. Dann hatten sie und Felipe schon was mal was gemeinsam.

Doch plötzlich wechselte er das Thema. „Eigentlich geht es auch um ganz was anderes“, erfuhr sie von Felipe. „Du kannst dir denken, dass wir ständigen Kontakt zu euren Schulen haben.“

Verdammt! Jasmin musste gepetzt haben. Jetzt würde sie

was zu hören bekommen wegen dem kleinen Schubser, den sie Karin letztens verpasst hatte.

„Von eurem Klassenlehrer wissen wir, dass du nicht gerade das beliebteste Mädchen auf der Schule bist."

Magdalene zuckte die Schultern. „Na und? Ich will ja nicht die Wahl zur Miss Supersympathisch gewinnen."

„Um es mal auf den Punkt zu bringen: Außer Jasmin redet niemand in der Klasse mit dir."

„Das finde ich so traurig, dass ich jeden Abend vorm Einschlafen zwei Liter Tränen vergieße."

Felipe fand das nicht sehr komisch. „Außerdem ist Lilli aufgefallen, dass Jasmin an deinem ersten Schultag mit einem kleinen Veilchen nach Hause gekommen ist."

Diese blöde Kuh! Magdalene war schrecklich enttäuscht von Jasmin. Tat immer so nett und hilfsbereit, aber hinter ihrem Rücken rannte sie zu diesem Blödmann und schüttete ihm ihr Herz aus! Wahrscheinlich nur, um sich wichtig zu machen.

„Kannst du mir sagen, wo das Veilchen herkam?"

Magdalene entschloss sich sicherheitshalber, erst eine Gegenfrage zu stellen. „Was sagt Jasmin denn dazu?"

„Irgendwas über eine Schranktür, an der sie sich versehentlich gestoßen hat."

Magdalene konnte ein Lächeln nicht unterdrücken. Wäre Jasmin im Wohnzimmer gewesen, hätte sie ihr jetzt einen dicken Schmatzer auf die Backe gedrückt. Von wegen blöde Kuh! Jasmin war die beste Freundin, die sie je gehabt hatte.

„Ich sehe doch wohl nicht aus wie eine Schranktür, oder?", erkundigte sich Magdalene und stand auf. „Mit dem Veilchen hab ich also offensichtlich nichts zu tun. Dann kann ich ja ebenso gut weiterpennen. Oder gibt's noch was über Rosen oder Nelken zu besprechen?"

„Nein, aber über die WG-Regeln. Lilli wollte sie dir schon längst mitteilen, aber sie hat so viel Schreibkram zu erledigen wegen Nicole. Setz dich bitte wieder hin, und hör mir genau zu. Es dauert nicht lang."

Stöhnend fiel Magdalene zurück aufs Sofa.

„Also: kein Alkohol, keine Drogen, keine Jungs, die über Nacht bleiben, verstanden?"

„Nein, ich bin stocktaub!"

„Jungs am Tag sind okay", fuhr Felipe unbeeindruckt fort.

„Ja, sie verwandeln sich natürlich erst nachts in Vampire", höhnte Magdalene.

„Den Haushalt organisiert ihr selbst. Das Geld kommt von uns. Um die Miete braucht ihr euch nicht zu kümmern. Wer Mist baut, kriegt vielleicht eine zweite Chance. Kommt drauf an, was für ein Mist das war. Wer seine zweite Chance vergeigt, muss zurück ins Heim. So, das war's. Noch Fragen?"

„Ja", sagte Magdalene. „Wieso muss ich hier so 'ne beschissene Cola saufen? Davon krieg ich garantiert noch mehr Pickel."

„Wenn dir nicht schmeckt, was andere für dich einkaufen, dann geh doch selbst ins Geschäft."

„Toller Tipp! Danke!"

Sie erhob sich vom Sofa. Felipe stand ebenfalls auf. Er grinste sie wieder genauso an wie eben in ihrem Zimmer.

„Wenn du mit irgendwas nicht klarkommst, sag es Lilli oder mir. Dafür sind wir nämlich da. Ob ihr eure Badewanne sauber haltet, ist uns völlig schnuppe. Aber wenn ihr untereinander Ärger habt, kriegt ihr auch Ärger mit uns."

„Ich zittere schon vor Angst."

Felipe ging nicht darauf ein. „Niemand zwingt uns, Freunde zu sein. Du wirst dich trotzdem daran gewöhnen müssen, dass ich mich ab und zu in dein Leben einmischen werde, solange es sich in diesen vier Wänden abspielt."

„Ist ja gut, Herr Klo!"

„Gib dir keine Mühe", meinte der Angeber und ging zur Tür. „Egal, was du sagst: Ich mag dich trotzdem. Fürs Erste jedenfalls. Ich mag jeden, der mir nicht gleich beim Kennenlernen ans Bein pinkelt. Und sogar den mag ich, nicht wahr, Amigo?", wandte er sich an den Hund. „Du bist nicht halb so unausstehlich, wie du denkst", ließ er Magdalene wissen, ehe er das Wohnzimmer verließ.

Und du nicht halb so unwiderstehlich, wie du denkst, wollte Magdalene ihm nachrufen. Aber eigentlich fand sie ihn gar nicht so übel, ihren Betreuer. Dass er sie mochte, nahm Magdalene ihm natürlich nicht ab. In Wirklichkeit war sie ihm scheißegal. Es gehörte zu seinem Job, ihr das Gefühl zu geben, sie sei irgendwie wichtig für ihn.

Sie warf einen Blick auf die Uhr. Scheiße! Seit zehn Minuten saß der Brad Pitt von gegenüber nun schon an seinen Hausaufgaben. Der Kerl hatte einen peinlich genauen Tagesablauf. Wie konnte man gleichzeitig so spießig sein und so toll aussehen?

Mit großen Schritten marschierte sie in ihr Zimmer, stellte sich ans Fenster und spähte in die Wohnung gegenüber. Ja, da saß er! In einem schneeweißen Hemd. So ein Mist, dass sie seine Augenfarbe nicht genau erkennen konnte!

Für Magdalene stand jetzt schon fest, was sie sich zu Weihnachten wünschen würde: ein Fernglas.

13. Kapitel

Jasmin schloss die Augen.

Das konnte nicht sein! Das durfte nicht sein!

Sie schaute noch mal hin. Der Umschlag war leer! Ein ganz normaler kleiner Briefumschlag. Leer. Kein einziger Schein war mehr drin. Wütend zerknüllte sie das Kuvert und pfefferte es gegen die Wand.

Dann ging sie zum Fenster, riss es auf und atmete ganz tief durch. Kalte Herbstluft. Sie musste husten.

So viel Geld in einem Umschlag aufzubewahren – ganz schön dumm von ihr! Aber niemand hatte etwas davon gewusst. Ganz unten in ihrem Schrank, in einem Schuhkarton, hatte sie den Umschlag aufbewahrt. Zwischen alten Zeugnissen und Postkarten, auf denen die Schrift ihrer Mutter noch nicht ganz so unleserlich gewesen war wie heute.

Über dreitausend Mark ...

Ihre Oma hatte ihr das Geld vererbt. All ihre Ersparnisse. Mehr war nicht übrig geblieben nach dreiundsiebzig Jahren. Nicht mal Jasmins Schwester hatte etwas bekommen.

Wer konnte den Umschlag gefunden haben? Wem war überhaupt zuzutrauen, heimlich Jasmins Schrank zu durchsuchen?

Immer wieder musste Jasmin an das Michael-Jackson-T-Shirt denken. Laura hatte sofort Magdalene als Diebin im Verdacht gehabt. Und nun erging es Jasmin nicht anders. Sie hasste sich selbst dafür, dass sie niemand anderen als Magdalene für dreist genug hielt, das Geld geklaut zu haben. Magdalene, zu der sie so nett gewesen war. Der sie keinen Vorwurf über den Faustschlag ins Gesicht gemacht hatte.

Scheiße!

Plötzlich wurde ihr eiskalt. Sie schloss das Fenster, ließ sich aufs Bett fallen und begann zu weinen. Ganz leise. Dabei dachte sie nicht an das Geld, sondern an ihre Oma.

Sie ging wieder hinter ihrem Sarg her, zusammen mit ihrer Mutter und mit ihrer Schwester. Jasmin war die Einzige von ihnen, die keine Träne verlor.

An diesem Vormittag auf dem Friedhof hatte sie ihre Oma nur gehasst, sonst nichts. Hätte sie nicht noch ein paar Jahre mit dem Sterben warten können? Nur bis zu Jasmins achtzehntem Geburtstag? Dann wären ihr die Heime und die WG erspart geblieben.

Obwohl – dann hätte sie niemals Felipe kennen gelernt. Und auch abgesehen davon war es eigentlich nicht so übel hier. Okay, man wurde geschlagen und bestohlen, aber dafür gab es ab und zu ein leckeres Frühstück.

Nebenan im Wohnzimmer stritten sich Laura und Magdalene um die Fernbedienung. Beide hatten eine Lieblingssoap, leider nicht dieselbe. Die eine startete fünf Minuten vor dem Ende der anderen Soap. Jeden Abend ein Grund für Gebrüll.

Offenbar hatte Magdalene gewonnen, denn kurz darauf kam Laura ins Zimmer, knallte die Tür zu und warf sich aufs Bett. Mit lautem Knarren beschwerte es sich über Lauras Gewicht.

„Dieses gemeine Aas!“, regte sie sich auf und verpasste ihrem Kopfkissen einen kräftigen Hieb. „Rupft mir einfach die Fernbedienung aus der Hand und schubst mich dabei fast vom Sofa! Die glaubt wohl, die kann sich alles nehmen, was sie haben will!“ Sie schaute hinüber zu Jasmin. „Na los, verteidige sie ruhig. Du liebst sie doch so heiß und –“.

Laura stockte. Anscheinend hatte sie gerade die Tränen auf Jasmins Wangen entdeckt.

In einem Film wäre Laura jetzt aufgestanden, hätte sich zu Jasmin gesetzt und sie zu trösten versucht. In der WG-Wirklichkeit lief die Szene anders ab. Ungerührt griff Laura nach einem Schokoriegel, riss ihn auf, biss hinein und fragte kauend: „Irgendwas nicht in Ordung?“

Sollte sie Laura von der Sache mit dem Geld erzählen? Die würde natürlich sofort Magdalene verdächtigen. Und wahrscheinlich hinüber zu Felipe rennen, der seit einer halben Stunde Dienst hatte. Aber er und Lilli und auch Laura würden es sowieso erfahren, weil Jasmin diesen Diebstahl nicht für sich behalten wollte. Also konnte sie Laura ruhig jetzt schon einweihen.

„Mein Geld ist weg.“

Laura hörte sofort auf zu kauen. „Das Geld von deiner Oma?“

„Ja.“

Jasmin wischte sich die Tränen ab und putzte sich die Nase.

„Wie weg?“, hakte Laura nach. „Du meinst verschwunden?“

„Ja.“

„Du findest es nicht mehr wieder?“

„Nein, es ist weg. Jemand hat es aus dem Umschlag genommen, den ich in dem alten Karton im Schrank versteckt hatte.“

„Genommen?“ Laura legte den angebissenen Riegel zurück aufs Regal. Sensationell! Noch nie hatte Jasmin beobachtet, dass Laura etwas Essbares aus der Hand gelegt hatte. Sie musste grinsen, obwohl ihr überhaupt nicht danach zu Mute war.

„Genommen?“, wiederholte Laura eine Spur schriller. „Du meinst geklaut!“

„Ja.“

„Und deine T-Shirts?“

„Was soll mit meinen T-Shirts sein?“, fragte Jasmin.

„Sind sie alle noch da?“

„Ja. Sie hat sich nur für das Geld interessiert.“

„Wer?“

Jasmin biss sich auf die Zunge. Ein ironisches Lächeln erschien auf Lauras Gesicht. Sie wusste genau, an wen Jasmin gedacht hatte.

„Wie viel war denn in dem Umschlag?“, erkundigte sie sich.

„Fast dreitausend Mark.“

„Was?“ Total geschockt, hüpfte Laura vom Bett. „Du hebst dreitausend Mark in deinem Schrank auf? Bist du bekloppt?“

„Ja.“

Unruhig tigerte Laura im Zimmer auf und ab.

„Verdammte Scheiße!“, zischte sie immer wieder.

„Hör auf mit dem Gerenne!“, bat Jasmin. „Du machst mich ganz nervös.“

Da baute sich Laura vor Jasmins Bett auf, stemmte die Hände in die Hüften und sagte: „Okay, eigentlich sollte es ein Geheimnis bleiben, aber jetzt muss ich es dir erzählen.“

„Was denn?“

„Ich war mit Magdalene bei ihrer Familie.“

Jasmin winkte ab. „Tolles Geheimnis! Das weiß ich schon längst.“

„Aber du weißt nicht, was Magdalene dort wollte.“

„Was denn?“

„Tausend Mark. Für Fotos. Für so ’ne Karte, die man bei ’ner Modelagentur braucht. Magdalene will nämlich Model werden. Aber dann sollte sie lieber auf eine Gesichtsoperation sparen. Fotos bringen da gar nichts.“

„Tausend Mark?“

Laura nickte heftig, worauf sich Jasmin vom Bett erhob und Laura ganz fest in die Augen blickte.

„Hast du das wirklich nicht erfunden, Laura?“

„Für wen hältst du mich eigentlich?“

„Für jemanden mit sehr viel Fantasie.“

„Arschloch!“, schnaubte Laura. „Glaub mir, oder glaub mir nicht!“

Und damit drehte sie Jasmin den Rücken zu, schnappte sich den restlichen Schokoriegel und stopfte ihn sich in den Mund.

Model! Hatte ihr Magdalene nicht selbst auch von ihrem großen Traum erzählt? Wie weit würde sie gehen, um sich diesen Traum zu erfüllen?

Kurz entschlossen verließ Jasmin das Zimmer und ging nach nebenan. Magdalene saß im Lehnstuhl, beide Hände an der Fernbedienung, und glotzte auf die Mattscheibe. Jasmin konnte Soaps nicht ausstehen. All diese lächerlichen Problemchen, mit denen sich die Leute dort rumschlugen! Und wie albern die Dekorationen aussahen! Sie kapierte nicht, wie man sich jeden Abend so einen Schrott reinziehen konnte.

„Warte, gleich kommt Werbung“, sagte Magdalene, ohne den Kopf in Jasmins Richtung zu drehen.

Die lehnte an der Wand neben der Tür und konnte ihren Blick nicht von Magdalene abwenden. Sie stellte sich vor, wie das künftige Model ihren Schrank öffnete, um nach

Geld zu schnüffeln. Musste sie nicht vor Staunen völlig baff gewesen sein, als sie den Umschlag mit den vielen Scheinen entdeckt hatte? Komisch, dass sie nicht tausend Mark rausgenommen und den Rest im Umschlag gelassen hatte. Aber dann wäre der Verdacht erst recht auf sie gefallen.

In diesem Moment ging die Werbung los.

„Ist das 'ne langweilige Folge!", ächzte Magdalene und schaltete zu MTV um. „Kein Mord, keine Intrigen, keine Unfälle, keine Operationen!"

„Auch keine Diebstähle?"

Magdalene runzelte die Stirn. Jasmins Ton ließ sie anscheinend aufhorchen. „Diebstähle? Wieso?"

„Wieso nicht?" Sie schaute zum Fernseher. „Was ist denn das für 'n Rapper?"

„Keine Ahnung. Dieses amerikanische Zeug verstehe ich sowieso nicht. Ich mag nur deutsche Rapper."

„Aha."

Nein, sie konnte Magdalene nicht fragen, ob sie das Geld geklaut hatte oder nicht. Sie hasste Streitereien! Schließlich hatte sie mehr als genug davon mit ihrer Mutter erlebt.

„Ich muss mal", murmelte sie und verschwand aus dem Wohnzimmer.

Eine Minute später stand sie vor der Betreuerwohnung. Als Felipe ihr öffnete, sah er so aus, als sei er gerade aus dem Bett gefallen. Und das um Viertel vor acht! Er trug ein weißes T-Shirt, rote Boxershorts und sein umwerfendes Lächeln, das jedoch reichlich müde wirkte.

„Hi, Jasmin. Was ist los?"

„Problem", sagte sie nur, worauf er sie mit einer Handbewegung in die Wohnung bat.

Sie ging ins Wohnzimmer.

„Nein, lieber in die Küche", hörte sie Felipe rufen.

Zu spät! Sie hatte die Frau schon entdeckt. Kurze, blonde Haare, ein Tattoo auf dem Arm und ein Ring in der Nase. Ansonsten nackt vermutlich. Sie lag unter einer Decke auf der Schlafcouch und nickte Jasmin zu, sagte aber kein Wort. Jasmin nickte freundlich zurück, obwohl sie die Ziege am liebsten erwürgt hätte. Dann ging sie in die Küche, wo ihr Felipe ein Glas Orangensaft eingeschenkt hatte.

„Ist das Schatz oder Liebling?“, fragte sie rotzfrech, als sie sich am Tisch niederließ.

„Weder noch“, antwortete Felipe mit einem Grinsen, das jedoch im Nu wieder verschwand. „Okay, lass hören! Was gibt's für ein Problem?“

„Magdalene.“

„Hat sie dich wieder geschlagen?“

„Sie hat mich noch nie geschlagen!“, schwindelte Jasmin. „Warum hörst du nicht endlich auf mit dem Quatsch? Mein blaues Auge kam von der Schranktür.“

„Ja, klar. Und ich bin einer von den sieben Zwergen. Also, was ist mit Magdalene?“

„Mir fehlen fast dreitausend Mark.“

Felipe riss die Augen auf. „Dreitausend Mark? Wo hast du die her?“

„Von meiner Oma. Geerbt. Eine Woche, bevor sie operiert wurde, hat sie mir das Geld in die Hand gedrückt.“

„Und du hast uns nichts davon gesagt?“

„Wozu?“

„Dann hätte ich dich mal anpumpen können“, witzelte ihr Betreuer und kratzte sich an seinem stachligen Kinn. „Warum glaubst du, dass Magdalene es geklaut hat?“

Jasmin erzählte ihm von der Modelagentur und der Setkarte und Magdalenes Besuch bei ihrer Mutter, die ihr die tausend Mark abgeschlagen hatte.

„Hm“, machte Felipe unschlüssig, als sie fertig war. „Eigentlich müssten wir die Polizei einschalten, damit die rauskriegt, wer das Geld gestohlen hat.“

„Und uneigentlich?“

„Ich geb dir eine Woche Zeit, um selbst dahinter zu kommen, wer dich beklaut hat. Wenn es tatsächlich Magdalene war, wird ihre Zeit in der WG abgelaufen sein, ehe sie richtig begonnen hat. Aber wer weiß ...“

Er machte eine Pause und schaute hinauf zur Decke.

„Wer weiß was?“, fragte Jasmin.

Felipe zuckte mit den Schultern. „Ach, vergiss es. Ich verlass mich auf euch. Ihr versucht, die Sache untereinander zu klären. Beim ersten großen Foul, beim ersten Anzeichen, dass etwas schief geht, schalten wir uns ein, und das heißt dann auch, die Polizei. Einverstanden?“ Jasmin nickte kurz. Felipe stand auf. „Kann ich sonst noch was für dich tun?“

Ja, dachte Jasmin: Die blonde Frau aus der Wohnung schmeißen und mich ganz fest drücken.

„Nein“, sagte sie. „Ich will dich nicht weiter stören bei der Arbeit.“

„Sehr rücksichtsvoll!“

Beim Rausgehen grinste er Jasmin an. Dieser verfluchte Mistkerl! Ihre Liebe hatte er kein bisschen verdient. Und darum würde sie garantiert irgendwann aufhören, ihn zu lieben.

In einem Jahr vielleicht. Oder in zehn.

14. Kapitel

Irgendetwas hatte sich verändert.
Zum Beispiel der Blick, mit dem Jasmin sie musterte. Magdalene gefiel dieser Blick ganz und gar nicht. Woher kam das Misstrauen in Jasmins Augen? Fürchtete sie etwa, wieder eine gescheuert zu bekommen? Absichtlich hatte Magdalene sie noch nie angerührt. Dieser Schlag letztens war doch nur reiner Zufall gewesen, weil Jasmin Magdalenes Faust in die Quere gekommen war.

Magdalene nahm sich vor, so schnell wie möglich ein ernstes Wort mit Jasmin zu reden. Heute Nachmittag würde sie dazu allerdings keine Gelegenheit bekommen, weil Laura in der Nähe sein würde. Die komplette WG hatte sich nämlich zu einem gemeinsamen Einkaufsbummel entschlossen. Magdalene hätte sich mehr darüber gefreut, wenn die Stimmung zwischen Jasmin und ihr nicht so seltsam gespannt gewesen wäre.

Im Grunde war es Lauras Idee gewesen, zusammen shoppen zu gehen. Als Erste hatte sie Jasmin gefragt und dann Magdalene. Magdalene war überrascht gewesen, dass Laura nicht allein mit Jasmin hatte losziehen wollen. So ein bisschen fühlte sich Magdalene schuldig, dass Jasmin keinen richtigen Draht mehr zu Laura hatte. Seit sie in die WG eingezogen war, hatte sich Jasmin immer weniger um Laura gekümmert. So kam es Magdalene jedenfalls vor.

Ob Laura gleich unterwegs mit ihnen beiden darüber reden wollte? Hoffentlich nicht. Magdalene wollte in Ruhe shoppen gehen – auch wenn sie keinen Pfennig ausgeben konnte. In den nächsten Monaten war eisernes Sparen angesagt. Wie sollte sie sonst an die tausend Mark rankommen?

„Bist du fertig?“, rief Jasmin aus dem Flur.

Magdalene griff sich einen lila Schal aus dem Schrank, schlüpfte in ihren Anorak und verließ ihr Zimmer.

„Wo steckt Laura?“, fragte Magdalene.

„Im Bad. Wahrscheinlich ist sie ihn Ohnmacht gefallen, nachdem sie auf die Waage gestiegen ist.“

In diesem Moment schloss Lilli die Wohnungstür auf.

„Na, ihr beiden Hübschen?“, zwitscherte sie fröhlich. „Was gibt's Neues?“

„Nichts“, antworteten Jasmin und Magdalene im Chor.

Lilli zog eine Schnute und wollte wieder verschwinden.

„Wie war's bei deiner Schwester?“, fragte Jasmin.

„Die Kleine ist ja sooo süß!“, schwärmte Lilli. „Stellt euch vor: Sie kann sogar schon meinen Namen sagen!“

„Deine Schwester?“, fragte Magdalene entgeistert.

„Nein, ihre kleine Tochter“, erklärte Lilli. „Sie heißt Juliane, aber alle nennen sie –“.

„Augustane?“, fragte Magdalene.

„Sehr komisch!“, brummte Lilli. „Wo wollt ihr denn hin?“

„Wir wollen 'ne Runde shoppen“, sagte Jasmin. „Alles, was wir noch dazu brauchen, ist Geld und Laura.“

„Geld kann ich euch leider nicht besorgen“, stellte Lilli bedauernd fest. „Aber Laura kann ich vielleicht auftreiben.“

„Nicht nötig!“, sagte Laura, die mit griesgrämiger Miene aus dem Badezimmer auftauchte. „Zu eurer Information, ich bin nicht in Ohnmacht gefallen wegen meines Gewichts!“, zischte sie Magdalene und Laura zu. „Auf dieses Scheißding von einer Waage stelle ich mich nämlich erst gar nicht drauf. Die ist nämlich kaputt.“

Sie nahm ihren grünen Mantel vom Garderobenhaken und zog ihn an.

„Gehen wir?"

Lilli hielt ihnen die Tür auf. „Viel Spaß!", wünschte sie ihnen. „Und kauft nicht irgendwelche Kinkerlitzchen."

„Wieso nicht?", gab Laura gereizt zurück. „Was anderes können wir uns doch sowieso nicht leisten."

Im Treppenhaus ließen Magdalene und Jasmin Laura ein wenig Vorsprung.

„Scheiße!", flüsterte Magdalene in Jasmins Ohr. „Ich hätte eben im Flur die Klappe halten sollen. Jetzt ist Laura die ganze Zeit stinkig, wetten?"

Doch das erwies sich als Irrtum. Auf dem Weg zur Haltestelle und dann in der Straßenbahn war Laura zwar noch etwas einsilbig. Aber als sie eine Viertelstunde später in der Altstadt ausstiegen, schlug ihre Laune um.

Magdalene wunderte sich. So aufgekratzt hatte sie Laura selten erlebt. Mit leuchtenden Augen stand sie vor den Schaufenstern und begeisterte sich für fast jeden Fetzen, den es dort zu sehen gab. Das Einzige, was sie ärgerte, waren die superschlanken Schaufensterpuppen.

„So 'ne Scheiße!", fluchte sie. „Warum stellen die nur derart kranke Figuren in die Schaufenster?"

Jasmin stutzte. „Wieso krank?"

„Ist denn Magersucht keine Krankheit? Guckt euch diese Skelette an! Verglichen damit sind ja sogar Barbie-Puppen richtige Fettsäcke!"

Lauras Stimmung wurde noch besser, als sie in einer Boutique auf jede Menge Klamotten in ihrer Größe stieß.

„Ein Superladen!", jubelte sie. „Habt ihr zehn Stunden Zeit? Ich muss das unbedingt anprobieren!"

Sie verschwand mit einem dicken Bündel Hosen, Röcken

und Blusen in der Umkleidekabine. Zum Glück standen zwei Stühle in dem Laden, auf denen sich Magdalene und Jasmin niederließen.

„Tun dir auch schon die Beine weh?“, fragte Magdalene.

Jasmin nickte. „Tja, wir werden alt.“

Sie lächelten sich an. Jetzt war der richtige Augenblick für ein paar Fragen gekommen, dachte Magdalene. Sie fasste sich ein Herz und knuffte Jasmin in die Seite.

„Sag mal, was ist denn eigentlich los mit dir? Hab ich dir irgendwas getan?“

Warum starrte Jasmin sie so erschrocken an? Sogar rot wurde sie, wenn auch nur ein bisschen. Magdalene roch, dass Unheil in der Luft lag. Aber sie hatte keinen Schimmer, worum es ging.

„Nun rück schon damit raus!“, forderte sie Jasmin auf. „Wir sind doch Freundinnen, oder?“

„Sind wir das?“, fragte Jasmin zurück und betrachtete dabei ihren linken Daumennagel.

Bei Magdalene schrillten die Alarmglocken. Was war passiert?

Jasmin zögerte und zögerte, bis sie schließlich den Mund aufmachte. Was Magdalene dann zu hören bekam, traf sie wie ein Keulenschlag.

„Sei ehrlich: Hast du mir das Geld geklaut, ja oder nein?“

„Hä?“

„Du hast nicht zufällig den Umschlag gefunden und aufgerissen und die Geldscheine rausgenommen?“

„Welche Scheine?“

Magdalene verstand kein Wort. Sie musste mal wieder im falschen Film sein, so wie letztens bei ihrer Mutter.

„Ich rede von der Kohle, die mir meine Oma vererbt hat. Fast dreitausend Mark. Die sind weg.“

„Und was hab ich damit zu tun?"

„Du brauchst nicht zufällig tausend Mark für deine Setkarte?"

„Diese blöde Kuh!"

Am liebsten wäre sie aufgesprungen und in die Umkleidekabine marschiert, um Laura jeden Knochen einzeln zu brechen. Stattdessen blieb sie sitzen und kämpfte einen anderen Kampf: gegen ihre Tränen. Sie wollte unbedingt Siegerin bleiben. Die Heulerei hätte Jasmin bestimmt für ein Geständnis gehalten.

„Ich war es nicht, kapiert?", erklärte sie mit fester Stimme. „Ich würde dir nie was klauen, das schwör ich dir!"

Jasmin sagte kein Wort. Ununterbrochen starrte sie ihren Nagel an.

„Und? Wie findet ihr das hier?"

Wie ein Model stolzierte Laura an ihnen vorbei, in einem langen, schwarzen Rock und einer hellroten Bluse. Sie war kaum wieder zu erkennen.

Die beiden Mädchen auf den Stühlen nickten nur, was Laura zu der spitzen Bemerkung veranlasste: „Entschuldigt, ich wollte euch zwei Turteltäubchen nicht beim Quatschen stören."

Und damit rauschte sie zurück in die Umkleidekabine und ließ sich nicht mehr blicken.

„Glaub mir doch, Jasmin!" Magdalene wollte nach Jasmins Hand greifen, doch die zuckte zurück. „Ja, ich brauche tausend Mark. Aber ich beklau doch nicht meine beste Freundin!"

„Beste Freundin!", wiederholte Jasmin verächtlich.

Es wurde immer schwerer, den Kampf gegen die Tränen zu gewinnen. Zig Gedanken schossen Magdalene durch den Kopf. Was sollte sie tun? Sich über Jasmins Verdacht lustig machen? Oder einfach abhauen und sich nie mehr in der WG blicken lassen? Oder zu Felipe gehen und beteuern, dass sie unschuldig ist?

Alles Schwachsinn!

Jasmins Schweigen sagte mehr als tausend Worte. Ja, sie hielt sie für die Diebin. Und egal, wie eindringlich Magdalene ihr das Gegenteil versicherte: Jasmin würde sich nicht überzeugen lassen.

Nach einer halben Ewigkeit tauchte Laura wieder auf. In orangen Jeans und den Kopf von Michael Jackson auf der Brust.

„Sieht geil aus, oder?“, rief sie durch den ganzen Laden.

„Geht so“, meinte Jasmin. „Können wir jetzt endlich abhauen?“

Da kam Laura auf Magdalene zu, beugte sich zu ihr hinab und flüsterte: „Wenn du wirklich so ’ne tolle Diebin bist, dann klau mir dieses T-Shirt!“

Magdalene erstarrte. Das war doch wohl ein Scherz, oder?

„Warum soll ich nicht gleich die Kasse mitgehen lassen?“, flüsterte Magdalene zurück.

„Das T-Shirt reicht mir. Also, was ist? Ich leg es zurück auf den Stapel, okay? Und dann bin ich mal gespannt, wie du das Teil hier rauskriegen willst.“

Sie verzog sich wieder in die Kabine. Jasmin hatte die Szene völlig teilnahmslos verfolgt. Ob sie verstanden hatte, was Laura von ihr wollte?

„Ich soll ihr das T-Shirt klauen“, verriet ihr Magdalene ganz leise. „Ist die total übergeschnappt?“

Keine Reaktion von Jasmin. Sie schaute sich so gedankenverloren im Laden um, als wäre Magdalene gar nicht da.

Kurz darauf tauchte Laura auf, diesmal in ihren eigenen Klamotten. Als sie das T-Shirt ins Regal legte, zwinkerte sie Magdalene zu. Warum sollte sie ihr nicht einen kleinen Gefallen tun? Jasmin hatte sie sowieso abgeschrieben. Von wegen Freundschaft. Und etwas anderes schienen die beiden nicht von ihr zu erwarten. Eben: einmal Diebin, immer Diebin. Wenigstens könnte sie ihnen beweisen, dass sie als Diebin unschlagbar war. Und sehr kompliziert würde die Aktion sowieso nicht werden. Mit mehreren Sachen in die Kabine gehen, das T-Shirt in den Rucksack packen und den Rest wieder zurücklegen. Und dann gemütlich aus dem Laden spazieren.

Okay, da war die Alarmanlange an der Tür. Aber die würde nicht losgehen, wenn Magdalene ihren Rucksack hoch genug darüber hinwegheben würde. Also würde sie sich erst beim Rausgehen den Rucksack umschnallen und dabei ein bisschen hüpfen, natürlich total auffällig. Sogar einen Freudenschrei würde sie ausstoßen, wenn sie in die Luft ging. Dann würden sie alle Verkäuferinnen anstarren und keinerlei Verdacht schöpfen.

Laura hatte ihren Mund erneut an Magdalenes Ohr gepresst. „Was ist denn jetzt? Besorgst du mir das T-Shirt, oder nicht?"

„Na klar!", sagte Magdalene.

Sie stand auf, nahm das T-Shirt, ging zur Kasse und zückte ihre Geldbörse. Aus den Augenwinkeln heraus beobachtete sie Lauras verdattertes Gesicht. Sie rammte Jasmin, die sich vom Stuhl erhoben hatte, einen Ellenbogen in die Rippen und zeigte auf Magdalene. Jasmin setzte ein höhnisches Grinsen auf. Wahrscheinlich dachte sie, dass Magdalene mit dem Kauf des Shirts bewies, Lauras altes Shirt geklaut zu haben. Welches Geld Magdalene gerade auf den

Kassentisch legte, schien für Jasmin ebenfalls klar zu sein: einen Teil der Ersparnisse ihrer Oma.

Magdalene verließ den Laden, ohne auf die beiden zu warten. Draußen schlug sie den Weg zur Straßenbahnhaltestelle ein. Nach etwa zwanzig Metern zupfte Laura sie am linken Ärmel.

„Hey, das war wirklich eine Meisterleistung!“, lachte sie. „So hätte ich das T-Shirt auch klauen können.“

„Hier!“ Magdalene hielt ihr die Tüte hin. „Kleines Weihnachtsgeschenk im Voraus.“

„Danke!“

„Und das bedeutet nicht, dass ich dir was gestohlen habe, kapiert?“

„Ja, ja“, erwiderte Laura.

„Magdalene klaut keine T-Shirts!“, ertönte die ironische Stimme von Jasmin, die hinter den beiden herging. „Um so kleine Fische kümmert sie sich gar nicht. Aber wenn's um das richtig große Geld geht –“.

Blitzschnell drehte sich Magdalene um. Jasmin verstummte zwar, durchbohrte Magdalene aber mit einem teuflischen Blick.

„Ich bin unschuldig“, erklärte Magdalene so gelassen wie möglich.

„Was?“ Laura begann zu kichern. „Du bist noch Jungfrau? Das wird sich doch hoffentlich mal ändern, oder?“

15 Kapitel

So mies hatte sich Jasmin schon lange nicht mehr gefühlt. Sie saß am Küchentisch und löffelte ihren Lieblingspudding: Vanille. Wieso schmeckte der heute nach nichts? Bestimmt deshalb, weil Jasmin etwas anderes schwer im Magen lag – die Sache mit Magdalene.

Wie hatte sie nur so gemein sein können, Magdalene zu verdächtigen? Schließlich hatte Jasmin keinen einzigen Beweis dafür, dass sie das Geld tatsächlich geklaut hatte. Vielleicht war es Marco gewesen. Oder sein Freund Salih. Oder Felipe, der ja ständig pleite war. Sogar Amigo hätte der Dieb sein können. Vielleicht mochte er kein Dosenfutter mehr und war deshalb auf Geldscheine umgestiegen.

Der Hund strich gerade um ihre Beine herum.

„Gib's zu Amigo: Du bist der Dieb!"

Mit schief gelegtem Kopf schaute er zu Jasmin auf. Richtig beleidigt sah er aus, der kleine Dickwanst.

„Schon gut", entschuldigte sich Jasmin und kraulte ihn am Kinn. „Ich hab nur Spaß gemacht."

Seufzend schob sie den halb vollen Puddingbecher von sich weg und schaute zum Fenster. Es regnete schon wieder. Prompt musste sie an Magdalene denken.

Erst um halb elf war sie gestern Abend nach Hause gekommen. Weil es in Strömen gegossen hatte, war sie klatschnass gewesen. Jasmin hatte sie nur deshalb gesehen, weil sie gerade aus dem Badezimmer gekommen war.

„Wo treibst du dich denn noch so spät rum?", hatte sie Magdalene gefragt.

Doch die hatte nur was Unverständliches gegrunzt und sich dann in ihr Zimmer verzogen.

Und als Jasmin sie heute Morgen hatte wecken wollen, war sie schon verschwunden gewesen. Trotzdem war sie zu spät in die Schule gekommen. Dass sie Jasmin dort aus dem Weg ging, überraschte sie natürlich nicht.

Klar, Magdalene war bestimmt schrecklich enttäuscht von Jasmin. Warum hatte sie ihr auch gestern in der Boutique ohne Skrupel an den Kopf geworfen, dass sie Magdalene für eine Diebin hielt? So voreilig war sie doch sonst nicht.

Jasmin musste so schnell wie möglich mit Magdalene reden. Am besten noch heute. Jetzt gleich. Warum stand sie nicht einfach auf und ging in Magdalenes Zimmer? Vermutlich war sie gerade bei den Hausaufgaben. Jasmin konnte ja so tun, als hätte sie die Matheaufgaben nicht kapiert.

Scheiße! Sie traute sich einfach nicht, bei Magdalene reinzuschneien, egal, unter welchem Vorwand. Dieser traurige Blick, den Magdalene ihr gestern auf dem Weg zur Haltestelle zugeworfen hatte ... So herzzerreißend konnte einem nicht mal Amigo in die Augen schauen, wenn er seit zwei Tagen nichts zu fressen bekommen hatte.

„Magst du Vanillepuddig?“, fragte sie ihn grinsend.

Sein Schwanz rotierte sofort drauflos. Noch nie hatte er irgendwas Essbares verschmäht. Warum hätte er ausgerechnet heute damit anfangen sollen?

Jasmin stellte ihm den Vanillepudding vor die Pfoten. Im Nu steckte seine halbe Schnauze in dem Becher.

Ein Weilchen schaute sie ihm beim Futtern zu. Dann gab sie sich plötzlich einen Ruck und stand auf.

„Bin gleich wieder da!“, sagte sie zu Amigo. „Na ja, das

heißt, falls sie mich nicht so zusammenschlägt, dass ich aus ihrem Zimmer getragen werden muss."

So ein Schwachsinn! Jasmin wusste genau, dass Magdalene ihr nie absichtlich wehtun würde. Wie hatte sie sie genannt? Ihre beste Freundin? Jasmin nahm sich vor, schleunigst etwas zu tun, um diesen Titel auch zu verdienen.

Ehe Jasmin an Magdalenes Tür klopfte, ballte sie kurz die Fäuste und verkrampfte ihren ganzen Oberkörper. Laut ihrer Sportlehrerin sollte das dazu dienen, sich zu lockern. Leider klappte es nur selten.

„Nein!", rief Magdalene, nachdem Jasmin angeklopft hatte.

Jasmin kümmerte sich nicht darum und ging trotzdem hinein.

„Ich habe Nein gesagt!", schnauzte Magdalene sie an.

„Wirklich? Ich habe Herein verstanden", behauptete Jasmin mit einem unschuldigen Lächeln.

Das verschwand jedoch sofort, als sie entdeckte, womit Magdalene gerade beschäftigt war – mit Packen!

Ihr Koffer lag auf dem Bett. Viel passte nicht mehr rein. Der Schrank war schon so gut wie leer.

Magdalene packte!

„Was – was soll das?", fragte Jasmin verblüfft.

„Ich hab die Schnauze voll von eurer tollen WG!", erklärte Magdalene schroff, ohne Jasmin eines Blickes zu würdigen. „Wenn ich fertig bin, gehe ich rüber zu Lilli und bitte sie, mich ins nächste Heim zu fahren."

„Spinnst du?"

„Glaub mir, das ist die beste Lösung!" Magdalene pfefferte einen Pullover in den Koffer. „Damit, dass Laura mich hasst, komme ich schon irgendwie klar. Aber wenn du jetzt auch noch damit anfängst, dann reicht es mir wirklich."

„Es tut mir Leid!“, sagte Jasmin und wollte einen Arm um Magdalenes Nacken legen.

„Pfoten weg!“

Zum ersten Mal schaute ihr Magdalene in die Augen. Ihr Blick war so giftig, dass Jasmin sie sofort losließ.

„Wirklich, es tut mir Leid“, wiederholte sie. „Wenn du sagst, dass du das Geld nicht geklaut hast, dann –“.

„Was dann?“, unterbrach sie Magdalene. „Glaubst du mir dann etwa?“

Jasmin nickte.

„Gestern in der Boutique sah das aber ganz anders aus“, stellte Magdalene mit grimmiger Miene fest und fuhr mit dem Kofferpacken fort. „Was ist in der Zwischenzeit passiert? Hattest du ’ne Art Erleuchtung? Ist dir der Gott der Wahrheit im Traum erschienen?“

„Nein. Aber ich hab noch mal ausführlich über die ganze Sache nachgedacht. Und irgendwie hab ich das Gefühl, dass du mich nicht anlügen würdest.“

Magdalene schaute sie nur kurz an. Dann sagte sie: „Komm mal mit!“

Sie schoss in den Flur und überließ es Jasmin, hinterherzukommen. Vor dem Telefon blieb sie stehen, kramte einen zerknüllten Zettel aus ihren Jeans und wählte die Nummer, die darauf notiert war.

„Tag, Frau Klein!“, meldete sie sich. „Hier ist noch mal Magdalene Dorner. Erinnern Sie sich? Ich hab vor ein paar Tagen angerufen. Wissen Sie noch, was ich Ihnen da gesagt habe?“

Blitzschnell presste sie den Hörer an Jasmins Ohr.

Eine Frauenstimme am anderen Ende der Leitung sagte verwundert: „... dass Sie das Geld nicht auftreiben können und wir keinen Termin für den Fotografen machen sollen.

Haben Sie es sich denn anders überlegt? Sie wissen ja, dass Sie das Geld auch bequem in Raten zahlen können."

Jasmin deutete an, dass Magdalene den Hörer wieder an ihr eigenes Ohr halten sollte.

„Nein", sagte die in den Hörer. „Ich hab das Geld nicht, auch nicht in Raten. – Wie bitte? – Hm, okay. Danke schön. Ciao!"

Grinsend legte sie auf.

„Was hat die Frau noch gesagt?", wollte Jasmin wissen, als sie in Jasmins Zimmer zurückkehrten.

„Dass meine Entscheidung gar nicht so dumm wäre, weil dieser Herr Schwaab ohnehin nicht allzu viel für mich hätte tun können. Was für ein Idiot!"

Sie ging zum Schrank.

„Hör doch auf mit dem Packen!", forderte sie Jasmin auf. „Jetzt weiß ich ja, dass du mir das Geld nicht geklaut hast. Sonst hättest du bestimmt schon längst einen Termin bei dem Fotografen."

Magdalene lachte höhnisch. „Oh Mann, bist du naiv! Mit dieser ganzen Aktion wollte ich doch nur den Verdacht von mir ablenken. Nachher rufe ich Frau Klein wieder an und bestelle mir gleich drei Setkarten. Denn schließlich hab ich ja fast dreitausend Mark erbeutet!"

Das fand Jasmin allerdings nicht besonders komisch. „Du solltest keine Witze darüber machen, sonst wirst du eines Tages –".

„Ach du Scheiße!", schrie Magdalene plötzlich. „Guck dir das an!"

Sie hielt das T-Shirt in die Luft, das sie gerade aus dem Schrank geholt hatte. Nicht zu fassen: Es war das alte Michael-Jackson-T-Shirt, das Laura geklaut worden war!

„Wie kommt das in meinen Schrank?"

Kein Zweifel: Magdalene war total entsetzt. Das konnte nicht gespielt sein.

„Sei mal ehrlich, Jasmin: Hältst du mich für so blöd, ein gestohlenes Teil in meinem Schrank aufzubewahren?“

Jasmin schüttelte den Kopf, durch den eben ein furchtbarer Verdacht schoss.

Laura …

War es möglich, dass sie ihr eigenes T-Shirt geklaut und Magdalene untergeschoben hatte, um den Verdacht auf sie zu lenken? Und was war mit dem Geld von Jasmins Oma? Hatte sie da nicht prompt den Verdacht auf Magdalene gelenkt, indem sie Jasmin von den tausend Mark für die Setkarte erzählte?

„Warum machst du so ein Gesicht?“, fragte Magdalene. „Hältst du mich nun für eine Diebin, oder nicht?“

„Quatsch! Mir ist da nur gerade ’ne komische Idee gekommen.“

„Lass hören!“

„Noch nicht“, sagte Jasmin. Sie wollte erst selbst mit Laura reden. „Lass uns jetzt endlich die Sachen zurück in den Schrank räumen. Du ziehst hier nicht aus, kapiert? Ohne meine beste Freundin wäre ich doch aufgeschmissen.“

„Lüg nicht!“

„Wieso nicht?“, gab Jasmin lachend zurück und holte einen Stapel Klamotten aus Magdalenes Koffer. „Die Wahrheit ist doch immer so langweilig!“

Aber manchmal ist sie auch ein echter Hammer, fügte sie in Gedanken hinzu.

Wenn Jasmin mit ihrem Verdacht Recht behielt, dann würde Laura ihrem Idol Michael Jackson bald näher sein, als ihr lieb war. Jasmin nahm sich vor, ihr einen Fußtritt zu verpassen, mit dem sie glatt bis nach Amerika flog.

16. Kapitel

Am nächsten Morgen wachte Jasmin auch ohne Wecker auf. Es war Samstag, und sie wollte das Wochenende bei ihrer Mutter verbringen. Mit gemischten Gefühlen schwang sie die Füße aus dem Bett. Einerseits freute sie sich wahnsinnig auf die Zeit mit ihrer Mutter. Auf der anderen Seite hatte sie aber ein komisches Gefühl, gerade jetzt die WG zu verlassen. Sie wollte Magdalene nicht mit Laura alleine lassen.

Und dann war da noch die Frist, die Felipe ihr gesetzt hatte: eine Woche. Bis dahin musste sie beweisen können, dass ihre Freundin Magdalene keine Diebin war. Und dafür musste sie ihre andere Freundin Laura ans Messer liefern. Aber was dann? Würde Felipe Laura der Polizei übergeben? So oder so gefiel Jasmin die Sache nicht.

Als ob das noch nicht genug gewesen wäre, geisterte ihr auch noch die Frage ihrer Mutter im Kopf herum. Es war immer Jasmins Traum gewesen, irgendwann wieder bei ihr zu wohnen. Aber war irgendwann gerade jetzt?

Als Lilli kam, um Jasmin abzuholen, schliefen Laura und Magdalene noch.

„Na, alles klar?“, fragte Lilli fröhlich. „Was gibt’s Neues?“

Genug, um ein Buch damit zu füllen, dachte Jasmin. Laut sagte sie: „Nicht viel. Ich hab gerade meine Tage.“

Lilli sah sie an, als hätte sie ihr eben von einer schweren Krankheit erzählt.

„Hast du Probleme mit deinen Tagen?“, fragte sie verständnisvoll. Mit den letzten Tagen hatte Jasmin wirklich

Probleme gehabt: Ihr waren dreitausend Mark gestohlen worden – und das aller Wahrscheinlichkeit nach auch noch von einer guten Freundin. Aber das wollte sie Lilli jetzt nicht erzählen. Sie war schon überrascht, dass Felipe den Mund gehalten hatte.

Also schüttelte sie nur den Kopf und fragte Lilli über ihre kleine Nichte aus. Damit hatte sie genau das richtige Thema getroffen. Die nächsten zwanzig Minuten musste sie sich alle Wörter aufzählen lassen, die die kleine Juliane schon sprechen konnte. Zumindest hielt Lilli Gagaa und Uluh für Wörter.

„Also dann“, sagte Jasmin, als sie ausgestiegen waren. „Die letzten Schritte schaff ich auch allein.“

Widerwillig verabschiedete Lilli sich und ging zur Haltestelle auf der anderen Straßenseite, um wieder zurückzufahren. Jasmin war erleichtert, dass sie sie nicht bis zur Haustür gebracht hatte. Es war schon peinlich genug, dass Lilli sie überhaupt begleitete. Schließlich war sie kein Kleinkind mehr. Obwohl Lilli das vermutlich gefallen würde. Oh, sie kann schon meinen Namen sagen!

Jasmin bog in die Straße ein, in der ihre Mutter wohnte, und klingelte an der Haustür. Sie war schon im zweiten Stock angekommen, als der Türsummer endlich verstummte. Hatte ihre Mutter vergessen, dass Jasmin nicht im Rollstuhl saß? Sie brauchte keine zehn Minuten, um durch die Tür zu kommen.

Im dritten Stock musste Jasmin noch mal an der Wohnungstür klingeln, ihre Mutter machte nicht von selbst auf. Irgendwas kam Jasmin komisch vor.

Endlich öffnete ihre Mutter und umarmte Jasmin hektisch, bat sie aber nicht herein, sondern kam zu ihr vor die Tür.

„Was ist los?“, fragte Jasmin verunsichert.

Ihre Mutter räusperte sich. „Weißt du, bei mir ist unerwartet Besuch eingetroffen“, sagte sie nervös.

Jasmin biss sich auf die Lippen. Na toll, so hatte sie sich das vorgestellt. Und wer bitte war sie? Etwa kein Besuch?

„Wir haben zusammen den Entzug gemacht“, erklärte ihre Mutter weiter. „Als er zurückkam, hatte seine Frau seine Sachen in Mülltüten gepackt und vor die Tür gestellt. Jetzt weiß er nicht, wo er hinsoll. Ich habe ihm gesagt, dass er ein paar Tage bei mir bleiben kann.“

Also doch wieder das Gleiche, dachte Jasmin erschüttert. Sie drehte sich um und wollte gehen, als ein dunkelhaariger Mann in der Tür erschien.

„Ich dachte doch, ich hätte Stimmen gehört“, sagte er freundlich. „Du bist also Jasmin!“, stellte er fest. „Deine Mutter hat unentwegt von dir gesprochen.“

Skeptisch sah Jasmin ihre Mutter an, die rot geworden war und verlegen irgendetwas murmelte.

„Kommt doch endlich rein!“, sagte der Mann. „Ich bin Ferdinand“, er schnappte sich Jasmins Hand und schüttelte sie, „habe eben Kaffee gekocht und bin schon wieder verschwunden. Heute Nacht schleich ich mich auf die Couch – leise wie ein Indianer –, mach euch morgen Frühstück und bin schon wieder weg, ehe ihr etwas von mir bemerkt.“

Jasmin musste lachen. Der Typ gefiel ihr. Sah eigentlich nicht besonders gefährlich aus.

„Ich hoffe, ich störe euch nicht zu sehr“, wandte er sich an Jasmin. „Leider hat mich meine Frau vor die Tür gesetzt – sie hatte allerdings mehr als genug Gründe –, und meine Freunde haben plötzlich meinen Namen vergessen.“

„Wieso, wie heißen Sie?“, fragte Jasmin grinsend.

Ferdinand griff sich theatralisch an die Brust und taumelte zurück. „Das hat wehgetan!“, röchelte er. „Sag bitte nie wieder ‚Sie‘ zu mir, okay? Ich bin ‚du‘ und Ferdi, und gleich bin ich weg.“

Jasmin lächelte ihn an und nickte ihrer Mutter zu, ehe sie Ferdi in die Wohnung folgte. Er hatte tatsächlich Kaffee gekocht und verschwand auch wirklich nach ein paar Minuten.

„Tut mir Leid“, entschuldigte sich ihre Mutter noch mal. „Ich hatte überhaupt nicht mit ihm gerechnet. Aber weißt du, während des Entzugs war er immer für mich da, wenn ich reden wollte. Und jetzt ...“, sie stockte. „Na ja, ich konnte einfach nicht ...“

Jasmin wollte nicht mehr über Ferdi reden. „Mach dir keine Sorgen, ich finde ihn eigentlich sehr nett. Mich stört er nicht“, erklärte sie großmütig.

Ihre Mutter lächelte sie an.

Den Großteil des Tages verbrachten sie mit Quatschen und waren ziemlich erstaunt, als es draußen dunkel wurde. Jasmin sah auf die Uhr. „Schon halb acht“, meinte sie.

„Ich hab ein Video ausgeliehen“, sagte ihre Mutter.

„Du hast einen Videorekorder?“, fragte Jasmin verblüfft.

Ihre Mutter nickte. „Du wolltest doch immer einen. Ich dachte, wenn ich den habe, dann willst du bestimmt bei mir einziehen“, scherzte sie. „Außerdem hab ich einen Film mit deinem Lieblingsschauspieler ausgeliehen.“

Jasmin grinste sie an. „Toller Bestechungsversuch!“ Dann wurde sie ernst. „Mama, ich weiß noch nicht, ob ich zu dir ziehen will. Es gefällt mir eigentlich ganz gut in der WG. Ich hab mich da gerade eingewöhnt. Und wenn wir ein paar Probleme geklärt haben ...“

„Was für Probleme?“, hakte ihre Mutter nach.

Jasmin überlegte einen Augenblick, dann erzählte sie ihrer Mutter von den Diebstählen. Sie war entsetzt, als sie hörte, dass Jasmins Geld weg war. „Im Schrank?", fragte sie ungläubig nach.

„Schon gut!", seufzte Jasmin schuldbewusst.

Ihre Mutter schwieg einen Augenblick. Dann sah sie Jasmin ernst an. „Diese Magdalene war es auf keinen Fall", stellte sie fest. „Weißt du, was ich glaube?"

Jasmin nickte düster. „Dasselbe wie ich."

„Und was hast du jetzt vor?"

„Lass mich mal machen. Ich hab da einen Plan. Das Geld taucht schon wieder auf."

„Gut, meine Große, dann lass uns mal sehen, was an deinem Schönling so dran ist. Kann mir ja nicht vorstellen, dass der ein guter Schauspieler ist."

Sie holte eine Tüte Popcorn aus einer Lade und schüttete den Inhalt in eine große Schüssel.

„Wie heißt denn der Film?", wollte Jasmin wissen.

„Irgendwas mit Sonnenaufgang", erinnerte sich ihre Mutter. „Hoffentlich heißt er nur so und dauert nicht wirklich bis Sonnenaufgang, sonst können wir uns das Sofa mit Ferdi teilen."

Kichernd gingen sie ins Wohnzimmer.

„Wie kommt er eigentlich rein, wenn wir schon schlafen?", fiel Jasmin plötzlich ein.

„Ich habe ihm den Schlüssel geliehen, den ich für dich nachmachen ließ", erklärte ihre Mutter knapp.

Jasmin war gerührt. Ihr eigener Schlüssel!

„Tolles Tattoo!", meinte ihre Mutter nach dem Film anerkennend. „Aber ich frage mich, wie dieser hässliche Typ, der seinen Bruder spielt, zum Film kommt."

Jasmin kicherte. „Das ist der Regisseur, Mama!"

„Das sollte er auch bleiben", erklärte ihre Mutter bestimmt. „Wie auch immer: Der Typ ist ja ganz nett, aber ich bleibe meinem Robert Redford treu."

Mit diesen Worten ging sie ins Schlafzimmer, um für sie beide das Bett zu machen.

Jasmin folgte ihr.

„Wenn du hier einziehst, dann machen wir aus dem Esszimmer dein Schlafzimmer", erklärte ihre Mutter. Scheinbar hatte sie schon alles geplant.

„Mama ...", begann Jasmin.

„Schon gut!", unterbrach sie ihre Mutter. „Den Schlüssel und das Zimmer bekommst du – egal, wie du dich entscheidest."

Jasmin lächelte erleichtert. „Danke."

„Und jetzt ab ins Bett!"

Jasmin konnte höchstens eine Stunde geschlafen haben, als sie durch irgendetwas geweckt wurde.

Sie lauschte angestrengt in die Dunkelheit. Da war es schon wieder: ein dumpfer Aufprall, gefolgt von einem „Uff!".

Sie grinste. Leise wie ein Indianer! Häuptling Ferdi musste noch viel üben. Das da drüben klang eher wie ein besoffener Indianer. Plötzlich erschrak sie über ihren eigenen Gedanken. Ein Besoffener! Was, wenn der Typ aus einer Bar kam? Was, wenn er rückfällig geworden war? Was, wenn er ihre Mutter mitriss?

Sie wartete, bis es drüben leise geworden war. Dann schlich sie auf Zehenspitzen auf die Toilette. Ferdi lag auf dem Sofa und schnarchte laut. Das ganze Wohnzimmer stank nach Alkohol. Jasmin ging auf die Toilette und dann wieder zurück ins Bett.

Sie lag mit offenen Augen in der Dunkelheit und hörte ihr eigenes Herz schlagen. Irgendwie tat ihr dieser Ferdi ja

Leid. Aber auf der anderen Seite hatte sie Angst um ihre Mutter. Sie musste es ihr sagen und sie bitten, ihn rauszuschmeißen. Irgendwann schlief sie endlich ein.

Am nächsten Morgen wachte sie sehr früh auf. Schnell stand sie auf und ging ins Wohnzimmer. Ferdi hatte die Couch schon wieder zusammengeklappt und riss gerade alle Fenster auf.

„Gib dir keine Mühe", sagte Jasmin schroff. „Sie wird es trotzdem riechen. Ich hoffe für dich, dass ihr das die Sache nicht schwerer macht."

Wie ein ertappter Einbrecher fuhr Ferdi herum. Er starrte Jasmin aus rot unterlaufenen Augen an. Sie kannte diesen Blick. Schaudernd wandte sie sich ab und wollte ins Badezimmer gehen.

„Du weißt nicht, wie das ist", sagte er mit krächzender Stimme. Keine Spur mehr von dem Selbstbewusstsein, das er gestern gezeigt hatte. „Kannst du dir vorstellen, wie es ist, wenn du ... und plötzlich ... plötzlich ..."

Jasmin drehte sich um und bemerkte ihre Mutter, die im Nachthemd in der Schlafzimmertür stand.

„Pack deine Sachen!", sagte sie.

Einen verwirrten Augenblick lang dachte Jasmin, sie wäre gemeint.

Ferdi starrte ihre Mutter an. „Das kannst du nicht tun", stammelte er hilflos.

„Doch, das kann ich", sagte ihre Mutter kalt. „Wenn du trocken bist, bist du hier herzlich willkommen. Bis dahin will ich dich nicht wiedersehen."

Ferdi zögerte noch einen Augenblick. Dann schnappte er die zwei Müllsäcke neben der Tür und verschwand im Vorzimmer. Die Wohnungstür schloss er so leise hinter sich, dass man kaum ein Geräusch hörte.

Jasmins Mutter setzte sich auf die Couch und wischte die Tränen weg, die ihr in die Augen schossen.

„Es tut mir Leid!“, jammerte sie.

Jasmin stand noch immer in der Badezimmertür. „Das war doch nicht deine Schuld“, meinte sie tröstend. „Ich bin überrascht, dass du ihn sofort rausgeschmissen hast.“

„Das hat man mir oft genug vorgebetet. Ich hätte ihm keinen Gefallen getan, wenn ich ihn hier wohnen hätte lassen“, sagte sie.

Jasmin wusste nicht, was sie sagen sollte. Die Situation war ihr furchtbar unangenehm.

Ihre Mutter putzte sich geräuschvoll die Nase. „Also“, sagte sie fest. „Dann mach ich uns beiden jetzt mal Frühstück. Davon lassen wir uns doch nicht den Tag vermiesen.“

Jasmin nickte erleichtert und ging ins Badezimmer.

Am Nachmittag kam Lilli, um Jasmin abzuholen. Diesmal ließ sie es sich nicht nehmen, direkt bis an die Wohnungstür zu kommen.

„Na“, fragte sie vor der Haustür gespannt. „Wie ist es denn gelaufen? Irgendwelche Zwischenfälle?“

„Nein“, sagte Jasmin und war scheinbar überrascht über die Frage.

„Und in der WG? Ich hab vorhin ganz vergessen zu fragen, ob irgendetwas passiert ist, während ich weg war?“

Jasmin warf ihr einen Seitenblick zu. Lilli war offenbar ganz arglos. Felipe dürfte wirklich die Klappe gehalten haben.

„Nein“, wiederholte Jasmin im selben überraschten Tonfall. Mit diesem Schauspieltalent ließe sich vielleicht noch etwas anfangen. Im Geiste sah sie sich selbst im Abendkleid auf einer Bühne stehen und den Oscar entgegennehmen.

17. Kapitel

Es war ein komisches Gefühl gewesen, gestern Nacht ohne Jasmin einzuschlafen. Laura hatte sich so sehr daran gewöhnt, dass sie da war. Sie hatte sich lange im Bett herumgewälzt, ehe sie endlich einschlafen konnte. Aber ihre Träume waren auch nicht viel besser gewesen: Ständig sah sie Magdalene hinter Gittern, die sie traurig ansah. Dabei sang sie den Titelsong ihrer Lieblingssoap.

Eigentlich schlief Laura sonntags immer bis zum Mittagessen durch. Wo sie schon mal wach war, wollte sie aber lieber auf weitere Träume verzichten. Selbst der richtigen Magdalene zu begegnen war einfacher als noch mal in die traurigen Augen der Traum-Magdalene zu sehen.

Laura seufzte, schwang die Füße aus dem Bett und trottete in Richtung Badezimmer. Aus dem Wohnzimmer hörte sie Musik, also musste Magdalene schon wach sein.

Laura putzte sich die Zähne und schielte vorsichtig zur Waage hinüber. Schließlich fasste sie sich ein Herz und stieg drauf. Sie strahlte: Zwei Kilo weniger! Na gut, sie war noch immer nicht schlank, aber zwei Kilo! Bald würde Keanu keine O-Beine mehr kriegen, wenn sie das Matrix-T-Shirt anzog, sondern Stielaugen.

Das T-Shirt! Sofort fiel ihr wieder Magdalene ein. Laura hätte sie nach wie vor lieber im Heim gesehen als hier in der WG, aber ins Gefängnis brauchte sie deshalb auch nicht gleich zu gehen. Und nach allem, was Jasmin ihr von dem Gespräch mit Felipe erzählt hatte, war es seine Absicht, sie genau dort hinzubringen.

Laura nahm sich vor, noch mal mit Jasmin zu reden, wenn die von ihrer Mutter zurückkam.

Als Laura die Badezimmertür aufmachte, stand Magdalene in ihrem gestreiften Morgenmantel draußen. Sieht aus wie Gefängniskleidung, dachte Laura und zwängte sich wortlos an Magdalene vorbei.

Magdalene war gestern den ganzen Tag ziemlich gut gelaunt gewesen. Laura konnte sich beim besten Willen nicht vorstellen, was der Grund dafür war.

Sie dagegen konnte sich überhaupt nicht aus ihrer trüben Stimmung reißen. Den ganzen Tag verbrachte sie in ihrem Zimmer und wartete darauf, dass Jasmin endlich nach Hause kam. Schließlich siegte jedoch der Hunger über ihre schlechte Laune, und sie holte sich ein paar Brote aus der Küche.

Als sie zurückkam, lag Jasmin auf dem Bett und las in irgendeinem Buch. Wie kann man nur mit so was seine Zeit vertrödeln?, dachte Laura. Schließlich ist doch schon längst der Fernseher erfunden worden. Es war ihr aber ganz recht, mit Jasmin allein zu sein. Endlich konnte sie mit ihr über Magdalene reden.

„Hi", sagte sie betont gleichgültig.

Jasmin sah kurz von ihrem Buch auf und lächelte Laura an. „Hi!"

Laura krabbelte ins Bett. „Was liest du denn?", fragte sie Jasmin.

„Nichts für dich", antwortete Jasmin. „Ein Buch."

Was ist der denn für eine Laus über die Leber gelaufen?, dachte Laura ärgerlich.

„Gab's Zoff mit deiner Mutter?", fragte sie ins Blaue hinein.

„Nein", antwortete Jasmin, ohne die Lektüre zu unterbrechen. „Wir haben uns sogar sehr gut verstanden." Dann, fast gleichgültig: „Ich ziehe wahrscheinlich bald zu ihr."

Lauras Magen zog sich ruckartig zusammen. „Was? Du ziehst aus?"

„Nein", erwiderte Jasmin ungeduldig. „Ich ziehe ein. Bei meiner Mutter."

„Du verlässt mich?", fragte Laura ängstlich.

Jasmin drehte sich im Bett um. „Jetzt übertreib mal nicht", sagte sie langsam. „Sie werden dir zwei neue Mitbewohnerinnen schicken."

„Das meine ich nicht!" Laura wurde hysterisch. „Und warum zwei?"

Jasmin legte das Buch zur Seite und sah sie an. „Denkst du, ich lasse dich hier mit einer Verbrecherin allein? Bevor ich gehe, sorge ich dafür, dass Magdalene bekommt, was sie verdient."

Laura schluckte. „Und das wäre?"

Eine von Jasmins Augenbrauen wanderte bis fast an ihren Haaransatz. „Sie hat dein T-Shirt gestohlen und meine dreitausend Mark. Sie ist eine Kleptomanin und gehört ins Gefängnis. Vielleicht können die sie ja ändern."

Laura starrte sie ungläubig an. „Das kannst du nicht ernst meinen!", schrie sie fast. „Du hast doch selbst gesagt, es ist nur Geld. Und jetzt willst du deshalb ihr ganzes Leben zerstören?"

Sie konnte es kaum glauben. Was hatte nur Jasmins Meinung so geändert? Vielleicht hatte ihre Mutter ihr das ja eingeredet. Ob Jasmin wohl Magdalenes Geschichte kannte?

„Hast du eigentlich gewusst, warum sie das erste Mal geklaut hat?" Laura sammelte all ihre Überzeugungskraft. „Ihr Stiefbruder hat sie verprügelt. Sein Vater und ihre Mutter haben angeblich nichts gesehen. Sie musste klauen, um von dort wegzukommen."

Wieder wanderte Jasmins Augenbraue nach oben. „Sieh mal einer an", sagte sie langsam. „Warst du es nicht, die von Anfang an an Magdalenes Schuld geglaubt hat? Warst du es nicht, die mich gewarnt hat, sie würde stehlen? Wolltest du nicht ..."

Laura unterbrach sie schnell. „Ich wollte doch nie, dass sie in den Knast kommt!", rief sie.

„Pssst!", Jasmin legte einen Finger auf ihre Lippen. „Schrei nicht so! Sie wird uns noch hören."

Laura nickte.

„Ich habe einen Plan", flüsterte Jasmin.

Laura sah sie mit offenem Mund an. „Nämlich?"

„Deine Idee in dem Laden hat ja nicht geklappt – sie hat das Shirt gekauft", Jasmin machte eine Pause. Dann fuhr sie in Verschwörerton fort: „Ich werde morgen ihr Zimmer durchsuchen, während du sie irgendwie ablenkst. Ich bin mir fast sicher, dass wir sowohl das T-Shirt als auch das Geld dort finden. Dann lasse ich die Sachen einfach da, wo sie sind, und gehe zu Lilli. Die ruft die Polizei, und schon haben wir sie!"

Das hatte sie doch nicht wirklich gesagt! Nicht Jasmin! Laura traute ihren Ohren nicht. Die brave Jasmin wollte in Magdalenes Zimmer rumschnüffeln wie eine miese ... Das musste sie auf jeden Fall verhindern!

„Ich habe eine bessere Idee", sagte Laura schnell. „Wenn ich sie ablenke, schöpft sie schnell Verdacht. Geh du mit ihr aus. Ich durchsuche ihr Zimmer."

Jasmin lächelte grimmig. „Gute Idee! Genau so machen wir es! Spätestens morgen Abend steht fest, wer das T-Shirt und das Geld geklaut hat." Jasmin stand auf. „Ich hol mir mal was zu essen und seh ein bisschen fern.“ Damit verließ sie das Zimmer.

Laura blieb auf ihrem Bett liegen und dachte nach. Jasmin wollte wieder zu ihrer Mutter ziehen? Nicht dass sie egoistisch war, aber hatte einmal jemand an sie, Laura, gedacht? Was bitte, würde dann aus ihr werden? Und warum heckte Jasmin plötzlich Pläne aus, um Magdalene hinter Gitter zu bringen? Jasmin durfte auf keinen Fall in Magdalenes Zimmer. Wenn sie dort das Geld fand, dann war Magdalene geliefert. So weit durfte es nicht kommen. Aber wie konnte Laura das verhindern? Sie lag lange in ihrem Bett und dachte nach, während es draußen dunkel wurde.

Schließlich kam Jasmin wieder herein. Sie wirkte ausgesprochen zufrieden und fröhlich.

„Ich hab den Wecker auf sechs gestellt“, ließ sie Laura wissen. „Der frühe Vogel fängt den Wurm!“ Sie grinste Laura an. „Hat meine Oma immer gesagt.“

Sie ließ sich ins Bett fallen, drehte sich um und war bald eingeschlafen.

Laura starrte noch lange in die Dunkelheit. Sie konnte das alles nicht glauben. Einschlafen konnte sie auch nicht. Ständig dachte sie darüber nach, was Jasmin gesagt hatte. Jedes Wort hallte in ihrem Kopf nach. Sie drehte und wand sich im Bett. Wie ein Wurm. Seltsam, dass sie sich plötzlich auch fühlte wie einer.

18. Kapitel

Magdalene tappte nach wie vor im Dunkeln. Jasmin hatte sich auch heute in der Schule wieder strikt geweigert, ihr zu sagen, wen sie verdächtigte. Was Jasmin wohl vorhatte?

Magdalene ging ins Badezimmer, fischte einen von Lauras Socken aus der Wanne und ließ heißes Wasser einlaufen.

Laura hatte heute Morgen auf jeden Fall ziemlich unruhig gewirkt. Ob Jasmin sie eingeweiht hatte? Jasmin musste damit rechnen, dass der Dieb heute in der Wohnung auftauchte, sonst machten ihre Andeutungen keinen Sinn. Aber dann verstand Magdalene umso weniger, dass sie nicht hier geblieben, sondern zu ihrer Mutter gefahren war. Erwartete sie etwa, dass der Dieb bewaffnet war, wenn er hier auftauchte? Na toll, dann war Magdalene wohl seine lebende Zielscheibe. Gute Idee, Jasmin, wirklich!

In diesem Augenblick klingelte es an der Haustür. Magdalene zuckte zusammen, als wäre das Klingeln ein Pistolenschuss. Sie musste über sich selbst grinsen. Zögernd ging sie zur Sprechanlage neben der Wohnungstür und drückte auf den Knopf. „Wer ist da?"

„Ich bin's!", brüllte eine Jungenstimme.

Bei der Lautstärke hätte der Typ gar keine Sprechanlage gebraucht, dachte Magdalene.

„Aha", machte sie. „Und wer ist ich?"

„Mach schon auf, Laura!" Die Stimme wurde ungeduldig.

„Ich bin Magdalene. Laura ist nicht da."

Wer war das da unten? Vielleicht der Dieb, dem Jasmin heute eine Falle stellen wollte? Magdalene fühlte sich nicht besonders wohl bei dem Gedanken, mit dem Typen allein zu sein.

„Jasmin ist auch nicht da", sagte sie sicherheitshalber ins Mikrofon.

„Lässt du mich trotzdem rein?", bat die Stimme. „Hier ist Marco, der Freund von Laura."

Marco? Dieser kleine Aufschneider, der für Nicoles Rauswurf verantwortlich war? Hatte Jasmin ihn etwa herbestellt, weil er der Dieb war?

„Ich wollte eben in die Badewanne", sagte sie unwillig.

„Ich bleib nicht lang!", versprach Marco.

Eigentlich hatte Magdalene keine Lust, auf ihr Bad zu verzichten, um sich mit einem Dieb zu unterhalten. Aber egal, mit dem würde sie spielend fertig werden. Außerdem war es vielleicht eine gute Idee, sich zu rächen – wo sie doch alle hier verdächtigt hatten. Beherzt drückte sie auf den Summer. Dann wartete sie an der Tür auf Marco.

Er kam mit großen Sätzen und einem Grinsen auf dem Gesicht die Treppen herauf. „Hast du denn meine Stimme nicht erkannt?"

Magdalene schüttelte den Kopf. „Ich kann mich kaum noch an dich erinnern", gab sie gleichgültig zu und ließ ihn in die Wohnung.

Marco schob die Unterlippe vor. Dann hellte sich sein Gesicht auf. „Die Sprechanlage verzerrt ja auch furchtbar", meinte er großzügig und marschierte ins Wohnzimmer.

Magdalene zuckte die Schultern und folgte ihm. „Was willst du eigentlich hier?"

Marco setzte sich. „Bekomm ich denn gar nichts zu trinken?", fragte er und grinste sie frech an.

Magdalene starrte nur zurück.

Langsam verschwand das Grinsen von seinem Gesicht. „Schon gut. Eigentlich wollte ich zu Laura. Ich muss ihr unbedingt von meiner neuen Anlage erzählen. Heißes Teil! Hat fünfhundert Mark gekostet."

Magdalene wurde hellhörig. Fünfhundert Mark? Wo hatte dieser Loser nur fünfhundert Mark her? Wenn das kein Zufall war. Dann schien er tatsächlich Jasmins Kandidat für den Knast zu sein.

Sie hockte sich zu Marco auf die Couch und gab sich interessiert. Offenbar setzte Jasmin auf Magdalenes Talente als Kriminalistin. Sie versuchte sich zu erinnern, wie Sherlock Holmes seine Fälle löste. Der wiegte seine Opfer immer erst in falscher Sicherheit. Scheinheilig fragte sie Marco, was die neue Anlage denn so alles draufhatte. Schließlich wollte sie ganz beiläufig wissen, wo er denn das Geld herhatte.

Er stutzte. „Hat Laura denn gar nichts erzählt?" Offenbar ging es nicht in seinen Kopf, dass man sich nicht ununterbrochen über ihn unterhielt. Es dauerte einen Augenblick, bis er diese Information verarbeitet hatte.

„Na, auf jeden Fall verdanke ich es ihr, dass ich das Ding jetzt habe, und da wollte ich sie mal zum Tanzen einladen." Er beugte sich vor und blickte Magdalene tief in die Augen. „Es sei denn, du hast Zeit ..."

Magdalene lachte. „Das glaube ich eigentlich nicht", sagte sie und stand auf.

Ihre Gedanken schlugen Purzelbäume. Laura? Was hatte Laura damit zu tun, dass Marco jetzt die Anlage hatte? Sie konnte ihm das Geld doch wohl kaum geliehen haben. Wo sollte sie denn fünfhundert Mark hernehmen? Oder hatte etwa Laura ... nein, das konnte nicht sein. Oder doch? Warum eigentlich nicht? Natürlich, wenn die Schuld auf Magdalene fiel, dann käme sie zurück ins Heim. Genau das, was Laura wollte.

Marco plauderte unterdessen unverdrossen weiter. Es schien ihn nicht weiter zu stören, dass ihm keiner zuhörte.

„Marco, du gehst jetzt“, stellte Magdalene fest. Er fing langsam an, ihr auf die Nerven zu gehen. Außerdem wollte sie endlich in die Badewanne.

„Tu ich das?“, fragte Marco grinsend.

Kann er eigentlich noch was anderes als grinsen?, dachte Magdalene gereizt.

„Ja, tust du“, erwiderte sie entschieden.

Seufzend stand er auf. An der Tür fiel Sherlock Holmes alias Magdalene zufällig noch was ein. „Sag mal, findest du es nicht ein bisschen fies, mich hier anzubaggern? Schließlich war Laura doch so nett, dir das Geld für die Anlage zu leihen und ...“

„Laura und mir Geld leihen?“, unterbrach Marco sie verblüfft. „Sie hatte nur die Idee mit dem Job. Das ist alles.“

„Job?“, Magdalene verstand kein Wort.

„Ja, sicher!“ Marco warf sich in die Brust. „Seit einer Woche helfe ich meinem Vater in seiner Firma. Er hat mir den Vorschuss gegeben.“ Marco verzog das Gesicht. „Allerdings hat er sich vorher meinen Ausweis zeigen lassen. Konnte einfach nicht glauben, dass sein Sohn arbeiten will.“

Magdalene atmete auf. Sie war ja schon fast so schlimm wie Laura. Sie einfach zu verdächtigen, ohne die geringsten Beweise.

„Wann sehen wir uns denn wieder, Schönheit?“, fragte Marco.

Magdalene seufzte. „Warum gehst du nicht schon mal irgendwo hin, und ich komm dann nach.“

Marco strahlte. „Okay, dann also bis später! Ich warte auf dich!“

Magdalene machte hinter ihm die Tür zu. Eine Minute später klingelte es wieder an der Sprechanlage. Sie hob ab.

„Hey“, sagte Marco verstört. „Wie willst du denn nachkommen, wenn du gar nicht weißt, wo ich hingehe?“

„Gut erkannt, Einstein“, gratulierte sie und legte auf.

Tja, jetzt hatte Magdalene also nach wie vor keinen Schimmer, was Jasmin im Schilde führte. Hoffentlich kam sie bald nach Hause. Wenn nicht schnell rauskam, wer der Dieb war, verdächtigte sie noch Amigo.

Aber im Augenblick war für Magdalene nichts wichtiger als ihr Schönheitsbad mit Seetangextrakt.

Sie hatte es sich eben im heißen Wasser gemütlich gemacht, als ein Geräusch sie aufschrecken ließ. War das die Wohnungstür gewesen? Jasmin konnte es nicht sein, die hatte heute Morgen ihre Schlüssel vergessen und hätte klingeln müssen. War die Wohnungstür vorhin richtig ins Schloss gefallen? Verdammt, wenn sie nicht abgeschlossen hatte, dann war Marco jetzt vielleicht da draußen. Was hatte Lilli mal zu Laura gesagt? „... hätte sonst was mit dir machen können!“ Scheiße! Auf Amigo als Wachhund war da auch kein großer Verlass. Der pennte vermutlich auf dem Sofa. Würde sie nicht wundern, wenn er dem Einbrecher auch noch Hausschuhe hinterhertrug.

Andererseits hatte Marco über die Gegensprechanlage angerufen – er musste also schon vor der Haustür gewesen sein. Vielleicht bildete sie sich das auch alles nur ein.

Vorsichtig stand Magdalene auf und stieg aus der Wanne. Ohne sich abzutrocknen, fuhr sie in ihre Kleider und sah sich ängstlich nach einer Waffe um. Dann öffnete sie die Badezimmertür und schlich ins Wohnzimmer.

Nichts, kein Geräusch mehr. Amigo schlief friedlich auf dem Sofa. Magdalene schlich zur Wohnungstür. Abgeschlossen. Erleichtert lächelte sie über sich selbst. Dieses ganze Gequatsche über Verbrecher hatte sie überängstlich werden lassen.

Sie drehte sich um und wollte ins Bad zurückgehen, als sie zusammenzuckte. Diesmal war das Geräusch mehr als deutlich gewesen: Es kam aus Jasmins und Lauras Zimmer. Irgendjemand machte sich da drin zu schaffen. Magdalene warf einen Blick auf die Wohnungstür, dann auf die Zimmertür. Was jetzt? Lilli holen oder selbst nachsehen? Wie würde Lilli reagieren? Die würde doch bestimmt als Erstes die Bullen rufen. Und bis die hier waren, war der Typ längst über alle Berge.

Magdalene atmete tief ein. Das war ihr Zuhause. Niemand hatte das Recht, hier einzudringen. Beherzt öffnete sie die Zimmertür und – sah sich Laura gegenüber.

Im ersten Augenblick atmete sie auf. Gott sei Dank, es war nicht der Dieb! Dann erst bemerkte sie, dass Laura vor Jasmins offenem Schrank stand. In der einen Hand hielt sie ein leeres Briefkuvert, in der anderen ein Bündel Geldscheine. Vielleicht hatte Magdalenes erster Eindruck sie doch nicht getäuscht.

„Ich dachte, hier wäre ein Einbrecher“, stammelte sie. Dann fiel ihr auf, dass sie immer noch den rechten Arm erhoben hatte. In der geballten Faust hielt sie eine Nagelfeile.

Laura starrte Magdalene an. Dann steckte sie das Geld in das Kuvert und packte es in eine Schachtel im Schrank.

Erst dann wandte sie sich wieder Magdalene zu und fragte ruhig: „Und dem Einbrecher wolltest du die Nägel feilen?“

19 Kapitel

War wohl doch kein ganz so perfekter Plan gewesen. Aber Laura hatte beim besten Willen nicht damit rechnen können, dass Magdalene zu Hause sein würde. Jasmin hatte ihr versichert, Magdalene würde sie zu ihrer Mutter begleiten.

Laura streckte die Füße aus und machte es sich in ihrem Sitz gemütlich. Sie hatte Bahnfahrten immer gemocht. Aber im Augenblick ging ihr zu viel im Kopf rum, um die Landschaft genießen zu können. Eigentlich war der Anblick zum Schreien komisch gewesen: Magdalene, klatschnass, mit ängstlich aufgerissenen Augen und mit einer Nagelfeile bewaffnet. Laura hatte trotzdem nicht gelacht.

Als Magdalene ins Badezimmer ging, um sich abzutrocknen, war Laura blitzschnell aus der Wohnung verschwunden. Sie konnte weiß Gott darauf verzichten, ihr noch mal unter die Augen zu treten. Oder gar Jasmin! Von Lilli und Felipe ganz zu schweigen. Sogar vor Amigo schämte sie sich zu Tode.

Vielleicht war es ganz gut, dass es so gekommen war. Anfangs hatte Laura nur versucht, einen Keil zwischen Jasmin und Magdalene zu treiben. Die beiden schienen sich so prächtig zu verstehen, dass Jasmin von Laura überhaupt nichts mehr wissen wollte. Die T-Shirt-Geschichte war ja leider nach hinten losgegangen.

Als Magdalene dann auch noch anfing, mit Marco rumzuflirten ... Na schön, vermutlich war es eher umgekehrt gewesen, aber trotzdem!

Magdalene sollte ja nichts Schlimmes passieren – sie sollte nur dahin zurückgehen, wo sie hergekommen war.

Jetzt hatten Jasmin und Magdalene, was sie wollten: die Wohnung endlich für sich allein. Laura würde sich schon durchschlagen. Unter Brücken schlafen, betteln, durch das Land ziehen. Wenn sie dabei nicht abnahm, dann nie.

„Fahrscheinkontrolle!“

Zerstreut suchte Laura in ihrer Hosentasche nach dem Ticket und zeigte es dem Schaffner.

„Das gilt nur für Düsseldorf“, sagte der. „Wo wollen Sie denn hin?“

Nervös sah Laura ihn an. „Nach Ostende“, sagte sie und kramte wieder in der Tasche. „Moment!“ Dann hatte sie das richtige Ticket gefunden.

„Na dann, einen schönen Tag am Meer“, meinte der Schaffner freundlich.

Laura sah wieder zum Fenster raus. In Ostende würden die sie garantiert nie suchen. Falls sie jemand suchen sollte. Vielleicht verzichtete Jasmin ja jetzt auf die Anzeige bei der Polizei. Das Geld war schließlich wieder da. Na ja, bis auf das für die Fahrkarte. Und ein bisschen was für eine Portion Krabben. Laura musste ja nicht unbedingt gleich heute mit dem Hungern anfangen. Ein Sahnetörtchen zum Nachtisch war auch noch drin.

Sie fühlte sich gleich ein bisschen besser. Nie hatte sie Menschen verstehen können, die ihr Essen einfach so runterwürgten, ohne darauf zu achten, was sie eigentlich in den Mund steckten. Essen war doch etwas Schönes! Laura zumindest konnte sich ganz dem Geschmack einer Leberpastete hingeben. Wenn es stimmte, was die Leute behaupteten und Sex tatsächlich besser war als essen, dann musste das wirklich eine tolle Angelegenheit sein.

Vor ein paar Tagen noch hatte Laura Magdalene damit aufgezogen, dass die angeblich noch Jungfrau war. Ha! Als ob sie selbst mehr Erfahrungen mit Jungs hätte. Aber das würde sie ihr jetzt nicht mehr sagen können. Sie würde Magdalene nie wieder sehen und Jasmin auch nicht. Laura schniefte.

Trotzdem war sie irgendwie erleichtert, dass die ganze Sache vorbei war. Jetzt würden vermutlich auch ihre Albträume aufhören. Keine Magdalene mehr, die hinter Gittern saß und sie mit traurigen Augen ansah. Laura schluckte. Vielleicht träumte sie jetzt von sich selbst hinter Gittern. Na, bei dem Gefängnisfraß würde sie sicher abnehmen.

Oder war das nun der richtige Zeitpunkt, um sich ernsthaft auf die Suche nach ihrem Vater zu machen? Die Hoffnung, ihn durch *Exklusiv Wohnen* ausfindig machen zu können, hatte sie schon aufgegeben. Aber er wäre wirklich die Lösung. Dann hätte sie wieder ein Dach über dem Kopf – vorausgesetzt, er hatte eines. Laura beschloss, sich erst morgen darüber Gedanken zu machen, wie es jetzt weitergehen sollte.

Jasmin wird mir fehlen, dachte sie traurig. Amigo auch. Sie bereute es, den Hund nicht mitgenommen zu haben. Dann würde sie sich jetzt weniger allein fühlen. Aber er hätte sie bei ihrer Flucht zu sehr aufgehalten. Und wahrscheinlich wäre sie daran gescheitert, ihm etwas zu fressen zu besorgen. Wer würde den armen Kerl jetzt wohl füttern? Widerstrebend musste sie sich eingestehen, dass ihr vermutlich sogar Magdalene fehlen würde. So ekelhaft war die eigentlich gar nicht. Genau genommen, hatte sie ihr nie etwas getan.

Einen Moment lang fragte sich Laura ernsthaft, ob sie vielleicht selbst das Miststück war.

0 Kapitel

„Dieses Miststück!“, schrie Magdalene. „Nie im Leben hätte ich gedacht, dass sie dahinter stecken könnte! Es war alles nur ein raffinierter Plan, um mich loszuwerden.“

Jasmin kaute auf ihrer Unterlippe herum. Die Sache war genau so gekommen, wie sie es sich vorgestellt hatte. Aber warum hatte sie nicht vorausgesehen, dass Laura abhauen würde? Jasmin und Magdalene hatten nicht die leiseste Ahnung, wo Laura hingegangen sein könnte.

„Beruhige dich mal“, sagte sie und legte einen Arm um Magdalenes Schultern.

„Mich beruhigen?“, kreischte Magdalene. „Wie könnte ich mich beruhigen? Sie hat mich hintergangen, sie hat versucht, mich loszuwerden, sie wollte mich in den Knast bringen!“

Jasmin schüttelte den Kopf. „Eben das wollte sie nicht. Darum hat sie ja das Geld zurückgelegt. Sogar fast alles.“

Magdalene horchte auf. „Fast alles? Du meinst, es fehlt was?“

Jasmin nickte. „Genau hundert Mark. Was will sie damit?“

Magdalene überlegte. „Vermutlich hat sie es schon ausgegeben.“

Jasmin schüttelte den Kopf. „Nein. Überleg doch mal! Sie wollte das Geld zurückgeben, damit ich die Polizei nicht einschalte. Und sie wollte nicht, dass jemand herausfand, wer es genommen hatte. Also hatte sie vor, alles zurückzulegen. Das Geld muss sie genommen haben, nachdem du sie entdeckt hast.“

„Ja!“, schnappte Magdalene und schlug ihre rechte Faust in die Luft, als wollte sie Laura damit treffen. „Ja, ertappt.“

Jasmin drückte ihren Arm wieder nach unten. „Wie weit kommt man mit hundert Mark?“

Magdalene starrte sie an. „Ist das wichtig? Die Polizei wird sie schon finden.“

„Möchtest du das wirklich?“, fragte Jasmin ruhig.

Magdalene nickte fest entschlossen. „Klar. Wie sie mir, so ich ihr.“

„Ich habe dir schon mal gesagt: Sie wollte nie, dass du in den Knast kommst. Sie hat sogar versucht, mich zu überreden, die Sache zu vergessen.“

„Wirklich? Warum?“

Jasmin zuckte die Schultern.

Langsam beruhigte sich Magdalene wieder. „Was schlägst du also vor?“

Jasmin hörte einen Augenblick auf, ihre Unterlippe zu bearbeiten. „Wir suchen sie und bringen sie dazu, wieder zurückzukommen.“

Magdalene räusperte sich. „Und wie machen wir das?“

„Wir sagen ihr, dass sie uns fehlt und dass wir ohne sie nicht zurechtkommen und dass ...“

„Wir sollen lügen?“, unterbrach Magdalene sie trocken.

„Wenn sie so zurückkommt – ja!“, versetzte Jasmin. Dann grinste sie.

Magdalene war noch nicht restlos überzeugt. „Und warum wollen wir das?“

Jasmin atmete tief ein. „Im Grunde genommen ist sie – ein Miststück“, sagt sie. „Aber sie passt zu uns, findest du nicht?“

Die beiden grinsten einander an.

„Sie ist in Richtung Bahnhof gelaufen, stimmt's?", fragte Jasmin zum x-ten Mal.

Magdalene nickte.

„Dass sie bei Freunden ist, können wir ausschließen. Sie hat keine", Jasmin ging Schritt für Schritt vor. „Ergo ist sie mit dem Zug weggefahren."

„Wer ist denn ergo?", wollte Magdalene irritiert wissen. Jasmin ignorierte sie.

„Aber wohin?", fuhr sie fort. „Wo fühlt sie sich wohl? Wo gefällt es ihr?"

Plötzlich stand Magdalene auf und ging zum Fenster.

„Was ist?", fragte Jasmin aufgeregt.

Magdalene winkte ab. Sie versuchte sich scheinbar an etwas zu erinnern. „Einmal am Meer", murmelte sie. „Und das war in ... in ... verdammt, wo war sie?"

Jasmin wurde ungeduldig. „Was brabbelst du da?"

„Sie hat mir erzählt, dass sie erst einmal am Meer war. Und das wäre schön gewesen, sagte sie. Ich kann mich nur nicht mehr erinnern, wo das war."

Da sprang Jasmin ein. „Ostende? Da hat sie mal vom Heim aus eine Woche verbracht. War's Ostende? Bitte sag, dass es Ostende war!"

Magdalene strahlte sie an. „Genau! Jasmin, du bist ein Genie!" Dann fiel ihr das Geld wieder ein. „Kommt man für hundert Mark mit dem Zug nach Ostende?"

Jasmin kaute wieder auf ihrer Unterlippe. Dann nickte sie. „Da müsste sogar noch ein Abendessen mit Nachtisch drin sein."

Magdalene grinste. „Dann sollten wir uns beeilen, damit noch was übrig bleibt von deinem Geld", meinte sie. „Aber ehrlich gesagt, sehe ich da schwarz."

Jasmin nickte. „Nicht so wichtig. Hauptsache, wir finden sie. Wie kommen wir jetzt nach Ostende?“

„Wir sollten Lilli einweihen. Wir können Hilfe brauchen“, gab Magdalene zu bedenken.

Jasmin war einverstanden. „Dann müssen wir aber vorher absprechen, was wir ihr erzählen.“

„Wieso?“, fragte Magdalene verblüfft. „Was willst du ihr denn erzählen?“

„Die Wahrheit“, antwortete Jasmin unschuldig. „Und zwar folgende ...“

21 Kapitel

„Und wer hatte nun das Geld?“, fragte Lilli. Da schaltete sich Magdalene ein. „Jasmin hat es mir geliehen und es nur vergessen.“

So ganz logisch war Jasmins Geschichte ja nicht. Seit gut zwanzig Minuten strampelten sich die beiden Mädchen jetzt ab, um Lilli – und leider auch Felipe, mit dem sie eigentlich überhaupt nicht gerechnet hatten – zu erklären, warum Laura nun abgehauen war. Dabei hatten sie sich vorher geeinigt, welche Erklärungen sie liefern durften und welche nicht.

Erlaubt war: Es hatte Streit gegeben. Nicht erlaubt war, das verschwundene und wieder aufgetauchte Geld mit Laura in Verbindung zu bringen. Natürlich konnte das nicht anders ablaufen, als dass eine der beiden anwesenden WG-Bewohnerinnen als Vollidiot dastand.

„Vergessen?“, fragte Felipe ungläubig. „Wie kann man so was nur vergessen?“

Jasmin zuckte die Schultern. „Ich war besoffen. Und jetzt fahr endlich schneller."

Sie waren zu fünft mit Felipes Auto unterwegs nach Ostende – und noch nicht mal sicher, ob Laura wirklich dort war. Amigo schlief seit einer viertel Stunde auf Magdalenes Schoß. Sie fühlte jetzt schon ihre Beine nicht mehr.

„Denkt ihr ... na, ihr wisst schon – sie könnte sich was antun?", fragte Lilli ängstlich.

„Ja", antwortete Jasmin. „Eine Sahnetorte nach der anderen verdrücken zum Beispiel."

Felipe war die Sache noch nicht ganz klar. „Und was ist mit Lauras T-Shirt? Hatte sie es etwa auch verliehen und es dann vergessen?"

„Aber nein!", zerschlug Jasmin seine Theorie. „Das hatte sie aus Versehen in meinen Schrank geräumt."

„Dort hattet ihr nicht nachgesehen?", fragte Felipe.

Magdalene sah Jasmin gespannt an.

„Doch", antwortete Jasmin. „Aber es ist beim Waschen eingelaufen, also dachten wir, es wäre meines."

Magdalene verdrehte die Augen. Gut gemacht, Jasmin!

„Du hast auch ein Michael-Jackson-T-Shirt?", wollte Felipe wissen.

„Äh nein", machte Jasmin. „Ich hab eins mit Janet Jackson vorne drauf. Aber mal ehrlich – den Unterschied erkennt man doch nur, wenn beide nackt sind."

Magdalene griff sich an den Kopf.

Felipe warf Jasmin im Rückspiegel einen Blick zu. Sie wurde rot. Das wäre sie allerdings auch dann geworden, wenn sein Blick weniger ungläubig gewesen wäre, dachte Magdalene grinsend.

„Weißt du, was ich denke?", fragte er.

Jasmin starrte ihn entsetzt an und deutete mit einem

Kopfschütteln auf Lilli. Magdalene war neugierig, ob der Schönling den Wink verstehen würde. Felipe holte tief Luft und nickte Jasmin zu.

Uff! Scheinbar hatte sich Magdalene nicht in ihm getäuscht. Er war wirklich ein netter Kerl.

„Was denkst du?", wollte Lilli plötzlich wissen.

Jasmin und Magdalene hielten die Luft an.

Felipe grinste. „Dass die Jackson-Familie eindeutig überschätzt wird."

Lilli nickte und starrte wieder aus dem Fenster. „Ich hoffe, sie ist wirklich in Ostende", seufzte sie. „Die arme Kleine, ganz allein am Strand. Wahrscheinlich hat sie Angst, und kalt ist es auch. Ich mache mir solche Vorwürfe! Ich hätte mit ihr reden müssen!"

Langsam ging Magdalene dieses Gejammer auf die Nerven.

Felipe bremste Lilli auch sofort in ihren Selbstvorwürfen. „Erstens ist sie kein Kleinkind mehr", sagte er ruhig. „Und zweitens: Wenn jemand es versäumt hat, mit Laura zu reden, dann war ich das. Du warst ja nicht mal hier."

Lilli schnäuzte sich geräuschvoll in ein Taschentuch. Dann sah sie Felipe an.

„Du hast Recht", sagte sie überrascht. „Es ist alles deine Schuld!"

Felipe zuckte zusammen und warf wieder einen vorwurfsvollen Blick in den Rückspiegel.

Magdalene beobachtete, wie sich Jasmins Gesicht zu einem Grinsen verzog.

Magdalene rückte näher an sie heran und flüsterte ihr ins Ohr: „Eine Stunde! Sie ist schon mit dem Nachtisch fertig – dein Geld kannst du vergessen."

22 Kapitel

„Da vorne!“, rief Jasmin. Sie irrten jetzt schon ewig am Strand herum. Felipe und Lilli klapperten inzwischen die Restaurants in Strandnähe ab.

Aber Jasmin könnte Recht haben: Da vorne saß wirklich ein Mädchen im Sand und starrte aufs Meer hinaus.

Amigo lief vor und begrüßte das Mädchen freudig. Jasmin sah Magdalene triumphierend an.

„Das heißt noch gar nichts!“, winkte die erschöpft ab. „Das hat er schon fünfmal gemacht – und es war jedes Mal die Falsche.“

„Aber sie sahen ihr jedes Mal ähnlich“, gab Jasmin zu bedenken.

Als sie nur noch ein paar Meter von dem Mädchen entfernt waren, war jeder Zweifel ausgeschlossen: Es war tatsächlich Laura.

Magdalene ließ sich völlig ausgelaugt neben ihr in den Sand plumpsen. Jasmin setzte sich auf die andere Seite. Inzwischen war es dunkel geworden, und Magdalene konnte Lauras Gesicht nicht genau erkennen. Es sah aber aus, als glitzerten Tränen auf ihren Wangen.

„Es tut mir Leid“, schluchzte sie kurz darauf.

Jasmin streichelte ihren Rücken. „Ist ja schon gut.“

Laura schluchzte weiter. „Es tut mir so Leid.“

Noch war Magdalene nicht ganz besänftigt. „Was denn? Dass du erwischt worden bist?“, fragte sie spitz.

Laura schniefte. „Das auch. Aber ich wollte auch nicht, dass du meinetwegen in Schwierigkeiten kommst.“ Dann stockte sie kurz. „Na ja, anfangs schon. Aber dann nicht mehr."

Die drei schwiegen und blickten aufs Meer.

„Wartet die Polizei schon?", meldete sich Lauras Stimme wieder.

„Keine Polizei", sagte Jasmin. „Das Geld ist ja wieder da."

Laura vergrub ihr Gesicht in den verschränkten Armen. „Aber nicht alles", sagte sie. „Einen Teil hab ich gebraucht für die Fahrkarte ... und dann ...", sie schluchzte wieder. „Ich hab Krabben gegessen", gestand sie.

Jasmin grinste Magdalene über Lauras Rücken hinweg an.

„Und ein Sahnetörtchen", fügte Laura bitter hinzu.

Magdalene räusperte sich. „Wir sind gekommen, um dich nach Hause zu holen", sagte sie möglichst schroff.

„Wie habt ihr mich denn überhaupt gefunden?", wollte Laura wissen.

„In deinem Frühstücksmüsli war ein Sender. Den trägst du jetzt mit dir rum, bis du das nächste Mal aufs Klo gehst", scherzte Jasmin.

„Sehr witzig", murmelte Laura. „Und wie seid ihr hergekommen?", fragte sie weiter.

„Mit Felipe und Lilli", erklärte Jasmin.

„Oh mein Gott!", sagte Laura entsetzt. „Ich will hier bleiben!"

„Sie wissen von nichts", beruhigte Magdalene sie.

Laura hob den Kopf. „Ehrlich nicht?"

Jasmin schüttelte den Kopf. „Wir wollen, dass du nach Hause kommst", wiederholte sie. Dann nickte sie Magdalene aufmunternd zu.

„Wir kommen nämlich ohne dich nicht zurecht", erklärte Magdalene widerwillig und nicht sehr überzeugend.

Laura reichte es aber offenbar. „Ehrlich?“, fragte sie begeistert nach.

Jasmin nickte wieder. „Wir brauchen dich.“

Laura strahlte jetzt über beide Backen. Dann fiel ihr etwas ein. „Und was läuft zwischen dir und Marco?“, fragte sie Magdalene eifersüchtig.

Magdalene schüttelte sich. „Gar nichts!“

„Am besten lassen wir keine Typen mehr in die Wohnung“, schlug Laura vor. „Wir haben schon mit uns selbst mehr als genug zu tun.“

„Felipe werden wir das kaum verbieten können“, gab Jasmin wohlig zu bedenken.

„Als ob du das wolltest!“, höhnte Magdalene.

„Na und?“, schnappte Jasmin zurück. „Ich sehe mir meinen Schwarm eben gerne ohne zwei Glasscheiben dazwischen an.“

Magdalene wurde rot.

„Nicoles Brad-Pitt-Verschnitt?“, grinste Laura.

Jasmin nickte.

„Braucht ihr mich wirklich?“, fragte Laura plötzlich. „Oder habt ihr das nur so gesagt?“

„Nur so gesagt!“, antworteten Magdalene und Jasmin wie aus einem Mund.

Laura tat, als wäre sie beleidigt. „Und warum wollt ihr dann, dass ich zurückkomme?“

„Sonst habe ich keinen Grund, meiner Lieblingsbeschäftigung nachzugehen“, antwortete Jasmin.

„Und die wäre bitte?“

„Aufräumen!“, scherzte Jasmin.

„Und du?“, wandte sich Laura an Magdalene.

„Mit wem sollte ich denn streiten, wenn du nicht da wärst?“, antwortete die.

„Mit dir streite ich auch am allerliebsten", schmeichelte Laura und legte einen Arm um Magdalene.

„Ich mit dir auch", grinste die. „Ich kann dich nämlich nicht ausstehen!"

Laura grinste zurück. „Ich dich auch nicht."

„Und ich hasse euch beide!", bemerkte Jasmin.

„Das ist also alles, was ich kann?", wiederholte Laura. „Dreck machen und streiten?"

Jasmin und Magdalene sahen einander an.

„Im Prinzip – ja", versicherte Magdalene.

„Also, damit kann ich leben", erklärte Laura großzügig und stand auf. Sie legte einen Arm um Jasmin und den anderen um Magdalene, während sie den Strand zurückwanderten. „Und heute Abend wird gefeiert! Ich vergesse mal die Diät, und Amigo bekommt von mir auch eine Extraportion Futter."

„Was heißt von dir?", fragte Jasmin erstaunt nach. „Für Amigos Futter bin doch ich verantwortlich."

Magdalene klopfte sich den Sand von ihrer Hose. „Du? Seitdem ich da bin, füttere ich ihn jeden Tag."

Drei Augenpaare richteten sich gleichzeitig auf den Hund.

„Und du Betrüger hast nichts gesagt", rief Laura.

Amigo zog den Schwanz ein und lief erstaunlich schnell auf Lilli und Felipe zu.

Den Mädchen war gar nicht aufgefallen, dass die beiden nur zwanzig Meter entfernt standen und die Szene aufmerksam beobachteten. Lilli heulte vor Rührung über die drei Arm in Arm gehenden Mädchen in ihr Taschentuch und krallte sich an Felipe fest. Sehr leidend sah sie dabei allerdings nicht aus, was ihr einen eifersüchtigen Blick von Jasmin einbrachte.

„Oh, ist das süß!“, schniefte Lilli. „Sieh dir die drei an!“ Sie stieß Felipe in die Rippen.

Sofort ließen die drei sich wie auf ein geheimes Kommando gegenseitig los.

Laura sah Jasmin plötzlich skeptisch an. „Ziehst du jetzt eigentlich zu deiner Mutter?“

Jasmin grinste Laura und Magdalene an. „Und das alles aufgeben?“ Sie breitete die Arme aus. „Seid ihr verrückt?“

Zicken, Zoff und viel Gefühl

1. Kapitel

„Überleg doch mal: Dieser Peter Schöbel ist angeblich ohne Fallschirm aus einem Flugzeug gesprungen!“, rief Jasmin genervt. „Und dann klatschte er in einen Fluss im Urwald, in dem es nur so wimmelte von Krokodilen. Das soll er überlebt haben?“

„Na klar!“, erwiderte Laura ungerührt und verschränkte die Arme.

„Und wie, wenn ich fragen darf?“

Laura zuckte die Schultern. Dann schaute sie sehnsüchtig zur Chipstüte auf dem Couchtisch. Doch statt ein paar Chips zu futtern, steckte sie ihre Finger in den Mund und knabberte so geräuschvoll an den Nägeln herum, als hätte sie ein halbes Wildschwein zwischen den Zähnen. Jasmin hätte sie erwürgen können! Nicht nur wegen des Geschmatzes, das lauter war als der Fernseher, sondern wegen ihrer Dummheit. Wie konnte Laura nur diesen Schwachsinn hinnehmen, der ihr jeden Abend in der Soap *Herzen im Sturm* aufgetischt wurde?

Seit zehn Minuten versuchte Jasmin ihr nun schon klar zu machen, wie verdammt unrealistisch die ganze Geschichte war. Leider schaltete Laura immer auf stur, wenn es um ihre Lieblingsserie ging.

„Okay, es klingt nicht sehr wahrscheinlich, dass Peter Schöbel überlebt hat“, räumte Laura immerhin ein. „Andererseits ist es aber auch nicht völlig unmöglich, vielleicht konnte er sich die Krokodile irgendwie vom Leib halten.“

„Na klar: Indem er sie mit seinen Autogrammkarten gefüttert hat!“, spottete Jasmin. „Und was ist mit dem Aufprall? Schließlich ist der Kerl nicht von einem Stuhl in die Badewanne gekippt, sondern aus einem Flugzeug in einen Fluss gefallen.“

Jasmin war gespannt auf Lauras Erklärung. Die bestand allerdings nur aus noch lauterem Geschmatze, als Laura ihre Fingernägel mit einem Schluck Diätcola runterspülte.

Nein, über *Herzen im Sturm* konnte man kein vernünftiges Wort mit Laura reden. Heute war in der Soap ein Typ namens Peter Schöbel wieder aufgetaucht, der vor über fünfzig Folgen im brasilianischen Urwald den Löffel abgegeben hatte. Seine vermeintliche Witwe war inzwischen mit dem Stiefbruder ihres Exmannes verheiratet. Und seine Kinder hatten sich von ihrer Tante adoptieren lassen, weil ihre Mutter mittlerweile heroinsüchtig war und bereits drei Selbstmordversuche hinter sich hatte. Komisch, dass die Drehbuchautoren noch nicht an einer Überdosis Fantasie gestorben waren ...

„Peter Schöbel bringt wieder richtig Schwung in die Soap“, freute sich Laura und stellte die leere Colaflasche auf den Tisch. „Sieht er nicht super aus?“

„Als würde er jede Nacht auf ’ner Sonnenbank schlafen“, sagte Jasmin. „ Oh Gott, hast du einen Geschmack! Das Einzige, was diese Schrottserie erträglich macht, ist die viele Werbung.“

Laura winkte ab. „Reg dich ab!“, meinte sie gleichgültig. „Ist doch nur ’ne Soap!“

Sie stopfte sich ein Sofakissen unter den Kopf. Jasmin warf ihr noch ein Kissen zu – ins Gesicht, worauf ihr Laura ein fröhliches Lächeln zuwarf.

Wie öde!, dachte Jasmin. Konnte Laura nicht mal wieder einen ihrer gefürchteten Wutanfälle kriegen? Zugegeben:

Es war wirklich nur 'ne dämliche Soap, über die sie stritten. Aber was sollten sie sonst tun, als sich ein bisschen zu fetzen? Draußen schneite es schon wieder, und die Straßen waren voller Matsch. Nicht gerade das richtige Wetter, um spazieren oder einander sonst wie aus dem Weg zu gehen. Darum hatten die drei Mädchen den ganzen Nachmittag vor dem Fernseher gehockt und sich zu Tode gelangweilt. Schließlich war Magdalene aufgebrochen, um was zu futtern zu kaufen. Amigo brauchte auch mal wieder Auslauf. Bei diesem ekelhaften Wetter wollte keins der Mädchen weiter mit ihm Gassi gehen als bis zur nächsten Ecke.

Laura war von der Idee mit dem Essen nicht sonderlich begeistert gewesen. Schließlich machte sie gerade ihre dreihundertsiebzehnte Diät und wollte nicht in Versuchung geführt werden. Damit trieb sie Jasmin langsam in den Wahnsinn. In letzter Zeit reichte es schon, wenn Magdalene oder sie nur mit der Zunge schnalzten. Dann kam Laura sofort angerast und brüllte: „Was esst ihr da? Ihr esst doch gerade was, stimmt's? Müsst ihr so gemein sein?"

Nichts konnte Jasmin mehr nerven als eine Mitbewohnerin auf Diät. Leider war Laura praktisch ununterbrochen auf Diät, seit sie vor ein paar Monaten gemeinsam in die WG gezogen waren.

Jasmin hatte nie verstanden, wie Laura sich in den Heimen, in denen sie bisher gelebt hatte, so viel Speck hatte anfressen können. Sie kannte das Essen in Heimen. Nicht so gut wie Magdalene und Laura, weil sie selbst nur wenige Monate in einem Heim verbracht hatte, ehe sie in die WG gekommen war. Aber Jasmin hätte schwören können, dass sie da eher ab- als zugenommen hatte. Verglichen mit den Mahlzeiten im Heim kam ihr McDonald's wie ein Luxusrestaurant vor.

Der Grund für Lauras neue Fastenkur war Weihnachten. Zumindest hatte sie Jasmin das erzählt. Nein, Laura war alles andere als religiös. Das hätte Jasmin ja noch verstanden. Sie wollte nur abnehmen, um in das Kleid zu passen, das sie sich extra für Heiligabend gekauft hatte. Außerdem wollte sie sich an den Feiertagen so richtig mit Keksen, Lebkuchen und Schokoweihnachtsmännern voll stopfen, ohne ein schlechtes Gewissen haben zu müssen.

Ganz ernsthaft hatte sie Jasmin erklärt, warum sie Schokoweihnachtsmänner für Betrüger hielt: Sie sahen zwar fett aus, waren aber innen hohl.

Jasmin hatte auch viel über Heiligabend nachgedacht. Ihre Gedanken gingen allerdings in eine andere Richtung. Es war das erste Weihnachten, das sie in der WG verbringen würde. Das erste Weihnachten, das sie ohne ihre Oma feiern würde. Keine selbst gemachten Häuschen aus Lebkuchen mehr, die nie älter als zwei Tage wurden, weil Jasmin dann über sie herfiel.

Wenn sie an Weihnachten dachte, sah sie die Wohnung ihrer Oma vor sich. Jedes Jahr schmückte sie sie mit Tannenzweigen und hängte einen Adventskalender für Jasmin auf. Und am Heiligen Abend durfte Jasmin erst ins Wohnzimmer, wenn Oma den Baum geschmückt hatte. Darunter lagen auch immer ein paar Geschenke. Jedes Jahr hatte Jasmin gehofft, einmal etwas anderes darin zu finden als selbst gestrickte Socken, einen Schal und Handschuhe. Vergeblich.

Jetzt hätte sie viel darum gegeben, noch einmal so ein Weihnachten feiern zu können. Eigentlich war für Jasmin Weihnachten genauso tot wie ihre Oma.

Vielleicht würde sie dieses Jahr mit ihrer Mutter feiern. Seit ihrem Entzug vor ein paar Monaten hatte die keinen

Tropfen Alkohol mehr angerührt. Langsam dachte Jasmin auch sehr viel ernsthafter über ihren Vorschlag nach, wieder zu ihr zu ziehen. Allein um dafür zu sorgen, dass sie auch trocken blieb.

„Was meinst du, wie lange Magdalene noch braucht?", fragte Laura mürrisch und riss Jasmin aus ihren Gedanken.

Sie zuckte mit den Schultern. „Wahrscheinlich ist sie zum Kiosk gegangen. Sie müsste bald wieder da sein", meinte sie gleichgültig.

Jasmin war heilfroh, dass Laura und Magdalene sich inzwischen ganz gut verstanden. Als Magdalene nach Nicoles Rauswurf nach Düsseldorf gekommen und in die WG gezogen war, hatten sich Laura und Magdalene ungefähr so gern gemocht wie Tom und Jerry.

„Sehen wir uns gleich diese neue Talkshow an?", fragte Laura lustlos.

Jasmin nickte. Sie hasste Talkshows, aber so verging wenigstens der Tag.

„Worum geht's denn?", erkundigte sie sich.

Laura blätterte in der Fernsehzeitung. „Ich bin Automechaniker und habe Pickel, aber meine große Liebe lebt in Kirgisistan", las sie vor.

Jasmin starrte sie ungläubig an.

Laura grinste. „War nur 'n Witz", erklärte sie. „Es geht um Jugendliche, die sich von ihren Eltern missverstanden fühlen."

Jasmin zog eine Schnute. „Genau unser Thema", murmelte sie.

„Schon gut", seufzte Laura und schaltete um.

In diesem Moment fiel die Wohnungstür ins Schloss. Zwei Sekunden später riss Magdalene die Wohnzimmertür auf.

Ihre Backen waren rot von der Kälte draußen, und ihre langen, roten Locken wirkten fast gefroren. Hinter ihr trottete Amigo ins Wohnzimmer.

Er sah aus wie Hund am Stiel. Mit eingezogenem Schwanz schleppte er sich zur Heizung und ließ sich erschöpft zu Boden plumpsen. Innerhalb von Sekunden war er eingeschlafen.

Magdalene zog sich die Mütze vom Kopf und warf sich neben Laura aufs Sofa.

„Hey!", murrte Laura und rutschte ein Stück zur Seite. „Was ist denn passiert? Du bist ja knallrot."

Laura hatte Recht: Magdalenes Gesicht glühte förmlich. Jasmin fragte sich, ob die Kälte der einzige Grund dafür war. Dieses Leuchten in Magdalenes Augen kam ihr reichlich verdächtig vor.

„Er ... er ist ... ich meine, er ... er ist irgendwie ...", begann Magdalene stockend und knetete dabei nervös ihre Finger.

„Wer er?", fragte Jasmin neugierig.

„Brad Pitt", antwortete Magdalene.

Jasmin und Laura wechselten einen viel sagenden Blick.

„Er ... er und ich ... na ja, er ist mir begegnet", stammelte Magdalene.

„Na und?" Laura schien kein bisschen beeindruckt. „Es war doch nur eine Frage der Zeit, bis ihm mal eine von uns über den Weg läuft."

„Ja, okay, das stimmt", sagte Magdalene. „Aber bisher war er doch immer hinter der Scheibe, versteht ihr? Und jetzt – so von Angesicht zu Angesicht ... Oh Mann, sieht der super aus!"

Für diese Schwärmerei hatte Jasmin nur ein mitleidiges Lächeln übrig. Brad Pitt! Wie konnte man sich so kindisch benehmen wegen eines Typen, der nicht Felipe hieß?

Für Jasmin gab es kein anderes männliches Wesen auf diesem Planeten, das auch nur einen zweiten Blick wert gewesen wäre. Natürlich war die Sache vollkommen aussichtslos. Zwischen Felipe und ihr würde es nie innige Umarmungen und heiße Küsse geben, denn dafür könnte Felipe ziemlich Ärger bekommen. Er war Sozialpädagoge und zusammen mit Lilli als Betreuer für die WG verantwortlich. Lilli und er teilten sich die kleine Dienstwohnung nebenan. Weil Felipe meistens die Nachtschicht hatte, bekam Jasmin ihn nicht so oft zu sehen, wie sie es sich gewünscht hätte.

„Er hat sogar mit mir geredet", verkündete Magdalene soeben mit strahlender Miene.

„Was?" Laura zog eine Augenbraue in die Höhe. „Er kann sprechen? In ganzen Sätzen? Ohne sich dabei die Zunge zu brechen? Und ich dachte immer, gut aussehende Jungs könnten nur eins: gut aussehen."

„Blöde Kuh!", zischte Magdalene und stand auf. Anscheinend war sie enttäuscht von Jasmins und Lauras Reaktion. Sie hatte sich wohl etwas mehr Interesse von ihren Mitbewohnerinnen erwartet.

„Ihr wollt also nicht wissen, was er gesagt hat?", fragte sie leicht gekränkt.

„Was hat er denn gesagt?", erkundigte sich Jasmin, obwohl ihr der Kerl so gleichgültig war wie die Brusthaare des Muskelprotzes, der in *Baywatch* gerade über den Strand stolzierte.

„Er hat nach dir gefragt", erklärte Magdalene.

Jasmin sah ihre Freundin erschrocken an. „Brad Pitt? Nach mir?"

Magdalene nickte. Natürlich wusste Jasmin, dass nicht wirklich vom Hollywood-Star die Rede war. Es ging um den

Jungen, der im Haus gegenüber wohnte. Von Magdalenes Fenster aus konnte man direkt in sein Zimmer sehen. Seine große Ähnlichkeit mit Brad Pitt hatte ihm in der WG den Spitznamen eingebracht.

Es war Magdalenes liebstes Hobby, ihn zu beobachten. Wetten, dass sie ihm schon längst aufgefallen war? Doch woher er Jasmin kennen sollte, war ihr schleierhaft.

„Er hat dich ein paar Mal gesehen, auf dem Weg zur Schule", erfuhr sie von Magdalene.

„Vielleicht meint er nicht mich, sondern Laura", gab Jasmin zu bedenken.

„Na sicher!", höhnte Magdalene. „Ihr seht ja auch aus wie Zwillingsschwestern."

Jasmin schaute Laura an. Abgesehen von ihren zwanzig Kilo Übergewicht war sie eigentlich sehr hübsch. Sie hatte kurze, braune Locken, eine Stupsnase und einen schönen Mund. Damit sah sie Jasmin allerdings wirklich nicht im Geringsten ähnlich.

„Außerdem hat er dich beschrieben", fuhr Magdalene fort. „Groß und schlank, langes, dunkles Haar, große, braune Augen." Magdalene blickte Jasmin herausfordernd an. „Also wenn sich der Knabe nicht in Bambi verliebt hat, dann meint er dich."

Jasmin zuckte mit den Schultern. „Und wennschon. Er interessiert mich nicht."

„Interessiert es dich auch nicht, dass er nächste Woche die Schule wechselt und in unsere kommt?", fragte Magdalene spitz. „Eine Klasse über uns."

Nein, das fand Jasmin nicht besonders spannend, und das sagte sie Magdalene auch.

„Mist!", schimpfte Laura. „Ich finde ihn echt nicht übel. Warum muss gerade ich auf eine andere Schule gehen?"

Was? Laura interessierte sich neuerdings auch für andere Jungs statt nur für Marco? Das fand Jasmin höchst erstaunlich. Bisher hatte Laura nur Augen für diesen Widerling gehabt, den Jasmin nicht ausstehen konnte. Marco war schuld daran, dass ihre erste WG-Mitbewohnerin Nicole rausgeflogen war.

Eine der goldenen WG-Regeln lautete nämlich, dass Jungs nicht über Nacht bleiben durften. Dieser Vollidiot Marco war nicht nur in Nicoles Bett eingeschlafen, er hatte auch noch gegen eine andere Regel verstoßen: keine Drogen. Aus Marcos Jackentasche fiel ein Päckchen Marihuana. Das war Nicoles Fahrschein zurück ins Heim gewesen.

„Los, sehen wir ihn uns noch mal an!", meinte Magdalene. Laura stand sofort auf und folgte Magdalene in ihr Zimmer, um durchs Fenster hinüber zu Brad zu linsen. Na ja, Jasmin musste zugeben, dass er tausendmal besser aussah als die *Baywatch*-Affen. Machten die immer so verkrampfte Gesichter, weil ihre Badehosen zu eng waren?

Jasmin schnappte sich die Fernbedienung und zappte durch die Programme. Draußen wurde es schon dunkel. Jasmin freute sich auf den Sommer. Warum konnte sie nicht in der Karibik leben? Sie schüttelte sich. Schnee war ja gut und schön, aber nur als Kulisse am Heiligen Abend. An allen anderen Tagen konnte sie darauf verzichten.

Aus Magdalenes Zimmer kam ein Kichern. Jasmin seufzte. Sie würde Magdalene zu Weihnachten ein Fernglas kaufen, damit sie ihre Augen nicht überanstrengte.

Schade, dass Felipe nebenan und nicht gegenüber wohnte, sonst würde Jasmin sich das Fernglas vermutlich mal ausleihen – und nie wieder zurückgeben.

Es klingelte an der Haustür. Amigo hob den Kopf, blickte mit trüben Augen in Richtung Flur und schlief weiter. Das bedeutete allerdings nicht, dass er keine Gefahr witterte, sondern nur, dass er müde war.

Wahrscheinlich hatte Lilli wieder mal ihren Hausschlüssel vergessen. Jasmin ging zur Gegensprechanlage, drückte auf den Summer und kehrte zurück ins Wohnzimmer. Sie hatte es sich eben wieder im Sessel bequem gemacht, als es an der Wohnungstür klopfte.

Komisch, normalerweise schneite Lilli einfach so rein. Vermutlich hoffte sie, die Mädchen eines Tages mit mindestens einer Heroinspritze zu überraschen. Die Chancen waren allerdings ziemlich gering – Lillis Stöckelschuhe machten so einen Höllenlärm, dass sie schon zu hören waren, wenn sie aus ihrem Auto stieg. Genug Zeit also, um die Spritzen verschwinden zu lassen, dachte Jasmin grinsend.

Jasmin ging zurück zur Wohnungstür, machte sie schwungvoll auf – und erstarrte vor Überraschung.

„Wer ist denn da?“, rief Laura neugierig aus Magdalenes Zimmer.

Jasmin war zu verdattert, um auch nur ein Wort rauszukriegen.

Schon kam Laura in den Flur marschiert, schob Jasmin zur Seite – und riss vor Staunen Mund und Augen gleichzeitig auf.

Nun erschien Magdalene auf der Bildfläche.

„Was ist denn hier los?“, wollte sie wissen.

Jasmin fand als Erste die Sprache wieder. „Das ist Nicole“, stellte sie die Besucherin vor. „Unsere ehemalige Mitbewohnerin. Wie vom Himmel gefallen!“

Laura stieß Jasmin den Ellenbogen in die Hüfte und knurrte: „Erzähl mir nie mehr, dass es in meiner Lieblingssoap unwahrscheinlicher zugeht als im richtigen Leben, kapiert?“

2. Kapitel

Nicole konnte es kaum noch erwarten, dass der Zug endlich in Düsseldorf hielt. Neun Uhr fünfundzwanzig. Nur noch fünf Minuten!

Sie war ja schon in vielen blöden Heimen gewesen, aber das letzte war der absolute Horror gewesen. Wenn sie diesem Heim ein Zeugnis ausgestellt hätte, wäre es mit Sechsen überhäuft gewesen.

Nicole verließ ihr Abteil. Im Gang öffnete sie ein Fenster und steckte den Kopf hinaus. Nie hätte sie gedacht, dass sie sich mal so sehr auf Düsseldorf freuen würde! Als Lilli und Felipe sie vor drei Monaten zum Bahnhof gebracht und in den Zug nach Münster gesetzt hatten, hatte Nicole keinen Gedanken daran verschwendet, dass sie die Stadt, in der sie aufgewachsen war, verlassen musste. Dafür war sie zu beschäftigt gewesen. Zu beschäftigt damit, sich nicht anmerken zu lassen, wie peinlich ihr die Sache mit Marco war und wie sehr sie gegen die Tränen kämpfte.

Nie würde Nicole die Nacht vergessen, in der Felipe Marco entdeckt hatte. Marco und sie hatten sich in ihrem Zimmer CDs angehört. Das Nächste, woran sie sich erinnern konnte, war Marcos Schmerzgeheul, durch das sie aus dem Schlaf gerissen wurde.

Felipe zerrte ihn am Ohr aus ihrem Zimmer. Es dauerte ein Weilchen, ehe sie begriffen hatte, was passiert war. Sie wollte es Felipe erklären, aber der befragte erst mal Marco. Und was machte dieser bescheuerte Idiot? Gar nichts. Er grinste nur. Kein Wunder, dass Felipe die falschen Schlüsse gezogen hatte und bei Nicoles Version der Geschichte gar nicht richtig zuhörte.

Und dann war Marco auch noch das kleine Päckchen aus der Tasche gefallen. Einen Moment lang hatte Nicole gedacht, Felipe würde es nicht bemerken. Nur drei Sekunden später hatte der es auch schon aufgehoben und daran geschnuppert. Marco wollte abhauen. Doch Felipe packte ihn am Arm und Nicole vierundzwanzig Stunden und einige vergebliche Bitten später ihre Koffer.

Okay, es war nicht das erste Mal, dass sie irgendwo rausgeflogen war. Vermutlich auch nicht das letzte. Die sollten sich bloß nicht einbilden, sie würde sich unterkriegen lassen.

Vermutlich dachten Lilli und Felipe, sie wäre nach dem Vorfall in sich gegangen, wie Lilli es gern nannte. Vermutlich dachten sie auch, Nicole wäre nach wie vor in dem Heim, in das sie sie geschickt hatten. Tja, wie man sich doch täuschen konnte ...

Der Rheinturm kam in Sicht. Nicole zog den Kopf wieder ein und kehrte zurück ins Abteil. Natürlich hatte sie kein Gepäck dabei. Das wäre zu auffällig gewesen. Also schnappte sie sich nur ihre Jacke und schlüpfte hinein.

Inzwischen war der Zug in die Bahnhofshalle eingefahren. Als Nicole ausstieg, schlug ihr eiskalte Luft ins Gesicht. Seit wann lag Düsseldorf am Nordpol? Trotzdem hatte sie mit einem Mal das Gefühl, wieder zu Hause zu sein.

So, und was nun? Viel weiter als bis hierher reichten weder ihr Geld noch ihre Pläne. Konnte sie einfach so in der WG auftauchen und Jasmin und Laura bitten, sie zu verstecken? Es würde noch etwa zwei Wochen dauern, bis Nicoles Vater aus dem Gefängnis entlassen wurde. Bis dahin musste sie möglichst unsichtbar bleiben.

Und so schnell wie möglich rausfinden, was ihr Vater von ihrer tollen Idee hielt. Vielleicht wollte er ja gar nicht zusammen mit seiner Tochter nach Kanada auswandern. Vielleicht wollte er lieber in der Nähe seiner blöden Kumpels bleiben und weiter irgendwelche krummen Dinger drehen. Sehr viel eingebracht hatten sie ihm bisher nicht – abgesehen von ein paar Jahren Knast.

Das Problem bei Nicoles Vater war, dass er schon auf den ersten Blick wie ein Verbrecher aussah. Auch früher, als er noch ein unbescholtener Geschäftsmann gewesen war, hatten ihn die Leute oft misstrauisch gemustert. Selbst seine Nase schien zu schreien: „Hey, seht mich an, ich bin ein Gangsterzinken!" Vielleicht hatte er deshalb eines Tages die Kasse mitgehen lassen.

Trotz der Nase war sich Nicole sicher, dass er nicht gestohlen hätte, wenn seine tollen Kumpels ihn nicht dazu überredet hätten. Von diesen Leuten musste er unbedingt weg! Und Nicole selbst musste verschwinden, damit sie nicht wieder ins Heim gesteckt wurde. Also: auf nach Kanada!

Nicole hatte keine Ahnung, was sie als Erstes tun sollte. Sie hatte ein bisschen Angst davor, in der WG aufzukreuzen. Seit ihrem Rauswurf hatte sie sich nicht mehr bei Jasmin und Laura gemeldet. Nicht, dass sie nicht an sie gedacht hätte, die ganze Sache war ihr nur so furchtbar peinlich gewesen. Sie wusste, wie Jasmin auf Drogen reagierte. Was, wenn sie und Laura dachten, Marco hätte damals das Zeug für Nicole mitgebracht? Was, wenn sie sofort Lilli alarmierten, sobald sie vor der Tür stand?

Außerdem war an ihrer Stelle bestimmt längst eine neue Mitbewohnerin eingezogen. Die war natürlich auch eine Schwachstelle. Sie konnte Nicole jederzeit verraten.

Nein, sie wollte den Besuch in der WG lieber noch etwas verschieben. Sie beschloss, auf gut Glück mal nachzusehen, ob im Gefängnis gerade Besuchszeit war.

Als sie sich in der Straßenbahn nach Derendorf noch einmal durch den Kopf gehen ließ, was sie ihrem Vater sagen wollte, bekam sie es allerdings wieder mit der Angst zu tun. Wie sollte sie ihn überreden, mit ihr in ein Land auszuwandern, in dem sie niemanden kannten? Nicole hatte mal einen Film über einen Gefängnisausbruch gesehen.

Die drei Knackis – die selbstverständlich unschuldig eingesessen hatten – waren quer durch die USA bis nach Kanada geflohen. Und dort lebten sie friedlich zwischen Elchen und Bären und jeder Menge Schnee. Nicole wurde aus ihren Träumen gerissen, als die Straßenbahn wenige Meter vor dem Gefängniseingang hielt.

Nicole stieg aus und musterte neugierig das Gebäude hinter der Mauer. Eigentlich sah es nicht viel anders aus als das Heim in Münster, aus dem sie heute abgehauen war. Fast wie ein großes Wohnhaus und nicht sonderlich bedrohlich.

Hier lebte ihr Vater jetzt also seit sechs Jahren. Vor vier Monaten hatte sie ihn zum letzten Mal besucht, zusammen mit Felipe. Ein richtiges Gespräch war dabei nicht zu Stande gekommen. Aber das hatte wohl daran gelegen, dass Felipe die ganze Zeit dabei gewesen war.

Nicole dachte oft darüber nach, wie das Leben ihres Vaters da drin wohl sein mochte. Schließlich hatte sie genug Gefängnisfilme geschaut.

In der Nacht schrien die jungen Sträflinge bestimmt nach ihren Müttern. Die Wachen ließen beim Kontrollgang durch die Korridore ihre Gummiknüppel über die Gitterstäbe rattern. Jeden Tag wurden die Zellen durchsucht, ob sich auch keiner mit einem Löffel ein Loch nach draußen grub.

Und natürlich gab es einen im Knast, der alles beschaffen konnte – vom Briefpapier bis zum Jagdmesser. Bezahlt wurde er mit Zigaretten. Ihr Vater aber würde die Zeit nützen, um jedes Buch aus der Gefängnisbibliothek zu lesen. Daneben würde er anderen Häftlingen dabei helfen, Briefe an ihre Liebsten zu schreiben und ihren Realschulabschluss nachzumachen.

Im Grunde hatte Nicole natürlich keine Ahnung, was hinter den Gefängnismauern wirklich vorging. Ihr Vater hatte noch nie ein Wort darüber verloren. Doch all dieser Hollywood-Mist, den sich Nicole einbildete, war leichter zu ertragen als die Vorstellung, dass ihr Vater jeden Tag die Pissbecken putzte und sich von irgendeinem Junkie am Hintern tätowieren ließ.

„Was gibt's denn da zu gucken?", fragte plötzlich eine tiefe Stimme hinter Nicole.

Erschrocken fuhr sie herum. Ein Mann in blauer Uniform mit einer großen Tüte, der anscheinend gerade den Supermarkt gegenüber verlassen hatte, musterte sie von Kopf bis Fuß.

„Du starrst jetzt schon seit ein paar Minuten da rauf. Willst du vielleicht einbrechen?" Der Mann grinste von einem Segelohr zum anderen. „Das wär ja mal was Neues."

„Ich – äh – ich wollte jemanden besuchen", erklärte Nicole leicht verlegen.

„Besuchszeiten sind am Montag, Donnerstag und Freitag von acht bis dreizehn und von fünfzehn bis siebzehn Uhr", erklärte der Mann.

Nicole nickte. „Aha. Dann geh ich wohl besser und komme gestern wieder."

Der Mann runzelte die Stirn. „Soll das ein Witz gewesen sein?"

„Schon möglich“, erwiderte Nicole. „Manchmal rede ich irgendeinen Scheiß, ohne es selbst zu merken. Das ist Ihnen bestimmt auch schon öfter passiert, oder?“

„Äh – wie bitte?“

„Vergessen Sie’s“, seufzte Nicole. „Sind Sie Wärter oder Häftling?“

„War das jetzt eine ernsthafte Frage oder wieder einer deiner Witze?“

Nicole zuckte die Achseln. „Keine Ahnung. Schönen Tag noch! Auf Wiedersehen!“

Sie drehte dem verdutzten Mann den Rücken zu und marschierte mit großen Schritten über die Straße zur Haltestelle.

Jetzt blieb ihr nur noch die WG. Da gab es zwar auch zwei Wärter, aber die waren viel besser angezogen ...

3. Kapitel

„Weißt du noch? Der Tag, an dem wir die Schule geschwänzt haben und Eis laufen waren?“

Es war Jasmin, die sich da so begeistert an alte Zeiten erinnerte. Magdalene verzog gelangweilt das Gesicht. Jasmin und Laura taten ja, als hätten sie Nicole seit zwanzig Jahren nicht mehr gesehen. Wenn sie das, worüber sie da redeten, wirklich alles erlebt haben wollten, dann hätten sie allerdings auch zwanzig Jahre älter sein müssen.

Sogar Amigo schien überglücklich zu sein, dass Nicole wieder da war. Er hockte zu ihren Füßen und wedelte so heftig mit dem Schwanz, dass er fast vom Boden abhob. Undankbares Aas! Hatte er etwa schon vergessen, dass sie,

Magdalene, ihn jeden Morgen fütterte? Na ja, vermutlich stand er nur auf Nicoles Parfüm – es roch nach Hundefutter.

„Und dann kam plötzlich euer Deutschlehrer auf Schlittschuhen an uns vorbei", kicherte Laura. „Der hatte nämlich auch geschwänzt!"

Nicole lachte. „Wisst ihr noch, was er gesagt hat?" Sie brummte mit tiefer Stimme: „Wenn ihr dichthaltet, tropfe ich auch nicht."

Die drei lachten wieder. Magdalene stieß einen Seufzer aus. Sie kannte diesen Deutschlehrer auch. Und er klang kein bisschen so, wie Nicole ihn eben nachgemacht hatte.

„Dabei hatte er viel mehr zu verbergen als wir", fuhr Nicole fort. „Diese blonde Tussi, die sich an seinen Hals klammerte, sah nicht unbedingt aus wie seine Frau."

„Ach, vielleicht hatte die ja zwanzig Kilo und dreißig Jahre abgenommen", warf Laura ein.

Sehr witzig! Langsam reichte es Magdalene. Was war eigentlich so toll an dieser Nicole? Jasmin und Laura behandelten sie ja, als wäre sie ein Superstar. Und ständig diese Komplimente! Oh, Nicole, deine Wimpern sind so lang! Was hast du nur mit deinem Haar gemacht? Das glänzt ja fast golden! Wow, hast du lange Nägel – bei mir brechen die immer sofort ab!

Blablabla. Sooo gut sah diese Nicole ja nun wirklich nicht aus. Sie hatte lange Wimpern – na und? Die haben Kälber auch. Und ihre Haare ... Natürlich glänzten die! Die Haarfärbeindustrie beschäftigte schließlich nicht umsonst tausende von Chemikern. Nur ein Idiot konnte annehmen, dass dieses Blond echt war. Lange Nägel? Richtig, für diese Krallen hätte sie einen Waffenschein gebraucht.

An Nicole war wirklich alles lang. Sogar die Zeit, die sie jetzt schon hier hockte und quasselte. Am liebsten hätte

Magdalene sie sofort wieder rausgeschmissen. Sie konnte sich sowieso nicht erklären, was die hier machte. Darüber hatte Nicole noch kein einziges Wort verloren.

Magdalene hatte auch seit über einer Stunde keinen Ton mehr von sich gegeben, und das war denen nicht mal aufgefallen. Okay, Magdalene hatte durchaus nichts dagegen, mal nicht im Mittelpunkt zu stehen. Aber dann sollte sich das Gespräch wenigstens um etwas Wichtiges drehen – um Magdalene zum Beispiel.

„Wie läuft's denn in der Schule?“, fragte Nicole gerade.

„Oh, ganz gut“, meinte Jasmin. „In Englisch steh ich auf Eins. Und in Mathe haben wir gestern eine Arbeit geschrieben, bei der ich –“

„Mich interessieren doch nicht die blöden Noten!“, unterbrach Nicole sie. „Wer geht mit wem? Ist irgendeine aus dem Chor schwanger? Hat jemand was mit einem Lehrer? Los, her mit den spannenden Infos!“

Jasmin und Laura kicherten. Magdalene trommelte mit ihren Fingern auf den Tisch. Leider machte das überhaupt kein Geräusch – ihre Nägel waren eben nicht so lang wie die von Nicole. Und auch nicht so schreiend rot. Sie sah aus, als hätte sie vor kurzem ein Lamm gerissen.

Magdalene stand auf und ging ins Bad. Keines der drei Mädchen würdigte sie eines Blickes, als sie das Wohnzimmer verließ. Verdammt! Gerade hatten sie sich alle so gut verstanden. Jetzt tauchte diese Nicole wieder auf, und Magdalene schien sich für jeden in eine Unsichtbare zu verwandeln. Über ihr Aussehen hatten Jasmin und Laura noch nie ein Wort verloren. Dabei war Magdalene auf dem besten Weg, Model zu werden. Immerhin gab es einen auf der Welt, der Magdalene richtig schön fand. Zufällig hieß dieser Jemand genau wie Magdalene.

Sie schaute in den großen Spiegel im Badezimmer und lächelte sich an. Ihre langen, roten Locken stellten Nicoles Haar zweifellos in den Schatten. Und da war keine Chemie dabei. Henna ist schließlich ein reines Naturprodukt.

Ihre Haut war auch besser geworden. Drei Pickel pro Gesicht sollten in der Pubertät erlaubt sein.

Na schön, Magdalenes Augen waren nicht so strahlend blau wie die von Nicole, sondern braun. Aber wenn man ganz genau hinsah, dann konnte man kleine grüne Punkte darin erkennen. Leider sah niemand so genau hin wie sie selbst.

Auf jeden Fall hatte sie eine bessere Figur als Nicole. Kurz entschlossen hob sie ihren Pullover hoch und begutachtete ihre Brüste. Also, die konnten sich durchaus sehen lassen. Außerdem waren sie erst sechzehn Jahre alt – die beiden würden sich also sicher noch entwickeln. Magdalene zog es vor, keinen BH zu tragen. Durch dieses Einquetschen wollte man seinem Busen doch nur deutlich machen, dass er nicht größer werden sollte.

„Magdalene?"

Sie zuckte zusammen und zog schnell ihren Pulli runter.

„Bist du noch immer da drin?", tönte Lauras Stimme von draußen.

„Ja", rief Magdalene. „Man wird doch wohl mal in Ruhe aufs Klo gehen dürfen, oder?"

„Pinkelst du ins Waschbecken? Das Klo ist nebenan", versetzte Laura. „Beeil dich 'n bisschen! Wir müssen mit dir reden."

Ein flaues Gefühl machte sich in Magdalenes Magen breit. Wenn jemand sagte „Wir müssen mit dir reden!", dann hieß das selten etwas Gutes. Sie marschierte ins Wohnzimmer.

Nicole blickte auf, als sie reinkam, und musterte sie mit ernster Miene. Dann war es aber doch Jasmin, die das Wort ergriff.

„Hör mal, Magdalene“, fing sie an. „Nicole ist aus dem Heim abgehauen, in das sie nach ihrem Rausschmiss hier gesteckt worden ist. Du kennst doch die Geschichte, oder?“

Magdalene nickte.

„Sie wird ein paar Tage bei uns unterkriechen, bis ihr Vater aus dem Gefängnis entlassen wird“, sagte Jasmin. „Hast du was dagegen?“

Hatte Magdalene richtig gehört? Eine Ausbrecherin sollte hier Unterschlupf finden, bis ihr Vater aus dem Knast kam? Ach du Schande! Vielleicht war der Typ ein Serienmörder. Wie hieß Nicole noch gleich mit Nachnamen? The Ripper?

„Natürlich müssen wir alle damit einverstanden sein, sonst haut das nicht hin“, erklärte Laura.

Drei Köpfe drehten sich gleichzeitig in Magdalenes Richtung. Sechs Augen starrten sie erwartungsvoll an.

„Ich halte das für eine geniale Idee“, zwitscherte Magdalene fröhlich. „Was meint ihr, wer uns zuerst dazu gratulieren wird? Lilli oder Felipe?“

Nicole ließ ihren Kopf auf die Sofalehne zurückfallen. „Na toll!“, stöhnte sie. „Dann also nicht. Könnt ihr mir eine Brücke empfehlen, unter der ich heute Nacht pennen kann?“

Jasmin war stinksauer. „Du willst ihr also nicht helfen?“, fuhr sie Magdalene an.

„Moment mal!“, gab die zurück. „Ich kenne Nicole nicht mal. Soll ich etwa ihretwegen riskieren, wieder zurück ins Heim zu kommen?“

Plötzlich nickte auch Laura. „Sie hat Recht. Lilli und Felipe würden uns alle rausschmeißen, wenn das auffliegt. Das ist gegen die Regeln. Außerdem ist es praktisch unmöglich, Nicole hier zu verstecken."

Überrascht sah Magdalene zu Laura hinüber. Sie hatte nicht erwartet, dass sich jemand auf ihre Seite stellen würde.

Jasmin offenbar auch nicht.

„Du willst ihr nicht helfen?", fauchte sie Laura an.

„Natürlich will ich das", antwortete Laura gereizt. „Aber wir riskieren trotzdem 'ne ganze Menge, wenn wir das machen."

Von einer Sekunde zur anderen wirkte Nicole alles andere als cool, fand Magdalene. Sie sah aus wie ein sechzehnjähriges Mädchen, das Angst hatte.

„Warum bist du eigentlich aus dem Heim abgehauen?", wollte Magdalene wissen.

Nicole schluckte. „Ist das wichtig?"

Jasmin, Laura und Magdalene nickten gleichzeitig.

Nicole atmete tief durch. „Da waren ein paar Mädchen im Heim. Eine echte Gang. Die waren schon da, als ich hinkam. Die sehen aus wie Bodybuilder, ehrlich! Na, auf jeden Fall konnten sie mich von Anfang an nicht riechen. Haben mich dauernd verarscht und so."

Sie sah die drei anderen an und zuckte die Schultern. „Irgendwann hab ich dann einer gegen 's Schienbein getreten, weil sie meinen Rucksack in die Mülltonne gestopft hat. Da war sie gerade allein."

Laura rutschte unruhig auf ihrem Stuhl herum. „An deiner Stelle hätte ich sie lieber nicht angerührt."

Nicole nickte. „Das wäre klüger gewesen. Am nächsten Tag haben sie mich zu sechst auf meinem Zimmer besucht. Ich glaube, die haben mir die Hälfte meiner Haare ausgerissen."

In Gedanken daran verzog sie schmerzlich das Gesicht und rieb ihre Kopfhaut.

„Das wollte ich mir auch nicht gefallen lassen. Also hab ich mich gerächt. Ich hab Leim in ihre Haarshampoos gefüllt, Kaugummi in die Schlüssellöcher ihrer Spinde geklebt und unserem Heimleiter erzählt, wo sie rauchen."

„Wow!", staunte Laura, während Jasmin anerkennend durch die Zähne pfiff.

Und Magdalene? Die fing an, Nicole zu bewundern. Wenn ihr das passiert wäre, hätte sie sicher nicht den Mut gehabt, sich zu wehren. Genauer gesagt, war ihr so was Ähnliches passiert. Mit Schaudern musste Magdalene wieder an ihren Stiefbruder denken. Der hatte sie oft genug mit einem Punchingball verwechselt. Auf einmal kam ihr Nicole doch nicht mehr so fremd und unsympathisch vor.

„Und wie hat diese Gang darauf reagiert?", wollte Laura wissen.

Ein breites Grinsen erschien auf Nicoles Gesicht. „Gar nicht."

„Gar nicht?", hakte Jasmin ungläubig nach.

„Ich hab's gestern Abend gemacht, und heute Morgen bin ich abgehauen. Ich war halt nicht besonders scharf auf ein paar neue blaue Flecken. Obwohl die farblich ja ganz gut zu meinen Augen passen."

Die Mädchen lachten, auch Magdalene. Dann wurde es sehr still im Raum, und das eine halbe Ewigkeit lang. Bis auf Amigos Gehechel war im Wohnzimmer nichts zu hören.

Magdalene sah aus dem Fenster. Es schneite noch immer. Vielleicht konnte sich Nicole ja ein Iglu bauen, dachte sie. Doch im selben Moment musste Magdalene beinahe über sich selbst lachen. Eigentlich hatte sie schon längst entschieden, dass Nicole bleiben konnte.

„Was ist denn jetzt?“, fragte Jasmin schließlich. „Seid ihr immer noch dafür, dass Nicole zurück nach Münster fährt?“

Lauras Antwort bestand aus einem leisen Grunzen.

„War das ein Ja, oder hast du nur gerülpst?“, erkundigte sich Jasmin spitz.

Laura atmete tief durch. „Na schön, von mir aus kann sie bleiben.“

Wieder richteten sich drei Augenpaare auf Magdalene. Sie riss ihren Blick vom Fenster los und lächelte Nicole freundlich an.

„Ich hab auch nichts dagegen.“

Nicole lächelte zurück.

„Danke“, hauchte sie erleichtert, streckte ihre Hand aus und legte sie auf Magdalenes Arm.

Weil Magdalene die ganze Szene zu rührselig wurde, versuchte sie schnell abzulenken und fragte: „Wie bist du denn auf die Idee mit dem Leim im Shampoo gekommen?“

Nicole grinste nur boshaft und meinte: „Tja, ich bin halt ziemlich einfallsreich ...“

4. Kapitel

Donnerstag war – abgesehen vom Wochenende – Lauras Lieblingstag. Am Donnerstag hatte sie nämlich nur drei Stunden Schule. Die vierte Stunde wäre eigentlich Religion gewesen, aber dieses Fach hatte sie abgewählt.

Sie hatte kein Problem damit, daran zu glauben, dass es einen Gott gab. Es war eher umgekehrt: Gott schien nicht zu glauben, dass es Laura gab. Jedenfalls hatte er noch nie was für sie getan, und das trotz ihrer vielen Gebete. Ihre Mutter war immer noch tot, ihr Vater blieb weiter unsichtbar und war nicht eines schönen Tages in einem goldenen Rolls-Royce vor ihrem Schultor aufgetaucht. Und ihre Kartoffelsackfigur war weit entfernt davon, sich in einen Model-Body zu verwandeln. Wenn sie bei *Baywatch* hätte mitspielen dürfen, dann höchstens als Rettungsboje. Irgendwie funktionierte die Sache mit dem Beten nicht richtig. Ob es vielleicht daran lag, dass Lauras Wünsche unbescheiden waren? Andererseits: Von wem sollte man sonst Wunder erwarten, wenn nicht von Gott?

Im Augenblick hatte Laura andere Dinge im Kopf. Etwa, wie sie auf schnellstem Weg nach Hause kam. Es war eisig kalt! Immer wieder fasste sich Laura an die Nase, um zu prüfen, ob sie noch nicht abgefroren war. Der Schneematsch auf den Straßen hatte sich inzwischen seinen Weg durch die Schuhe bis zu ihren Zehen gebahnt. Laura hatte das Gefühl, barfuß durch die Gegend zu spazieren.

Kurz darauf schloss sie die Wohnungstür auf, zog sofort Schuhe und Strümpfe aus und schleuderte sie in die nächste Ecke.

„Na? Immer noch so ordentlich wie früher?"

Laura fuhr erschrocken zusammen – sie hatte völlig vergessen, dass Nicole hier war. Sie hatte sich so sehr daran gewöhnt, die Wohnung am Donnerstag ein paar Stunden lang für sich allein zu haben, dass sie gar nicht mehr an ihren Gast gedacht hatte.

Nicole lehnte in der Wohnzimmertür und sah Laura zu, wie sie die Jacke auszog.

„Meinst du, Jasmin hat was dagegen, wenn ich mir was von ihren Klamotten ausleihe?", erkundigte sie sich bei Laura.

Die zog eine beleidigte Schnute. Warum lieh sich Nicole nichts bei ihr aus? So riesig waren ihre Sachen ja nun auch wieder nicht, dass Nicole darin verschwinden würde. Im Augenblick trug Nicole einen Jogginganzug von Magdalene.

„Bist du schlecht drauf?", wollte Nicole wissen.

Laura schüttelte den Kopf. „Warum sollte ich?", brummte sie und schob sich an Nicole vorbei in das Zimmer, das sie sich mit Jasmin teilte. Mit einem frischen Handtuch kam sie zurück in den Flur.

„Ich geh mal in die Badewanne", murmelte sie.

Nicole räusperte sich. „Äh, das geht jetzt leider nicht. Ich hab meine Sachen da drin eingeweicht."

Na toll! Laura musste sich auf die Zunge beißen, um Nicole nicht anzuschnauzen, dass sie ihre verdammten Sachen ins Waschbecken räumen sollte. Sie stellte sich Nicoles Vater in seiner Zelle vor und dachte an die Gang im Heim, von der Nicole verprügelt worden war, und blieb ruhig.

„Ich leg sie ins Waschbecken", sagte sie und verschwand ins Badezimmer.

Dort fischte sie erst mal mit spitzen Fingern Nicoles Jeans, ihre Socken und ihre Unterwäsche aus einer bräunlichen Lache und warf sie ins Waschbecken. Dann schrubbte sie die Badewanne, ließ heißes Wasser ein und dachte über Nicole nach.

Jasmin hatte ihr ein Lager aus einer Luftmatratze und ein paar Wolldecken gemacht. Gott sei Dank in Magdalenes Zimmer! Laura mochte Nicole zwar und hatte sich auch wirklich gefreut, sie wiederzusehen. Aber wenn sie an die Monate zurückdachte, die Nicole in der WG verbracht hatte, fiel ihr ein, wie oft ihr Nicole auf die Nerven gegangen war.

Laura fragte sich, ob sie an Magdalenes Stelle so nett zu Nicole gewesen wäre – sie kannte Nicole schließlich gar nicht. Na ja, bestimmt lag es daran, dass Nicole im Heim geschlagen worden war. So was Ähnliches hatte Magdalene ja mit ihrem Stiefbruder durchgemacht.

Nachdem Laura den Wasserhahn zugedreht hatte, zog sie sich aus und stellte sich mit geschlossenen Augen auf die Waage neben der Tür. Sie zögerte. Augen öffnen, ja oder nein? Eine grauenvolle Zahl lesen, ja oder nein? Sich den restlichen Tag verderben lassen, ja oder nein?

NEIN!

Schnell stieg sie in die Wanne und streckte sich behaglich aus. Ein bisschen Wasser schwappte über den Rand. Ihr fiel ein, dass sie vor kurzem in Physik über Wasserverdrängung geredet hatten. Blödes Fach! Ständig ging es um Masse und Gewicht – nicht unbedingt Lauras Lieblingsthemen.

Nicole hatte heute Morgen irgendeine blöde Bemerkung über Lauras Figur gemacht, die Jasmin irre komisch gefunden hatte. Genau das hatte sie früher schon gehasst, als Nicole noch bei ihnen gewohnt hatte: Dass Jasmin sie anhimmelte, dauernd an ihren Lippen hing und alles genial fand, was Nicole tat oder sagte, und ihr jeden Wunsch erfüllte.

Nicht dass Nicole etwas Großartiges verlangt hätte. Nur Kleinigkeiten, wie zum Beispiel Limonade. Jasmin war gestern Abend tatsächlich vom Sofa aufgestanden, in die Küche getigert und mit einer Dose Fanta für Nicole zurückgekehrt. Dabei hatte Jasmin sogar richtig glücklich ausgesehen. Sie benahm sich ja fast wie Amigo!, dachte Laura griesgrämig. Der saß auch ständig hechelnd zu Nicoles Füßen oder lief ihr schwanzwedelnd hinterher.

Wie durch ein Wunder waren gestern weder Lilli noch Felipe in der Wohnung aufgetaucht. Das passierte schon eher selten, denn normalerweise schaute einer von ihnen jeden Tag mal kurz rein. Wenigstens um sicherzugehen, dass ihre Schützlinge keine schwarzen Messen in der WG feierten.

Hoffentlich war Nicoles Vater genauso begeistert von der Idee, nach Kanada abzuhauen, wie seine Tochter, sonst würde Nicole zu Weihnachten auch noch hier sein.

Weihnachten. Laura hatte sich noch nie so viele Gedanken darüber gemacht wie dieses Jahr. Sie mochte Jasmin und Magdalene wirklich gern, aber sie wollte Weihnachten nicht unbedingt in der WG verbringen. In letzter Zeit erschien ihr immer öfter ihr Vater im Traum, den sie in Wirklichkeit noch nie gesehen hatte. Er stand vor der Tür und wollte sie abholen, um Heiligabend bei ihm und seiner neuen Familie zu verbringen. Ein Traum, den jedes Heimkind kannte.

Wenn sie Weihnachten mit einer Familie feiern wollte, dann würde Laura schon selbst eine finden müssen. Das war allerdings eine eher aussichtslose Sache. Die Leute adoptierten Babys. Niemand würde eine Sechzehnjährige haben wollen. Schon gar nicht eine Sechzehnjährige mit Übergewicht und übergroßer Klappe.

Laura stieg aus der Badewanne, trocknete sich ab und zog sich an. Als sie gerade auf dem Weg ins Wohnzimmer war, klingelte es an der Haustür. Sie drückte den Knopf der Gegensprechanlage.

„Wer stört?“, brummte sie unfreundlich.

„Ich.“

Marco! Lauras Herz machte einen Sprung.

„Wer?“, fragte sie sicherheitshalber noch mal nach.

„Deine große Liebe“, feixte Marco.

Wenn der wüsste, dass er damit gar nicht so Unrecht hat, würde er vermutlich sofort wieder abhauen, dachte Laura.

Sie drückte auf den Summer.

„Nicole, versteck dich! Marco kommt!", brüllte sie durch den Flur.

„Der Arsch!", brüllte Nicole aus Magdalenes Zimmer zurück.

Es klopfte an der Wohnungstür. Laura machte erst auf, als sie hörte, wie Magdalenes Zimmertür ins Schloss fiel.

„Hallo, meine Liebste!", flötete Marco gut gelaunt und ging mit seinen völlig verdreckten Stiefeln den Flur entlang zur Wohnzimmertür.

„Hey, du Ferkel!", rief Laura ihm nach. „Ich hab gerade Putzwoche. Könntest du deine Treter ausziehen, bevor du die ganze Bude in eine Schlammpfütze verwandelst?"

Marco sah sie überrascht an.

„Schrei doch nicht so", sagte er aufreizend ruhig. Dann zog er eine weitere Spur matschiger Fußabdrücke, als er wieder zurückkam. Er bückte sich und stieg aus seinen Stiefeln. Seine Füße rochen nicht so, als wären sie in den letzten Tagen einem Stück Seife begegnet.

„Wo sind denn die anderen beiden Schönheiten?", erkundigte er sich scheinbar gleichgültig.

Prompt schrillten bei Laura alle Alarmglocken. Jasmin und Marco konnten einander nicht ausstehen. Bei Magdalene sah die Sache allerdings schon ganz anders aus. Sie behauptete zwar, Marco sei ihr vollkommen gleichgültig. Er machte sie aber jedes Mal, wenn er sie sah, auf ziemlich plumpe Art an.

„Nicht da", antwortete Laura also nur trocken.

Marco machte ein enttäuschtes Gesicht. Zumindest fand Laura, dass er enttäuscht aussah. Vielleicht war es ja auch was anderes. Vielleicht hatte er versucht zu denken. Dabei hatte er manchmal einen ähnlichen Gesichtsausdruck.

„Schön, dann sind wir ja ungestört", meinte Marco im nächsten Augenblick, worauf Laura zufrieden lächelte.

Sie ging voran ins Wohnzimmer und schaltete den Fernseher ein: MTV. Laura drehte den Ton laut, weil Nicole nicht unbedingt mitkriegen musste, was Marco und sie so alles bequatschten. Es konnte ja sein, dass er endlich mal mit 'ner Liebeserklärung rausrückte.

„Wo treibt sich denn Magdalene gerade rum?", fragte Marco, sobald er es sich auf dem Sessel bequem gemacht hatte.

Magdalene! Konnten sie denn nicht über was anderes reden? Laura ließ sich nicht anmerken, wie gekränkt sie war.

„In der Schule", brummte sie.

Marco starrte auf seine Socken. Einer hatte drei Löcher, der andere nur zwei. „Und wann kommt sie wieder?"

„Meine Güte!" Laura war kurz vorm Explodieren. „Wolltest du zu ihr oder zu mir?"

„Zu dir natürlich", behauptete er ohne Zögern. „Es interessiert mich nur, wie ihr beide euch jetzt so versteht. Ob du gut mit Magdalene klarkommst und so."

Verdammter Lügner!

„Ja, alles super!", zischte Laura. „Danke der Nachfrage!"

„Weißt du schon, was du Weihnachten machst?", erkundigte sich Marco, um das Thema zu wechseln.

„Eigentlich hab ich keine Lust, in der WG zu feiern", erklärte sie. „Ich glaube nicht, dass das allzu lustig wird."

„Ist Magdalene denn über Weihnachten hier?"

Empört knallte Laura die Fernbedienung auf den Tisch und sprang vom Sofa. „Mir reicht's jetzt, du Idiot! Hau sofort ab, kapiert? Und lass dich nicht mehr bei uns sehen."

Marco machte ein verdutztes Gesicht. „Was ist los mit dir? Hast du deine Tage?"

„Raus!", brüllte Laura.

Marco stand zwar auf, machte aber keinerlei Anstalten zu gehen.

Laura kam sich auch schon ziemlich blöd vor, weil sie so ausgerastet war.

Zu dumm, dass ausgerechnet dieser Blödmann so verdammt gut aussah! Trotzdem wollte sie, dass der Kerl sich verzog. Das hatte er aber anscheinend nicht vor. Wie konnte sie ihn nur loswerden?

Kurz entschlossen stürzte sich Laura auf ihn, schlang die Arme um seinen Hals und küsste ihn auf den Mund.

Einen Augenblick lang passierte gar nichts. Dann reagierte Marco, indem er seine Lippen entkrampfte. Genau in diesem Moment ging die Tür auf, und Marco stieß Laura von sich weg. Mit großen Augen stierte er Nicole so fassungslos an, als sei sie soeben aus einem Videoclip ins Wohnzimmer gesprungen.

„Sorry, dass ich störe!", entschuldigte sich Nicole bei Laura. „Ich muss jetzt los zu meinem Vater, sonst ist die Besuchszeit vorbei. Kannst du mir deine Monatskarte leihen für die Bahn?"

„In meiner Jacke", knurrte Laura.

„Danke. Tschüss!"

Dafür, dass Nicole hereingeplatzt war, hätte Laura sie erwürgen können. Doch dafür, dass sie Marco keines Blickes gewürdigt hatte, hätte sie Lauras Meinung nach einen dicken Schmatz verdient gehabt.

Die Wohnungstür fiel ins Schloss.

„Das ... das war doch Nicole, oder?", stotterte der leichenblasse Marco, der endlich die Sprache wieder gefunden hatte. „Warum hat sie mich denn nicht gesehen?"

„Weil du Luft für sie bist", erwiderte Laura trocken.

„Hä? Wieso?“

„Überleg mal!“

Marco legte seine Stirn in Falten. Sehr viel schien das jedoch nicht zu helfen, denn kurz darauf machte er wieder: „Hä?“

Laura winkte ab. „Vergiss es! Denken und reden ist sowieso langweilig. Lass uns weitermachen mit dem Küssen, okay?“

„Hä?“, tönte es zum dritten Mal.

Ehe Laura etwas darauf erwidern konnte, hatte Marco fluchtartig das Wohnzimmer verlassen.

„Warte, Nicole!“, brüllte er, obwohl die sicher schon längst in der Straßenbahn saß.

Seufzend ließ sich Laura aufs Sofa fallen und glotzte auf den Bildschirm. Ein schwarzer Rapper, höchstens fünfzehn, hockte in der U-Bahn, wackelte mit dem Oberkörper und quasselte dabei so schnell wie ein Maschinengewehr. Laura verstand kein Wort von seinem Rap. Kein Wunder: Der Typ war ein Junge. Und Jungs konnte man einfach nicht verstehen.

5. Kapitel

„Warte doch mal, Nicole!“

Nicole ballte die Fäuste vor Wut. Kapierte dieser Schwachkopf denn nicht, warum sie vor ihm davonlief?

Sie wartete an der Haltestelle gegenüber auf die Straßenbahn, als Marco aus dem Haus kam. Sie wusste sofort, dass er hinter ihr her war, und stapfte mit Riesenschritten davon. Aber der Trottel heftete sich an ihre Fersen und schrie immer lauter ihren Namen. Zu gern hätte ihm Nicole ein für alle Mal die Meinung gesagt, aber dazu war jetzt keine Zeit. Sie musste zu ihrem Vater. Und darum ging sie noch schneller, um die Bahn an der nächsten Haltestelle zu erreichen.

Doch plötzlich packte Marco sie am Arm und keuchte: „Was soll der Scheiß? Hast du nicht gehört, dass ich nach dir gerufen habe?"

„Und hast du nicht gemerkt, dass ich es eilig habe?", giftete Nicole zurück und riss sich los. „Lass deine Drecksfinger bei dir, verstanden?"

„Hey, wie redest du mit mir?", wunderte sich Marco allen Ernstes. „Ich hab mich so gefreut, dich wiederzusehen!"

„Was?" Nicole traute ihren Ohren kaum. „Wie kannst du blödes Stück Scheiße es überhaupt wagen, in meine Nähe zu kommen?"

Marco kratzte sich am Kopf. In diesem Augenblick hatte er erstaunliche Ähnlichkeit mit einem Affen, fand Nicole.

„Ich hab keine Ahnung, warum du sauer auf mich bist", sagte er mit einer Miene, die seiner Behauptung nicht widersprach. „Bist du denn kein bisschen froh, dass wir endlich wieder zusammen sind?"

Oh Gott! Anscheinend war Marco in den letzten Wochen noch dämlicher geworden. Es hatte keinen Zweck, ihm irgendwas erklären zu wollen. Deshalb wandte Nicole ihm einfach den Rücken zu und setzte ihren Weg fort. Doch nur drei Meter weiter hielt Marco sie wieder fest.

Stinksauer wirbelte Nicole herum.

„Wenn du mich jetzt noch einmal anfasst, brauchst du ab morgen einen Strohhalm zum Essen!"

Grinsend ließ Marco sie los. „Ich will doch nur wissen, was du hast. Bist du böse, weil ich Laura geküsst habe? Die ist mir völlig egal, ehrlich!"

Das wurde ja immer besser! Jetzt dachte er auch noch, sie wäre eifersüchtig auf Laura. Dieser Knabe war wirklich einmalig – einmalig bescheuert! Nicole war heilfroh, dass ihr seine Lippen nicht mehr zu nahe kamen. Mit Schaudern erinnerte sie sich an seine Küsse. Auf eine Dusche mit Marcos Spucke wäre wohl kein Mädchen der Welt eifersüchtig. Dabei riss er immer so weit seinen Mund auf, als wollte er einen verschlingen.

„Kannst du dir wirklich nicht denken, weshalb ich böse auf dich sein könnte?", fuhr sie ihn an. „Denk mal scharf nach!"

Wieder kratzte Marco sich am Kopf. Ob er Läuse hatte? Vielleicht waren die durch die Ohren in sein Gehirn gekrabbelt und knabberten eifrig daran herum. Das würde erklären, warum es nicht so richtig funktionierte.

Marco war anscheinend mit Nachdenken fertig. Das Ergebnis lautete: „Nö."

Entgeistert schüttelte Nicole den Kopf. „Also, jetzt pass mal gut auf! Warum haben wir uns schon ziemlich lange nicht mehr gesehen? Weil ich deinetwegen wieder ins Heim gekommen bin. Nach Münster. Und wieso? Weil du kleiner Arsch in meinem Bett eingepennt bist. Und weil du Drogen dabeihattest. Und was hast du gemacht, als Felipe dich erwischt hat? Gar nichts! Du hättest ihm sagen können, dass ich vor Müdigkeit gar nicht mitgekriegt habe, wie du neben mir eingeschlafen bist, und dass ich nichts von deinen Drogen wollte! Aber nein: Ausgerechnet bei dieser wichtigen Gelegenheit hielt Schwatzbacke Marco die Klappe und sorgte dafür, dass ich aus der WG rausgeschmissen wurde. Vielen Dank! Auf Nimmerwiedersehen!"

Sie rannte los, weil die Bahn gerade an der Haltestelle stoppte. In letzter Sekunde sprang sie hinein und ließ sich auf den erstbesten Sitz fallen. Durchs Fenster sah sie Marco: Er stand immer noch dort, wo sie ihn verlassen hatte, und kraulte seine Kopfläuse. Vielleicht hätte sie eben etwas langsamer sprechen sollen, damit er wenigstens einen Teil davon verstanden hätte?

Nicole sah auf die Uhr. Die Besuchszeit dauerte nur noch eine Dreiviertelstunde. Aber mehr Zeit wollte sie sowieso nicht mit ihrem Vater verbringen. Was, wenn sie einander wieder nichts zu sagen hatten? Dann war es besser, wenn sie einen Grund zum Gehen hatte.

Vor dem Gefängnis zögerte sie wieder. Das Herz schlug ihr bis zum Hals, und ihre Hände zitterten. Vielleicht sollte sie doch erst morgen wiederkommen? Mindestens zehn Minuten lang stand Nicole in der Kälte und malte mit der Schuhspitze Figuren in den Schnee. Die Flocken wurden immer spärlicher. Als gar keine mehr fielen, gab sich Nicole einen Ruck und ging hinein.

Die Prozedur kannte sie schon: Metalldetektor, Tasche durchsuchen, Ausweiskontrolle. Nicole betete, dass das Heim keine Meldung an das Gefängnis gemacht hatte wegen ihres Verschwindens.

Dann durfte sie endlich in den Besuchsraum. Es war ein anderer Raum als das letzte Mal. Der hier war kleiner. Trotzdem summte er von den Gesprächen. Nicoles Vater saß allein an einem der Metalltische und wippte mit dem Bein.

Nicole sah sich noch einmal flüchtig im Zimmer um, ehe sie auf ihn zuging. An den anderen Tischen saßen noch fünf Männer mit ihren Besuchern. Drei kleinere Kinder waren auch hier, ein Mädchen starrte Nicole an.

Dann war sie bei ihrem Vater. Er stand auf und lächelte sie an.

„Nicht zu fassen!“, sagte er. „Du bist ja schon fast so groß wie ich. Wie riesig willst du denn noch werden?“

Nicole ging nicht darauf ein. Schon seit fast einem Jahr war Nicole nicht mehr gewachsen. Trotzdem begrüßte ihr Vater sie immer noch mit seinem alten Standardspruch. Dabei hätte er Zeit genug gehabt, sich mal einen neuen einfallen zu lassen.

Wie bei jedem Besuch fragte sich Nicole auch diesmal, ob sie ihn küssen oder umarmen oder ihm nur die Hand geben sollte. Meistens nickten sie sich nur zu, doch diesmal drückte ihr Vater sie kurz an sich und bot ihr dann den zweiten Stuhl an.

„Wie geht's dir denn?“, fragte sie ihren Vater, nachdem sie sich gesetzt hatten.

„Großartig!“, sagte er. „Könnte allerdings mal ein bisschen Urlaub vom Knast gebrauchen.“

„Den hast du doch bald“, erwiderte Nicole. „Und zwar Endlosurlaub.“

„Hm, hm.“ Ihr Vater kratzte sich an seinem stachligen Kinn. Wenn er sich mal drei Tage lang nicht rasierte, verwandelte sich sein Gesicht in einen Kaktus. „Irgendwie kann ich es kaum glauben“, murmelte er. „Nur noch zwanzig Tage, dann steigt meine Abschiedsparty!“

Plötzlich runzelte er die Stirn. „Warum bist du denn heute allein?“, wollte er wissen.

Nicole schluckte. Ihr Vater hatte genug Probleme, die Geschichte mit dem Heim wollte sie ihm lieber nicht erzählen.

„Die finden, ich wäre jetzt alt genug, um dich ohne Betreuer zu besuchen“, antwortete sie.

„Woher kommst du denn? Aus Münster?“

„Äh, nein.“ Nicole überlegte fieberhaft, wie sie ihm erklären sollte, dass sie die nächsten Tage in der Nähe sein würde. „Sie haben mir erlaubt, meine Freundinnen in der WG zu besuchen."

„Heißt das, du bleibst eine Weile in Düsseldorf?"

Nicole nickte.

„Schöne Stadt", sagte ihr Vater vage. „Wird Zeit, dass ich sie mir mal wieder angucke. Dieses Haus hier – na ja, es steht zwar mitten in Düsseldorf, aber gleichzeitig auch auf einem anderen Planeten."

Er senkte den Kopf und starrte seine Finger an. Schweigend. Genau das hatte Nicole befürchtet. Diesmal konnte sie es weder auf Felipe noch auf eine der Wachen schieben. Sie und ihr Vater hatten einander nichts zu sagen. Was hatten sie schon gemeinsam?

Am liebsten hätte sie jetzt ohne Umschweife mit Kanada angefangen, fand aber nicht den Mut dazu.

Da räusperte sich ihr Vater. „Sag mal, Nicole, äh ... wie ... äh ... wie stellst du dir eigentlich unser Leben nach meiner Entlassung vor? Ich meine, die werden einem Vorbestraften sicher nicht das Sorgerecht geben. Und wir kennen uns ja auch nicht mehr so gut. Also, wenn du lieber nicht möchtest, dass ich dich im Heim besuche, dann ... äh ..."

„Nein, das möchte ich wirklich nicht", platzte Nicole heraus.

Bildete sie sich das nur ein, oder sah ihr Vater etwas erleichtert aus?

„Ich will nicht mehr ins Heim", erklärte Nicole bestimmt. Sie beugte sich vor. „Hör mal. Ich gehe nicht mehr dahin zurück. Es war schrecklich dort! Ich will mit dir zusammen sein."

„Wie stellst du dir das vor?", erkundigte sich ihr Vater.

„Also, laut Gesetz müsste ich im Heim bleiben, bis ich achtzehn bin."

„Eben.“

„Aber für dich ist es auch nicht gut, hier zu bleiben“, fuhr sie fort.

„Warum nicht?“

„Darum nicht!“, erklärte Nicole. „Deine alten Kumpels werden dich besuchen, sobald du wieder draußen bist. Und dann fängt der ganze Mist wieder von vorne an, wetten?“

„Das sagst du so.“

„Ja. Weil es stimmt. Und darum wandern wir beide nach Kanada aus.“

Alles Mögliche hatte sich Nicole ausgemalt, wie ihr Vater auf ihren Vorschlag reagieren würde – mit Entsetzen, einem Überraschungsschrei oder einem Lachanfall. Aber er fragte nur: „Warum ausgerechnet Kanada?“

„Das ist ein schönes Land. Und sehr weit weg. Dort findet uns keiner.“

„Aha.“

Erneut verfiel ihr Vater in Schweigen. Nicole wurde nervös, sie rutschte auf ihrem Stuhl hin und her und überlegte, ob ihr Vater ihre Idee vielleicht nur für einen Witz hielt. Sonderlich beeindruckt schien er jedenfalls nicht zu sein.

Zum Glück ertönte in diesem Moment die Stimme eines Wärters: „Die Besuchszeit ist zu Ende. Die Besucher verlassen bitte das Gebäude.“

Nicole stand auf und schaute ihren Vater erwartungsvoll an. Sie brauchte jetzt eine Antwort. Irgendeine. Sie musste wissen, was er davon hielt, mit ihr zusammen über den Großen Teich zu verschwinden.

„Na, was ist?“, drängte sie ihn. „Fahren wir nach Kanada oder nicht?“

Ein Wärter kam auf sie zu. „Die Besuchszeit ist vorbei. Kommen Sie bitte mit.“

„Gleich.“ Nicole brauchte nur noch ein paar Sekunden. Immerhin hatte ihr Vater eben den Kopf gehoben. Warum sagte er denn nichts? Der Wärter schob sich zwischen ihren Vater und sie.

„Sie können ja bald wiederkommen“, meinte er freundlich.

Nicole gab auf. Sie nickte ihrem Vater zu und ging zur Tür.

„Nicole?“

Sie drehte sich um.

„Besorg uns ein paar warme Klamotten!“, rief ihr Vater durch den ganzen Raum. „Es ist schrecklich kalt dort drüben!“

Die beiden lächelten sich an. Vor Freude hätte Nicole am liebsten die Arme in die Luft gestreckt. Kanada, wir kommen!, jubelte sie in Gedanken. Ob sich die Elche und die Bären über zwei neue Nachbarn freuen würden?

6 Kapitel

„Hey, warum stehst du denn schon auf?“, murmelte Laura verschlafen. „Es ist doch Samstag!“

Jasmin wollte ihr antworten, aber Laura war schon wieder eingeschlafen. Sie ging zu ihrem Schrank und suchte sich einige Sachen raus. Dabei gab sie sich keine Mühe, leise zu sein. Laura wäre nicht mal aufgewacht, wenn die Toten Hosen ein Konzert neben ihrem Bett gegeben hätten.

Jasmin packte das Kleiderbündel und öffnete die Wohnzimmertür mit dem Ellenbogen.

„Guten Morgen!“, begrüßten Magdalene und Nicole sie gut gelaunt.

„Ihr seid auch schon wach?“ Gähnend rieb sich Jasmin den Schlaf aus den Augen.

„Wieso schon?“, erwiderte Magdalene erstaunt. „Es ist halb zehn.“

Ach du Schande! Dann ging Jasmins Wecker falsch. Sie würde zu spät zum Frühstück zu ihrer Mutter kommen.

So schnell wie möglich flitzte sie ins Bad. Magdalene eilte ihr nach.

„Was ist denn los?“, erkundigte sie sich besorgt.

„Muss zu meiner Mutter“, erklärte Jasmin hastig. „Nur noch schnell Zähne kämmen und Haare putzen.“

Magdalene lachte. „Ich würde es umgekehrt machen und mich auch noch anziehen. Der Pyjama ist zwar süß, aber es ist eisig draußen. Und es schneit zur Abwechslung mal – so wie gestern und vorgestern und an den Tagen davor.“

Zehn Minuten später rannte Jasmin aus der Wohnung und zur Straßenbahn. Sie hatte um halb zehn bei ihrer Mutter sein wollen. Na ja, die halbe Stunde würde sie verschmerzen.

Die Straßenbahn schien heute viel langsamer zu fahren als sonst. Als Jasmin endlich an der Haustür läutete, war es zehn nach zehn. Sie wartete, aber nichts geschah. Sie klingelte noch einmal. Wieder nichts. Erst nach dem dritten Klingeln meldete sich die verschlafene Stimme ihrer Mutter.

„Ja?“

„Mama? Ich bin's! Tut mir Leid, dass ich zu spät komme.“

„Jasmin? Was willst du denn hier? Warte, ich mach auf.“

Der Summer ertönte, und Jasmin stapfte hinauf in den dritten Stock. Hatte ihre Mutter etwa auch verschlafen?

Sie stand schon in der Tür, als Jasmin oben ankam. Über dem Nachthemd trug sie ihren uralten Morgenmantel.

„Na?" Ihre Mutter drückte Jasmin einen müden Kuss auf die Wange. „Lässt du dich auch mal wieder sehen? Hast Glück, dass ich hier bin. Eigentlich wollte ich schon längst auf dem Markt sein."

„Wieso Glück? Wir waren doch verabredet. Zum Frühstück. Um halb zehn! Hast du das vergessen?"

Jasmin nahm ihre Mutter genauer in Augenschein. Reichlich verwirrt sah sie aus. Der Grund dafür war nicht schwer zu erraten.

„Verabredet?", wiederholte ihre Mutter mit ungläubiger Miene. „Wirklich? Tut mir Leid, daran kann ich mich überhaupt nicht erinnern. Ich hab ein bisschen Kopfschmerzen, weißt du."

Plötzlich fiel ihr auf, dass Jasmin noch immer vor der Tür stand.

„Komm doch rein, mein Schatz!"

Das Wohnzimmer sah furchtbar aus. Überall lagen Kleider herum. Dreckiges Geschirr türmte sich auf dem Tisch. Ein Blumenstrauß in einem großen Bierglas war total verwelkt und stank vor sich hin. Ein Teller mit Nudeln stand auf dem Fernseher. Jasmin wollte gar nicht wissen, wie es in der Küche aussah. Vor zehn Tagen war sie das letzte Mal hier gewesen. Seitdem hatte ihre Mutter nicht mehr aufgeräumt.

„Ich war nicht auf Besuch vorbereitet", erklärte ihre Mutter mit einer hilflosen Geste. „Hatten wir nicht einen anderen Tag ausgemacht?"

Jasmin schüttelte den Kopf.

„Hast du schon gefrühstückt?"

Eben im Treppenhaus hatte sich Jasmin noch darüber gefreut, gleich mit ihrer Mutter am gedeckten Frühstückstisch zu sitzen. Doch beim Anblick dieser Drecksbude war ihr der Appetit vergangen.

„Nein, ich habe noch nichts gegessen“, erwiderte sie gereizt. „Was meinst du, warum wir uns an einem Samstagmorgen treffen wollten?“

Ihre Mutter fuhr sich durch die Haare.

„Ich hab gar nichts im Haus“, sagte sie leise. „Nichts zu essen, meine ich.“ Sie ging zum Sofa, strauchelte und fing sich im letzten Augenblick wieder. Offenbar fand sie das komisch, denn sie kicherte.

Am liebsten hätte Jasmin ihre Enttäuschung hinuntergeschluckt, aber die war so groß, dass sie bestimmt daran erstickt wäre. Und dazu hatte Jasmin keine Lust.

Sie durchbohrte ihre Mutter mit einem prüfenden Blick und sagte: „Du hast getrunken, gib's zu!“

Ihre Mutter versuchte zu lächeln, brachte jedoch nur eine klägliche Grimasse zu Stande. „Nein, hab ich nicht! Ich schwör's!“

„Im Schwören bist du Weltmeisterin!“, stöhnte Jasmin. „Sei froh, dass du das noch nie vor Gericht musstest, da wird man für Meineide eingelocht.“

Stinksauer ging Jasmin in die Küche und öffnete alles, was sich öffnen ließ. Sogar den Backofen und den Mülleimer. Sie war sich sicher, irgendwo noch eine Flasche zu finden. Und Flaschen fand sie auch wirklich, aber es war nichts Alkoholisches dabei.

Also kehrte sie zurück ins Wohnzimmer. Ihre Mutter saß mit großen Augen auf dem Sofa und stierte auf den Fernseher, obwohl er ausgeschaltet war.

„Wo hast du das Zeug?“, brüllte Jasmin. Sie versuchte verzweifelt, die Tränen zurückzuhalten.

Ihre Mutter schüttelte nur den Kopf. Jasmin nahm sich den Wohnzimmerschrank vor. In der dritten Schublade wurde sie fündig. Wodka – eine halb volle Flasche. Sie stellte sich mit der Flasche in der Hand vor den Fernseher.

„Und was ist das? Hustensaft?“

Ihre Mutter starrte die Flasche an.

„Die muss ich vergessen haben, vor dem Entzug. Ehrlich, ich hab nicht getrunken. Die Flasche muss schon seit Monaten im Schrank gelegen haben.“

Wenn Jasmin im Erfinden von Ausreden nur halb so schlecht wie ihre Mutter gewesen wäre, dann wäre sie schon längst von der Schule geflogen.

„Und du willst, dass ich zu dir ziehe, Mama?“ Jasmin tippte sich an die Stirn. „Wozu brauchst du mich denn? Vielleicht als Babysitter, damit du nicht mehr an der Flasche nuckelst?“

Weil sie keine weiteren Ausreden von ihrer Mutter hören wollte, stürmte Jasmin wütend aus der Wohnung. Erst in der Straßenbahn merkte sie, dass sie die Flasche immer noch in der Hand hatte. Und dass ihr Tränen über die Backen rollten.

„Hey, warum weinst du denn?“, fragte eine Stimme hinter ihr.

Sie drehte sich um. Brad Pitt! Der hatte ihr gerade noch gefehlt! Warum war nicht plötzlich Felipe in der Straßenbahn aufgetaucht, um sie tröstend in seine Arme zu nehmen? Nein, es musste der Schönling von gegenüber sein. Verdammter Mist! Heute war wirklich ihr Glückstag.

„Ich heule, weil die Wodkaflasche gleich leer ist“, meinte sie und drehte sich wieder um.

Der Blödmann stand auf und setzte sich auf den freien Platz neben ihr.

„Ich bin Scott“, sagte er. „Ich wohne direkt gegenüber von euch.“

„So?“

Bloß kein Interesse zeigen, sonst ließ der Kerl sie bis zum Aussteigen nicht in Ruhe. Jasmin hatte mal einen Hamster gehabt, der sich immer tot stellte, sobald er Gefahr witterte. Sollte sie sich mit starren Augen zu Boden fallen lassen?

„Ich hab dich schon öfter gesehen“, fing Scott an zu sülzen. „Vor allem morgens, wenn du zusammen mit deiner Freundin aus dem Haus gehst. Übrigens: Ich bin jetzt auch auf deiner Schule. Das heißt, ab nächster Woche.“

„Sehr interessant“, murmelte Jasmin und schaute aus dem Fenster, obwohl es dort nur Autos, Häuser und Menschen zu sehen gab.

„Weißt du, in meiner alten Schule, da hatte ich ziemlich viele Probleme. Nicht nur mit meinen Lehrern, sondern auch –“

Jasmins Gähnen war so laut, dass man es garantiert bis nach Köln hören konnte.

Prompt verstummte Scott und fummelte nervös an seinen Rucksackträgern herum. Ob er jetzt endlich die Klappe hielt?

„Okay, reden wir nicht über mich, sondern über dich“, schlug er vor. „Was hast du denn wirklich mit dem Schnaps vor?“

„Trinken, was sonst?“

Scott starrte Jasmin so entgeistert an, als hätte er soeben entdeckt, dass sie keine Nase hatte.

„Weißt du etwa nicht, warum wir drei in dieser WG wohnen?“

„Wieso WG? Seid ihr denn keine Geschwister?“

Jasmin musste lachen. „Nein, sind wir nicht. Es gibt zwar

Leute, die uns für Drillinge halten, aber die sollten schleunigst mal zum Augenarzt gehen.“

„Was für ’ne WG soll das denn sein?“, erkundigte sich Scott neugierig.

„Wir sind aus einem Heim für schwer erziehbare Kinder. Da gab’s Kids, mit denen die Leute dort absolut nicht klarkamen. Also haben sie die schlimmsten Fälle in eine Wohnung gesteckt, wo sie ständig von zwei Typen bewacht werden“, fantasierte Jasmin.

Bildete sie sich das nur ein, oder war Scott eben ein Stückchen zur Seite gerutscht?

„Und diese schlimmsten Fälle, das ... das seid ihr drei?“

Jasmin nickte. „Magdalene ist heroinsüchtig. Hat jede Menge Vorstrafen. Diebstahl, Einbruch und schwere Körperverletzung. Hat ihren Stiefbruder und seinen Vater krankenhausreif geschlagen.“

Scott lachte gezwungen. „Du nimmst mich auf den Arm!“

„Das könnte ich gar nicht! Aber Magdalene würde das sicher schaffen. Und wenn du dich wehren würdest, könntest du dir anschließend ein neues Gebiss zulegen.“

„Echt? Ich hab sie doch getroffen. Sie hat mir erzählt, in welche Schule sie geht, und sie kam mir gar nicht so vor, als wäre sie –“

„Als wäre sie was?“, unterbrach ihn Jasmin und warf ihm einen drohenden Blick zu.

„Als wäre sie so ... so kräftig“, antwortete er ausweichend.

Jasmin biss sich auf die Zunge, um keinen Lachkrampf zu kriegen.

„Laura hast du doch auch schon mal gesehen, oder?“, fuhr sie gnadenlos fort. „Hättest du etwa gedacht, dass sie die Hunde ihrer Nachbarn vergiftet hat, als sie gerade mal vier Jahre alt war?“

Scott riss die Augen auf. Jasmin konnte sich das Grinsen nicht verkneifen. Glaubte er ihr tatsächlich all diesen Schwachsinn? Laura und Hunde vergiften! Sie hätte ihnen eher das Futter weggefressen.

„Mit sechs war Laura schon so gefährlich, dass ihre Mutter weglief", schwindelte Jasmin weiter. „Zumindest sagte das Lauras Vater, die Nachbarn erzählten eine andere Geschichte." Sie machte eine Pause. „Aber dafür gibt es keine Beweise", fügte sie dann flüsternd hinzu.

Jetzt war sie ganz sicher, dass Scott es bereits bedauerte, sie angequatscht zu haben. Der arme Kerl schaute total entsetzt aus der Wäsche.

„Und dann gibt es da noch jemanden in der WG." Jasmin deutete auf sich selbst. „Jasmin. Aber keine Angst, ich bin nur eine kleine Nummer. Alkoholikerin und ein bisschen paranoid. Ich kam ins Heim, weil ich meinen Stofftieren mit einer Schere die Augen ausstach. Die blöden Viecher haben mich ständig angestarrt. Weißt du, wie unangenehm es ist, wenn du deiner Mama Geld aus der Brieftasche klaust und dabei von einem Stoffhund beobachtet wirst? Du kannst nie sicher sein, ob der kleine Scheißkerl auch dichthält. Und darum willst du nur noch eins: töten, töten, töten!"

Der leichenblasse Scott stand auf und murmelte: „Ich muss jetzt raus."

„Hier geblieben!"

Jasmin packte einen Zipfel seines blauen Anoraks und zog ihn wieder auf den Sitz zurück. Gerade jetzt, wo es so großen Spaß machte, wollte der Angsthase verduften?

„Die nächste Haltestelle erst, du Komiker!", sagte sie lachend. „Ich weiß doch, wo du wohnst."

Scott hockte sich wieder neben sie und blieb wie angenagelt sitzen.

„Wenigstens hab ich vorgesorgt für die Zeit, wenn ich endlich aus der WG entlassen werde“, erklärte Jasmin. „Möchtest du wissen, wie mein Opa gestorben ist?“

„Nein!“ Es klang fast flehend. „Erzähl's mir lieber nicht!“

Jasmin tat es trotzdem. „Es sah aus wie ein Unfall. Und das war es ja auch. Mehr oder weniger. Der Föhn lag auf dem Badewannenrand. Opa war immer ein bisschen ungeschickt, weißt du? Und er hätte nicht baden gehen sollen an dem Abend, an dem er mir verraten hatte, wer sein Alleinerbe ist.“

„Scheiße!“, brummte Scott. Er sprang auf. „Jetzt muss ich aber wirklich raus!“, rief er und drückte verzweifelt auf den Halteknopf. Wahrscheinlich hätte er am liebsten die Notbremse gezogen.

Jasmin stand ebenfalls auf, stieß ihn lächelnd in die Seite und fragte: „Du glaubst doch wohl kein Wort von dem ganzen Blödsinn, oder?“

Er antwortete nicht und drehte ihr den Rücken zu.

„Das war nur ein Witz!“, stellte Jasmin mit Nachdruck fest. „Hast du kapiert?“

In diesem Moment hielt die Bahn, und Scott sprang raus. Auf dem glatten Boden wäre er beinahe ausgerutscht. Er flüchtete mit Riesenschritten zu seiner Haustür. Jasmin folgte ihm. Was zum Abschluss dieser Comedy-Szene noch fehlte, war ein guter Schlussgag. Und ihr war gerade einer eingefallen.

Als Scott vor seinem Haus ankam und die Schlüssel zückte, schlang sie von hinten einen Arm um seinen Hals, drückte zu und zischte: „Los, her mit deiner Kohle, du Arsch!“

„Ich ... ich hab keinen Pfennig dabei!“, röchelte er.

„Wenn du mir das nächste Mal über den Weg läufst, will ich Scheine sehen!“

„Okay!“

„Denk an meinen Stoffhund!“

Prustend ließ sie ihn los und verschwand auf die andere Straßenseite. Noch nie hatte ihr der Bauch so wehgetan. Seltsam: Lachen konnte manchmal schmerzhafter sein als heulen.

7. Kapitel

Putzen? Besonders anstrengend war das bestimmt nicht. Magdalene hatte noch nie davon gehört, dass sich jemand zu Tode geputzt hatte.

Der Job schien nicht übel zu sein. Und kein bisschen schwierig. Mit Wasser, Eimern und Lappen konnte ja wohl jeder Idiot umgehen. Und zehn Mark Stundenlohn bedeutete, dass Magdalene nur hundert Stunden putzen musste. Dann konnte sie endlich zu einem richtig guten Fotografen gehen und sich eine Fotomappe zusammenstellen lassen.

Seit Jahren träumte Magdalene nun schon davon, Model zu werden. Dummerweise ging aber nichts ohne Setkarte. Auf dieser Setkarte mussten die besten Fotos von Magdalene drauf sein. Dafür brauchte sie natürlich auch den besten Fotografen. Und der kostete – das wusste sie inzwischen – ungefähr so viel wie ein uraltes Auto oder drei Wochen Mallorca: rund tausend Mark nämlich.

Nachdem alle anderen Versuche, an das Geld zu kommen, gescheitert waren, hatte Magdalene beschlossen, bis zum Äußersten zu gehen: Sie wollte arbeiten!

In der Zeitung hatte sie eine Anzeige gefunden. Ein älterer Herr suchte jemanden, der einmal in der Woche zum

Putzen kam. Und Putzen war ja nun wirklich ein ehrenhafter Beruf – solange niemand dahinter kam, dass man ihn selbst ausübte. Sollte allerdings jemand so blöd sein, Magdalene auf diesen Job anzusprechen, dann würde sie diesen Jemand mit einem Glas Meister Proper vergiften.

Jetzt war sie aber erst mal auf dem Weg zu dem älteren Herrn. Zugegeben: Ein bisschen mulmig war ihr schon zu Mute. Falls der Typ in einem Stringtanga mit Leopardenmuster die Tür öffnete, würde sie sofort wieder abhauen.

Das vierstöckige Haus, vor dem sie zehn Minuten später stand, sah ziemlich teuer aus. Wer hier wohnte, lebte garantiert nicht von Sozialhilfe. Sie klingelte bei Herrn Stöver.

„Ja?“, meldete sich eine hohe Männerstimme aus der Sprechanlage.

„Guten Tag! Hier ist Magdalene Dorner.“

„Wer?“ Die Stimme klang ziemlich ratlos.

Magdalene räusperte sich. „Ich hab vorhin angerufen. Wegen des Jobs.“

„Ach ja: die Putzfrau!“

Magdalene schnitt eine Grimasse. Putzfrau! Redete man so mit einem zukünftigen Supermodel?

Grummelnd stapfte sie hinauf in den zweiten Stock. Es gab zwar einen Aufzug, aber der war Magdalene nicht ganz geheuer – das Ding war vermutlich zehnmal so alt wie Herr Stöver.

Als sie oben ankam, wartete der kleine, dürre Mann schon in der Tür. Ach du Schande!, dachte Magdalene, der könnte den Fahrstuhl glatt gebaut haben, so steinalt sieht er aus! Er trug einen uralten Anzug mit Flicken an den Ellenbogen. Sein weißes Haar war zu einer seltsamen Frisur gekämmt. Schaute ein bisschen aus, als hätte ein Vogel darin genistet.

„Sie sind fünf Minuten zu spät“, ließ er Magdalene wissen und zeigte ihr zum Beweis seine goldene Taschenuhr.

„Als ich geklingelt habe, war es noch drei Uhr“, erwiderte sie gereizt. Wenn sie schon eine Putzfrau sein sollte, dann wenigstens keine unpünktliche.

„Kommen Sie rein“, meinte er schon etwas freundlicher. Er drehte sich um und ging in den Flur voran.

Magdalene zögerte. Okay, einen Stringtanga trug er nicht. Und wenn, dann wenigstens unter dem Anzug. Auch sonst schien er ziemlich harmlos zu sein. Aber irgendwas in seinen wässerigen Augen sorgte dafür, dass Magdalene ein mulmiges Kribbeln im Magen fühlte. Oder hatte sie zu viele schlechte Filme mit scharfen Opas gesehen, die sich an jedes weibliche Wesen unter siebzig ranmachten?

Schließlich folgte sie ihm in die Wohnung. Einen Moment dachte sie daran, die Tür offen zu lassen. Doch dann lächelte sie selbst über diesen Gedanken. Falls Herr Stöver tatsächlich über sie herfallen sollte, würde sie schon mit ihm fertig werden. Mit einem kräftigen Schlag aufs Ohr könnte sie ihm sein Hörgerät ins Hirn bohren.

An der Wand neben der Tür hingen noch mehr Taschenuhren in Gold und Silber. Die würde Magdalene allerdings sicher nicht polieren müssen, die Dinger glänzten, als kämen sie eben vom Uhrmacher.

Vorsichtshalber zog Magdalene die Schuhe aus. Sie wollte sich selbst nicht mehr Arbeit machen, indem sie Dreck reintrug.

Es roch nach Möbelpolitur und Bohnerwachs. Magdalene brauchte ein paar Sekunden, bis sich ihre Augen an die Dunkelheit gewöhnt hatten. Was sollte das? War der Typ ein Vampir, oder hatte seine Wohnung einfach keine Fenster?

Als sie ins Wohnzimmer kam, wusste sie, warum es hier drin so düster war. Es gab zwar jede Menge Fenster, aber die waren alle mit dicken Gardinen verhängt.

„Putzzeug ist in der Küche“, erklärte Herr Stöver, der sich in einem Ledersessel niedergelassen hatte. „Sie können dann schon mal anfangen.“

„Äh – bin ich denn eingestellt?“, erkundigte sich Magdalene.

„Ja!“ Er schlug eine Zeitung auf. „Worauf warten Sie, junge Dame? Möchten Sie kein Geld verdienen?“

„Doch. Aber kann ich nicht erst die Vorhänge aufmachen? Sonst seh ich nicht, was ich putzen soll.“

Das konnte sie allerdings auch nicht erkennen, als die Vorhänge offen waren. Dieses Wohnzimmer war mit Abstand der sauberste Raum, den Magdalene je betreten hatte! Was sollte sie hier machen? Was sollte sie hier putzen? Kein Chirurg hätte sich geweigert, in diesem Zimmer eine Operation durchzuführen. Es war geradezu klinisch rein.

Unsicher ging Magdalene in die Küche, um das Putzzeug zu holen. Nicht zu fassen: Die Küche war noch sauberer als das Wohnzimmer! So was hatte Magdalene noch nie gesehen. Außer vielleicht in einem Laden für Einbauküchen.

Ein nagelneuer Eimer stand neben der Heizung. Darin lagen vier Schwämme und zwei Lappen. Aus Seide waren die zwar nicht, aber neu und schön.

Sollte Magdalene jetzt etwa fünf Stunden lang so tun, als würde sie die Wohnung putzen? Was, wenn Herr Stöver am Ende auch nur so tat, als würde er sie bezahlen?

Sie füllte Wasser in den Eimer und fühlte sich immer unbehaglicher. Dann fing sie an, in der Küche zu arbeiten. Nachdem sie eine Küchenplatte abgewischt hatte, musste sie feststellen, dass sie nun weniger glänzte als vorher.

Aufmerksam sah sie sich um, ob nicht irgendwo doch ein winziges Staubkorn lag. Nein, absolut nichts!

Magdalene blieb noch zehn Minuten in der Küche, ohne sich zu rühren. Dann ging sie wieder ins Wohnzimmer.

„Sind Sie fertig da drin?“ Herr Stöver ließ die Zeitung sinken.

Magdalene nickte langsam.

„Gut. Dann können Sie ja hier weitermachen“, sagte er.

Wieder sah sich Magdalene um. Verdammt, wo sollte sie denn hier sauber machen? Ihr fiel ein, dass sie in der Küche einen Besen gesehen hatte. Mit so einem Ding in der Hand würde sie wenigstens wie eine Putzfrau aussehen. Also trottete sie zurück und kam mit dem Besen wieder.

Magdalene begann, den Boden zu kehren. Toll! Ebenso gut hätte sie in der Wüste Sahara Sand streuen können.

„Das machen Sie sehr gut“, lobte sie Herr Stöver nach einer Weile.

Verwirrt starrte sie ihn an. Machte sich der Spinner über sie lustig? Wozu bestellte jemand eine Putzfrau, wenn seine Wohnung aussah wie frisch lackiert?

„Danke“, sagte sie kopfschüttelnd und kehrte weiter die Luft auf einen Haufen.

„Sie bewegen sich so schön“, flötete der alte Herr, während er die Zeitung zusammenfaltete.

Hä? Was sollte denn der Scheiß?

„So geschmeidig“, fuhr Herr Stöver fort. „Wie eine Katze.“

War der Alte völlig durchgeknallt? Anscheinend wollte er keine Putzfrau, sondern ein Haustier. Wäre auch besser gewesen: Dann hätte er wenigstens jemanden gehabt, der hier ein bisschen Dreck machte. Danach konnte er ja Magdalene wieder anrufen.

„Wollen Sie fünfzig Mark die Stunde verdienen?", fragte er plötzlich.

Wer würde darauf schon Nein sagen?, dachte Magdalene. Vermutlich alle, die sechzig und mehr verdienten. Aber sicher niemand, der nur zehn Mark Stundenlohn bekam. Die Sache musste einen Haken haben.

„Klar!", sagte sie. „Und wofür?"

Herrn Stövers kleine Schweinsäuglein verengten sich noch ein bisschen mehr.

„Für's Putzen natürlich." Er grinste.

„Okay", sagte Magdalene.

Da hob Herr Stöver seine magere Greisenhand. „Moment! Fünfzig gibt's nur, wenn du ohne Kleider putzt."

Ohne Kleider? Magdalene traute kaum ihren Ohren.

„Ich putze nicht mit Kleidern", erklärte sie trocken. „Ich benutze die Lappen hier."

Herr Stöver besabberte sich fast beim Kichern. „Nein, nein! Ich meine, du sollst nackt putzen."

Aha! Jetzt wusste sie, was der Alte von ihr wollte.

„Kann ich darüber nachdenken?", fragte Magdalene.

Herrn Stövers Antwort bestand aus einem gönnerhaften Nicken. Offenbar war er sicher, dass sie sein Angebot annehmen würde.

Perversling!, dachte Magdalene. Dann verschwand sie wortlos aus dem Wohnzimmer. Im Flur öffnete sie alle Türen, bis sie das Klo fand. Dort schloss sie sich ein. Eigentlich musste sie gar nicht, aber auf der Toilette konnte sie immer am besten nachdenken. Sie klappte den Klodeckel runter und setzte sich drauf.

Also: Auf der einen Seite waren da fünfzig Mark die Stunde und somit die Setkarte in vier Monaten. Auf der anderen Seite war da ein schmieriger Opa, der sie dafür bezahlen wollte, dass sie nackt putzte. Magdalene fand den Gedanken, dass der Arsch ihr auf den Hintern glotzte, schon nicht angenehm, solange sie angezogen war. Die Vorstellung, nackt vor dem Kerl rumzulaufen, fand sie zum Kotzen.

Eigentlich musste sie gar nicht nachdenken. Aber etwas anderes wollte sie dringend erledigen.

Magdalene kramte ihren Lippenstift aus der Hosentasche und betrachtete den Spiegel über dem Waschbecken. Er war ebenso strahlend sauber wie alles andere hier. Noch.

Sie zückte den Lippenstift und malte mit äußerstem Vergnügen riesige Buchstaben auf die glatte Oberfläche.

ALTE SAU!

Zufrieden begutachtete sie ihre Arbeit noch mal. In leuchtendem Rot wirkten die Worte doppelt eindrucksvoll.

Magdalene packte den Lippenstift wieder weg und schloss leise die Tür auf. Auf Zehenspitzen ging sie den Flur entlang zur Wohnungstür.

Wieder glitzerten die Taschenuhren sie an. So ein Mist! Es war schon nach vier. Eigentlich hätte sie jetzt zehn Mark bekommen müssen. Wenn man es genau nahm, hätte sie mehr als zehn Mark bekommen müssen. Sie hatte sich nämlich ausgezogen – zumindest die Schuhe.

Schnell schlüpfte sie in ihre Stiefel. Gut, wenn er sie nicht bezahlte, dann würde sie das eben tun. Magdalene schnappte sich eine besonders hübsche Taschenuhr und verließ die Wohnung, indem sie leise die Tür hinter sich zumachte.

Sollte Herr Stöver sie ruhig anzeigen, dann würde sie im Gegenzug der Polizei erzählen, wofür dieser Fiesling minderjährigen Mädchen fünfzig Mark Stundenlohn anbot.

Wetten, dass Herr Stöver anschließend den Rest seines Lebens hinter Gittern verbringen würde? Irgendwie keine gerechte Strafe, dachte Magdalene. Denn besonders lange würde Herrn Stövers Leben bestimmt nicht mehr dauern.

8. Kapitel

Was sollte das denn Wichtiges sein, was Jasmin und Nicole zu bequatschen hatten? Hielten die Laura etwa für komplett bescheuert? Kein Mensch geht ins Kino, um da etwas zu besprechen. Die beiden hätten sich wirklich eine bessere Ausrede einfallen lassen können.

Schlecht gelaunt warf sich Laura aufs Bett. Und jetzt? Sonntagnachmittags gab's nur Fernsehprogramm zum Abgewöhnen. Alle Geschäfte hatten geschlossen. Und Bücher – nein, das war nichts für sie.

Vielleicht sollte sie mal ihre Freunde anrufen und ein bisschen quatschen. Aber damit konnte Laura höchstens fünf Minuten totschlagen. In ihrer Klasse war sie nicht gerade sonderlich beliebt. Lag sicher daran, dass sie zu ehrlich war. Sie sollte damit aufhören, jedem Deppen zu sagen, dass er einer war.

Laura langweilte sich zu Tode. Vielleicht sollte sie sich ein Hobby zulegen. Malen oder Klavier spielen oder Briefmarken sammeln. Sie gähnte und wälzte sich auf dem Bett herum.

Natürlich konnte sie auch für die Mathearbeit am Dienstag lernen. Oder vielleicht doch lieber noch 'ne Runde schlafen?

Die Badezimmertür fiel laut ins Schloss. Magdalene! Natürlich, die war ja auch noch hier. Laura konnte doch mit ihr was unternehmen.

Sie marschierte in Magdalenes Zimmer. Die saß auf ihrem Bett und kämmte ihr Haar. Laura verdrehte die Augen. Die ganze Wohnung war schon gepflastert mit diesen langen, roten Locken. Sie waren überall. Amigo verlor nicht halb so viele Haare wie Magdalene. Ob ihr auch ein Winterfell wuchs? Laura bekam nur ihren üblichen Winterspeck. Aber den hatte sie auch im August schon gehabt.

„Na?", machte Laura sich bemerkbar.

Magdalene sah auf.

„Hey, wolltest du nicht mit Nicole und Jasmin ins Kino gehen?", erkundigte sie sich verwundert.

Laura zog eine Schnute. „Ich wollte schon. Aber *die* nicht. Jasmin will mich überhaupt nicht mehr dabeihaben, seit Nicole da ist."

Eigentlich hatte Laura nicht vorgehabt, sich bei Magdalene darüber zu beschweren. Aber ihr Frust war stärker.

„Ich frage mich, ob die zwei verliebt sind", fügte sie grimmig hinzu.

Zu ihrer Überraschung nickte Magdalene verständnisvoll.

„Mir geht dieses Getue auch auf die Nerven", stimmte sie Laura zu. „Außerdem macht Jasmin praktisch nur noch, was Nicole ihr sagt. Ich wünschte, Nicole würde mir den Trick verraten, wie man andere rumkommandieren kann. Dann würde ich ihn auf Amigo anwenden."

Laura lachte. „Bei intelligenten Lebewesen funktioniert das bestimmt nicht so gut."

„Nicole haut ja bald wieder ab", versuchte Magdalene Laura zu beruhigen. „Obwohl es Jasmin bestimmt lieber wäre, dass Nicole hier bleibt und ich abhaue."

Nanu?, wunderte sich Laura. War sie etwa nicht die Einzige hier, die ein Problem mit Nicoles Besuch hatte? Anscheinend bereitete das Magdalene noch mehr Kopfzerbrechen als ihr. Na super! Eigentlich war es Laura, die hier getröstet werden wollte.

Magdalene hatte inzwischen die Bürste weggelegt und flocht ihr Haar zu einem Zopf. Laura beobachtete sie dabei. Wie konnte man sich nur so ausgiebig mit seiner Frisur beschäftigen? Einmal kämmen am Tag, das war alles, was Laura mit ihren Haaren veranstaltete.

Als Magdalene fertig war, setzte sie ihre neue Mütze auf. Neidisch musste sich Laura eingestehen, dass Magdalene sogar mit dieser lächerlichen roten Bommelmütze sehr gut aussah. Wenn Laura mal auf die Idee gekommen wäre, so was zu tragen, hätten sich wahrscheinlich ganze Horden kleiner Kinder an ihre Fersen geheftet, um ihr Weihnachtswünsche anzuvertrauen.

„Wohin gehst du?", erkundigte sie sich bei Magdalene.

Die schlüpfte gerade in ihre Handschuhe und wickelte sich bis zur Nasenspitze in einen roten Schal.

„Mpfh vstlle gesp", erklärte sie hinter dem Schal.

„Hä?" Laura hatte kein Wort verstanden.

Magdalene zog den Schal runter. „Ich gehe zu einem Vorstellungsgespräch. Im Café Mitte suchen sie für die Vorweihnachtszeit eine Kellnerin."

Na toll, dann war gar keiner mehr da, und sie würde den Sonntag zusammen mit Amigo verbringen. Und selbst der sah aus, als würde er lieber mit der Pudeldame von gegenüber ein paar kleine Mischlinge zeugen. Zumindest scharrte er seit zehn Minuten an der Wohnungstür. Das machte er sonst nur von außen, um möglichst schnell wieder zu seinem Platz an der Heizung zurückzukommen.

Laura hatte absolut keine Lust, den Abend allein in der Wohnung rumzuhängen.

„Kannst du mich nicht mitnehmen?", bettelte sie.

Magdalene schüttelte energisch den Kopf. „Wie sieht denn das aus, wenn ich Verstärkung mitbringe? Als ob ich nicht mal das Vorstellungsgespräch allein auf die Reihe kriege. Toller erster Eindruck!"

Mit diesen Worten ging sie zur Tür und schob Amigo mit dem Fuß zur Seite.

„Und wann bist du wieder da?", wollte Laura wissen.

„Wenn ich die Tür aufgesperrt habe und reingekommen bin", antwortete Magdalene und verschwand aus der Wohnung.

Laura zog eine Schnute. „Ach, Amigo", seufzte sie. „Keiner will was mit mir unternehmen, keiner redet mit mir, keiner interessiert sich für mich. Verstehst du das?"

Amigo verkroch sich mit eingezogenem Schwanz ins Wohnzimmer.

Scheiße! Nicht mal der blöde Hund wollte ihr zuhören.

Niedergeschlagen folgte sie ihm, ließ sich auf die Couch fallen und griff nach der Fernbedienung. Werbung auf allen Sendern. Meistens irgendwelche Geschenkideen. Eine kleine Plastiktanne, die zu Michael Jacksons größten Hits die Nadeln schwang. Sie würde sich über so ein Geschenk freuen. Aber wer sollte es ihr schenken?

Es klingelte an der Haustür. Sofort sprang Laura auf. Vielleicht hatte Magdalene es sich ja anders überlegt und nahm sie doch mit ins Café Mitte.

„Ja? Wer ist denn da?", fragte sie in die Sprechanlage.

„Marco. Bist du's, Laura?"

Marco? Was wollte der denn hier? Seit dem Kuss vor drei Tagen hatte sie nichts mehr von ihm gehört. Ob er mit ihr darüber reden wollte? Komisch, sonst hatte Laura immer Herzklopfen gehabt, wenn Marco plötzlich vor der Tür gestanden hatte. Genau genommen hatte sie sogar schon Tage vorher Herzklopfen gehabt, wenn er mal vorbeischauen wollte. Doch seit dem Kuss war das anders. Plötzlich war Marco ihr vollkommen egal.

„Ja, ich bin's!", rief sie in die Sprechanlage und drückte auf den Summer.

Kurz darauf trommelten Marcos Fäuste gegen die Wohnungstür. Laura riss sie genervt auf.

„Was willst du?", bellte sie den Besucher an.

Marco zuckte zurück. Nein, den Ton kannte er von Laura nicht. Eher von Jasmin. Er versuchte es mit seinem Hey-bin-ich-nicht-unwiderstehlich-Grinsen. Als er merkte, dass das nicht zog, meinte er kleinlaut: „Ich wollte nur mal fragen, wie's dir so geht."

Laura musste grinsen. Na bitte: Marco konnte also doch höflich und nett sein, wenn es sein musste.

„Mir geht's gut", sagte sie.

„Freut mich. Darf ich reinkommen?"

Ohne die Antwort abzuwarten, machte Marco zwei Schritte in den Flur und schloss die Tür hinter sich.

„Aber wenn du nichts zu erzählen hast, das interessanter klingt als die Weihnachtsgeschichte, kannst du gleich wieder abhauen, kapiert?"

Marco konnte nicht verbergen, dass er baff war. So hatte Laura noch nie mit ihm geredet.

Sie drehte ihm den Rücken zu und ging wieder ins Wohnzimmer. Zögernd folgte er ihr, setzte sich aber nicht neben sie aufs Sofa, sondern in den Sessel am Fenster.

Auf dem Bildschirm kämpfte sich soeben ein Mann im Anzug und mit Aktenkoffer unterm Arm durch den Dschungel. Vor jedem Geräusch zuckte er zusammen und schaute sich ängstlich nach allen Seiten um.

Musste sich Marco in der WG inzwischen nicht so ähnlich fühlen wie der Bürohengst im Urwald, umzingelt von feindlichen Wesen? Nicole wollte nichts mehr mit ihm zu tun haben. Jasmin hasste ihn, weil er dafür verantwortlich war, dass Nicole aus der WG geflogen war. Magdalene machte sich nicht einmal die Mühe, ihn zu ignorieren, und Amigo pinkelte ab und zu auf seine Schuhe.

Bisher hatte Marco sich wenigstens darauf verlassen können, dass Laura ihn gerne um sich hatte. Doch das konnte er jetzt auch vergessen. Wahrscheinlich würde er sich nie mehr hier blicken lassen. Dann hätte die WG ein Problem weniger.

„Wie geht's Nicole denn so?", fragte Marco plötzlich, ohne die Augen vom Fernseher zu wenden.

Klar, nur ihretwegen war er hier! Seine große Liebe hatte er nicht vergessen. Das heißt: Er hatte sie nur so lange vergessen, bis sie wieder in der Stadt aufgetaucht war.

„Gut", antwortete Laura.

Schweigen. Beide starrten auf den Bildschirm. Dort war der Typ auf eine Riesenameise gestoßen, die er gerade mit seinem Aktenkoffer erschlug.

„Wissen Lilli und Felipe eigentlich, dass Nicole hier ist?", erkundigte sich Marco so nebenbei, als würde er nach der Farbe von Lauras Lieblingspullover fragen.

Laura warf ihm einen finsteren Blick zu. Wollte der Blödmann sie etwa erpressen? „Natürlich wissen die beiden Bescheid", log sie. „Oder glaubst du, sie ist aus dem Heim abgehauen und wir verstecken sie hier?"

Marcos Lachen klang nicht ganz echt. „Dann ist sie also nur zu Besuch hier?"

War das ein Verhör? Laura angelte sich die Fernbedienung, schaltete um zu MTV und drehte die Lautstärke so weit auf, dass sich das Wohnzimmer in eine Disko verwandelt hätte, wenn jemand das Licht im Sekundentakt an- und ausgeknipst hätte.

Ungefähr drei Minuten blieb Marco noch auf seinem Sessel hocken und ließ sich die Techno-Hämmer um die Ohren hauen. Dann schnellte er in die Höhe, brüllte irgendwas und verschwand aus der Wohnung.

Nein, Laura drehte die Musik nicht leiser. Wozu? Es gab ja sowieso niemanden, der mit ihr reden wollte. Außer Amigo vielleicht. Immerhin knurrte der sie nicht ganz so unfreundlich an wie die anderen WG-Mitglieder ...

9 Kapitel

Jasmin fand die ganze Aufregung ziemlich übertrieben. Scott sah nur so aus wie Brad Pitt. Aber er war es nicht. Kein bisschen! Trotzdem veranstalteten fast alle Mädchen an ihrer Schule einen Kicherwettbewerb, sobald der schöne Scott irgendwo auftauchte. Er wurde bestaunt wie das achte Weltwunder. Ihm selbst schien das nicht besonders peinlich zu sein, sonst hätte er sich ins Klo eingeschlossen und wäre erst beim nächsten Gong wieder rausgekommen.

Mit säuerlicher Miene lehnte Jasmin neben Magdalene an der Turnhallenmauer. Die beiden zogen es vor, diesen ganzen Zirkus nur aus der Ferne zu beobachten, obwohl Scott immer wieder zu ihnen rüberschaute.

Unglaublich! Die taten ja alle so, als würden hier Eintrittskarten für das nächste Madonna-Konzert verlost. Dabei war das Einzige, was es hier zu sehen gab, ein 17-jähriger Junge an seinem ersten Schultag.

Scott schlenderte lässig über den Schulhof, die Hände in den Jeans vergraben. Dass er von einer ganzen Schar schnatternder Mädels umkreist wurde, die fast über ihre eigenen Füße stolperten, weil sie nur ihn anstarrten, fiel ihm scheinbar gar nicht auf.

Vermutlich tut er nur so, dachte Jasmin. Wäre ja uncool, wenn er sich was anmerken ließe.

Freunde hatte er wohl noch keine gefunden. Kein Wunder, dachte sie. Wenn sie ein Junge wäre, würde es ihr auch nicht gefallen, plötzlich mit Scott konkurrieren zu müssen. Die wünschten ihm bestimmt die Pest an den Hals – oder zumindest ein paar Pickel ins Gesicht.

Aber die sollten sich trösten, die anderen Jungs! Sie würden schon noch früh genug merken, dass Scott eigentlich strohdumm war. Vor ein paar Tagen noch war er beinah geschockt in Ohnmacht gefallen, weil er gedacht hatte, Jasmin wolle ihn ausrauben.

„Sieh dir diese Gänse an!“, zischte Magdalene ihr ins Ohr. „Warum stellen sie sich nicht gleich auf Scotts Füße und schlecken ihm das Gesicht? Heißt er eigentlich wirklich Scott?“

„Würde Eberhard oder Wolfgang denn besser zu ihm passen?“

Die beiden lachten drauflos – und hörten plötzlich wie auf Kommando gleichzeitig wieder auf. Denn Scott kam überraschenderweise auf sie zumarschiert, verfolgt von seinem Fanclub.

Als er vor den beiden Mädchen Halt machte, wäre Jasmin am liebsten im Boden versunken. Mein Gott, wie feindselig die anderen sie und Magdalene anstarrten! Als hätte Scott ihnen gerade einen Heiratsantrag gemacht.

„Na, wie geht's denn so?", fragte er Jasmin, während er unruhig mit den Füßen im Schnee scharrte. „Hab leider schon wieder keine Kohle dabei. Werde ich jetzt erwürgt?"

Jasmin spürte, dass sie knallrot angelaufen war. Da hatte sie monatelang erfolgreich vermieden, das Interesse der anderen Schüler auf sich zu ziehen – und jetzt das! Sie wurde angeglotzt wie noch nie in ihrem ganzen Leben! In einigen Augen entdeckte sie nur Neugier, aber in den meisten war die reine Mordlust zu lesen.

Jasmin riss sich zusammen und brachte ein Lächeln zu Stande, das mindestens noch zehn Grad kühler war als die Temperatur an diesem eisigen Vormittag.

Dann zeigte sie auf Magdalene. „Das ist übrigens die Mörderin aus unserer WG", stellte sie vor.

Magdalene runzelte die Stirn und sah erst Jasmin und dann Scott an. Der grinste schüchtern.

„War ziemlich blöd von mir, dir diesen ganzen Scheiß zu glauben", murmelte er und versuchte, Jasmin in die Augen zu schauen. Immerhin schaffte er es bis zu ihrer Nasenspitze. „Aber du warst sehr überzeugend. An deiner Stelle würde ich's mal in Hollywood probieren."

„In deiner alten Heimat, Brad?"

Das hatte Magdalene gesagt. Scott winkte ab. „Den Quatsch muss ich mir schon seit der siebten Klasse anhören."

In diesem Moment tauchten drei Typen in Scotts Alter auf. Sie machten Gesichter, als wären sie Soldaten auf dem Weg zur entscheidenden Schlacht. Ihren Gegner hatten sie soeben gefunden: Scott. Doch der kümmerte sich kein bisschen um sie, wie Jasmin verwirrt feststellen musste.

Seelenruhig fragte er Magdalene über ein paar Lehrer aus, als ein Typ namens Paul auf ihn zukam. Jasmin kannte den Fettsack nicht nur vom Sehen, sondern sie hatte sein Gewicht auch schon zu spüren bekommen. Er war ihr mal auf die Füße getreten, und zwar nicht ganz so unabsichtlich, wie er es hinterher darzustellen versuchte. Noch zwei Wochen später hatten Jasmin die Zehen wehgetan.

Ehe Jasmin Scott warnen konnte, hatte ihn der Dicke schon so fest angerempelt, dass Scott gegen Magdalene stolperte.

„Entschuldige", sagte er verblüfft zu ihr. Dann sah er Paul und meinte: „Schon gut!"

„Hä? Was ist gut?", knurrte Paul drohend.

Scott zuckte die Schultern. „Ich dachte, du wolltest dich sicher entschuldigen, weil du mich angerempelt hast, also sagte ich ‚Schon gut'. Übrigens, war nicht so schlimm. Ich bin angenehm gelandet."

Jasmin war verblüfft. Der Kerl war ja echt schlagfertig. Zumindest mit Worten. Nur würde ihm das bei Paul nicht viel helfen. Da musste man meistens auch die Fäuste einsetzen.

„Ich wollte mich nicht entschuldigen!", brummte Paul und machte einen Schritt auf Scott zu.

„Alles klar!", erwiderte Scott schnell. „Kein Problem!"

„Ich hab kein Problem, du blöde Schwuchtel!", brüllte Paul. Seine zwei Freunde lachten – ansonsten war es ungewöhnlich still auf dem Schulhof, denn es hatte gerade eben gegongt, und fast alle Schüler waren schon reingegangen.

„Sag mal, willst du dich mit mir anlegen?", fragte Paul jetzt gefährlich leise.

„Nein, natürlich nicht", entgegnete Scott höflich.

Als hätte er gerade einen Boxkampf gegen den amtierenden Weltmeister im Nilpferdgewicht gewonnen, grinste Paul triumphierend seine Kumpels an. Dann drehte er sich um und spazierte ins Gebäude, begleitet von seinem gackernden Gefolge.

„Sind die hier alle so?“, erkundigte sich Scott bei Jasmin und zeigte auf die drei von der Zankstelle.

„Nein“, antwortete Jasmin. „Einige haben Hirn und benutzen ein Deo.“

Scott lachte. „Ich muss jetzt rein. Ciao!“

Er winkte den beiden Mädchen zu und verschwand. Sie schauten ihm hinterher, bis nichts mehr von ihm zu sehen war.

„Eigentlich ganz nett, der Typ!“, murmelte Jasmin.

„Findest du? Er hat sich beschimpfen lassen, ohne sich dagegen zu wehren.“

„Na und?“

Magdalene zuckte die Schultern. „Ich mein ja nur. An seiner Stelle hätte ich sofort zugeschlagen.“

„Und Paul hätte zurückgeschlagen. Und Scott hätte wieder zurückgeschlagen. Und wozu das alles?“

„Manchmal ist eine Prügelei gar nicht das Schlechteste“, sagte Magdalene und setzte sich in Bewegung.

„Super!“, rief Jasmin kopfschüttelnd. „Das war genau der richtige Spruch für deinen Grabstein.“

.0 Kapitel

Was war das für ein Geräusch? Nicole hörte auf zu kauen und spitzte die Ohren. Dabei warf sie einen Blick auf die Küchenuhr. Zehn vor elf. Jasmin, Magdalene und Laura waren in der Schule und würden dort noch mindestens zwei Stunden bleiben, wie Nicole vorhin auf den Stundenplänen gelesen hatte.

Wer war da eben in die Wohnung gekommen? Jemand hatte gerade die Tür aufgeschlossen. Jetzt hörte Nicole das laute Klappern von Stöckelschuhen und ein Männerlachen.

„Wo ist das Problem?“, tönte Felipes Stimme aus dem Flur. „Du hast doch sonst nie Probleme gehabt, das Haushaltsgeld einfach auf den Tisch zu legen.“

Nicole bekam eine Gänsehaut. Wenn die beiden sie entdeckten, konnte sie Kanada abhaken. Dann war nämlich wieder Münster angesagt!

Blitzschnell verschwand sie in Magdalenes Zimmer. Sollte sie Felipe oder Lilli näher kommen hören, würde sie im Kleiderschrank verschwinden. Im Moment waren die beiden im Wohnzimmer. Weil die Tür nicht geschlossen war, konnte Nicole jedes Wort verstehen. Es ging um das Geld, das der WG jeden Montag ausgezahlt wurde. Die drei Mädchen hatten eine bestimmte Summe, die sie für Lebensmittel, Kosmetik und Kleinigkeiten ausgeben durften. Reichte es nicht, mussten sie selbst zusehen, dass sie besser haushalteten.

„In der letzten Woche haben die drei viel mehr verbraucht als sonst“, sagte Lilli.

„Das war ja wohl zu erwarten“, antwortete Felipe. „Denk doch mal an die Weihnachtsmärkte! Ich kann auch nicht an den ganzen Buden vorbeigehen, ohne mir irgendwas – aua, mein Rücken!“, stöhnte Felipe plötzlich. „Dieses Sofa ist so bequem wie eine Folterbank!“

„Was ist denn mit deinem Rücken?“, erkundigte sich Lilli mitfühlend.

„Ich hab Squash gespielt. Nach Ewigkeiten mal wieder.“

„Seit wann spielst du Squash?“ Lillis Stimme klang höchst erstaunt.

„Seit ich eine Freundin habe, die gerne Squash spielt.“

„Aha. Du möchtest also teilhaben an den Dingen, die ihr wichtig sind“, stellte Lilli in dem übertrieben verständnisvollen Ton fest, den Nicole so sehr an ihr hasste. Selbst jemand, der Lilli nicht kannte, hätte nach diesem Satz erraten, dass sie Sozialpädagogin war.

„Was heißt teilhaben?“ Felipe lachte. „Es ist eher so ’ne Art Erpressung von ihr. Wenn ich nicht mit ihr Squash spiele, dann spielt sie mit mir auch nicht was anderes.“

Ganz leise äffte Nicole dieses Lachen nach. Kein Zweifel: Felipe war immer noch so eingebildet wie früher! Schade, dass Jasmin ihn jetzt nicht hören konnte. Dann wäre sie vielleicht von ihrer Schwärmerei für ihn auf immer und ewig geheilt.

„Was ist aus deiner letzten Freundin geworden?“, fragte Lilli. „Ich meine die, mit der du mal Bergsteigen warst.“

„Jessica? Die hat schon längst einen anderen“, meinte Felipe. „Außerdem interessiere ich mich nicht für Berge. Es sei denn, sie stecken in einem aufregenden BH.“

Nicole unterdrückte ein Stöhnen. Wenn Felipes Auto nur halb so groß wäre wie sein Ego, würde er nie einen Parkplatz finden.

„Aber eigentlich war diese Jessica ganz nett“, fuhr Felipe fort. „Nicht so nett wie Christiane, Vanessa und Marlene, aber viel netter als Caroline, Jutta oder Lisa.“

„Mein Gott!“, stöhnte Lilli. „Blickst du überhaupt noch durch bei deinen ganzen Exfreundinnen?“

„Tja, das wird immer schwerer“, gab Felipe zu. „Ich bin echt umzingelt von Mädels, die was von mir wollen. Sogar hier in der WG. Ist dir noch nie aufgefallen, wie Jasmin mich anhimmelt?“

Lilli sagte kein Wort dazu.

„Ich behaupte ja nicht, dass mich das stört“, meinte Felipe weiter. „Manchmal ist es sogar sehr amüsant. Ich komme mir dann so vor wie ein Typ aus einer Boygroup.“

„Findest du das in Ordnung, dich über ihre Schwärmerei auch noch lustig zu machen?“

Lilli klang so gekränkt, als hätte Felipe seine Scherze auf ihre und nicht auf Jasmins Kosten gemacht. Nicole wusste genau, warum sie so reagierte. Für sie stand fest, dass Lilli in den um einige Jahre jüngeren Felipe total verknallt war. Aus Angst, bei Felipe abzublitzen, hielt sie ihre Gefühle für ihn geheim. Und daran würde sich in den nächsten hundert Jahren garantiert nichts ändern, dachte Nicole.

„Ich mache mich nicht lustig“, versuchte sich Felipe zu verteidigen. „Sie ist doch noch ein Kind. Irgendwie ist es richtig süß, wie sie mich anschmachtet.“

„Süß?“ Lilli war sauer – stinksauer! „Es wäre sehr viel besser, wenn du ihr begreiflich machen würdest, dass sie keine Chance bei dir hat.“

„Ja, ja!“ Felipe klang gelangweilt. „Ich hab im Studium genau die gleichen Psycho-Bücher gelesen, meine Liebe! Allerdings hab ich sie nicht auswendig gelernt, um meine Kollegen damit zu nerven.“

Lilli schwieg wieder. Nicole konnte sich vorstellen, wie sie mit übereinander geschlagenen Beinen im Sessel saß, nervös an ihrem Rocksaum zupfte und dabei an ihrer Unterlippe knabberte.

Plötzlich erstarrte Nicole. Da kratzte was an der Tür. Eine Sekunde später war ein Winseln zu hören. Und dann ein Bellen.

Amigo!

„Was ist denn mit dem Hund los?", hörte sie Felipe rufen. „Ob sich dieser Marco mal wieder hier versteckt hat?"

„Quatsch! Keins von den Mädchen will noch was mit ihm zu tun haben."

„Du hast Recht, aber ich schau trotzdem nach."

Voller Panik stürzte Nicole zum Kleiderschrank, riss ihn auf, kletterte hinein und zog die Türen schnell hinter sich zu. Es war stockdunkel und roch nach Magdalenes Parfüm.

Da hörte sie auch schon ein Hecheln. Von Felipe konnte es nicht stammen, weil außer Lilli keine Frau in der Nähe war. Also musste es Amigo sein. Und schon fing er auch wieder an zu bellen.

„Ruhe!", befahl Felipe.

Amigo gehorchte, kratzte dafür aber mit den Vorderpfoten an den Schranktüren herum.

„Was hast du denn, Dicker?", fragte Felipe.

Was sollte Amigo darauf antworten? Der Trottel konnte nicht mal richtig fressen! Vom Reden ganz zu schweigen ...

„Ist er etwa krank?"

Das war Lillis Stimme, die nun also auch im Zimmer war.

„Sieh dir das an!", sagte Felipe. „Amigo hockt vor dem Schrank, als würde er ihn anbeten."

„Na, so ähnlich hocken ja auch alle Frauen vor dir, stimmt's?", meinte Lilli giftig.

„Nicht alle."

„Sondern nur die in Europa. Hör zu, Casanova, ich muss mal schnell zum Optiker, meine neue Brille abholen. Bleibst du so lange hier?"

„Geht nicht", sagte Felipe. „Ich treff mich gleich mit ... also mit ... äh – Scheiße, ich hab ihren Namen vergessen!"

„Du kannst ja darüber nachdenken, während ich weg bin. Ciao!" Lilli stöckelte hinaus. Sekunden später fiel die Wohnungstür ins Schloss.

„Weißt du was, Amigo?", knurrte Felipe. „Frauen sind echt schwierig! Lass lieber die Pfoten davon, kapiert? Sollte dir jemals 'ne tolle Hundedame über den Weg laufen, dann klemm deinen Schwanz ein und hau ab! So, und ich bin jetzt auch weg. Tschüss!"

Nicole lauschte gespannt, konnte jedoch nicht hören, wie die Wohnungstür ins Schloss fiel.

Sie schob die Pullover und Hosen, die ihren Kopf umgaben, etwas zur Seite und lehnte sich zurück. Eigentlich war es ganz bequem hier im Schrank und vor allem schön warm. Nicole gähnte. Sie dachte an das Indianerzelt in ihrem Kinderzimmer, das sie mal zu Weihnachten geschenkt bekommen hatte. Damals war sie sieben gewesen. Oder vielleicht sechs.

Nicole musste wieder gähnen. Dann rollte sie sich ganz auf dem Boden zusammen. Das hatte sie im Indianerzelt auch immer gemacht. Ganze Tage und Nächte war sie nicht herausgekommen, so wohl hatte sie sich darin gefühlt.

„Aaaaaah!"

Ein grauenvoller Schrei gellte in Nicoles Ohren. Sie riss die Augen auf.

Magdalene stand vor ihr, zu Tode erschrocken, und starrte sie an. „Was machst du denn in meinem Schrank?"

„Schlafen", antwortete Nicole und fing an zu lachen. „Ich bin tatsächlich hier eingepennt! Nicht zu fassen!"

Kichernd kroch sie heraus und stand auf. Dabei stieß sie ebenfalls einen Schrei aus – vor Schmerz. Jeder einzelne Knochen tat ihr weh.

Jasmin und Laura kamen in Magdalenes Zimmer gestürmt.

„Was ist denn das für ein Geschrei?", wunderte sich Laura. „Dreht ihr gerade einen Horrorfilm? Dann lasst mich den Vampir spielen. Ach nee, dann muss ich ja Blut saufen! Da sind bestimmt zu viele Kalorien drin."

Nicole erklärte ausführlich, warum sie sich im Kleiderschrank versteckt hatte.

„Was?" Laura machte ein überraschtes Gesicht. „Amigo wollte Felipe und Lilli auf dich aufmerksam machen? Dann ist er ja ein richtig toller Wachhund! Eigentlich hätte er eine kleine Belohnung verdient."

„Stimmt!", sagte Nicole grimmig. „Und zwar einen Tritt in den Hintern!"

11. Kapitel

Magdalene konnte den erlösenden Gong kaum noch erwarten. Frau Kendrich, ihre Biologielehrerin, hielt den langweiligsten Unterricht der ganzen Schule. Warum war sie nicht Tierärztin geworden? Sie hätte ihre vierbeinigen Patienten allein mit ihrem öden Gequatsche einschläfern können.

Unglaublich, wie spannend Frau Kendrich von der menschlichen Fortpflanzung erzählte! Magdalene fragte sich ernsthaft, ob es sich überhaupt lohnte, jemals Sex zu haben. Wie es sich bei Frau Kendrich anhörte, war Sex ungefähr so aufregend wie ein Einkauf im Aldi.

Der Sekundenzeiger auf ihrer Armbanduhr zog elend langsam seine Runden. Magdalene schaute Jasmin an, die mit ihren Gedanken ganz woanders war. Sie stierte hinaus in den Schnee, der in eintönigen Flocken vom Himmel fiel.

Auch die anderen in der Klasse hatten zwar die Augen geöffnet, so richtig wach sahen sie allerdings alle nicht aus.

Als es endlich gongte, ertönte ein erleichtertes Seufzen aus achtundzwanzig Kehlen. Alle standen auf und taumelten so müde aus dem Klassenzimmer, als wären sie gerade erst aus dem Bett gefallen.

„Neuer Rekord!“, brummte Karin auf dem Flur.

„Was meinst du?“, fragte Jasmin.

„Die Kendrich hat in fünfzig Minuten achtundsiebzigmal ‚äh‘ gesagt.“

„Du hast ihr zugehört?“, wunderte sich Magdalene. „Streberin!“

„Echt toller Tag heute!“, maulte Jasmin gelangweilt. „Erst Mathe beim Dicken, Chemie bei der Fröhlich und dann der krönende Abschluss: die Zellteilungsphasen mit der Kendrich.“

„Zeltteilung?“, fragte Tim hinter ihr neugierig. „So was Interessantes habe ich verpasst?“

„Idiot!“, sagte Magdalene. „Du warst doch selbst dabei!“

„Echt?“ Tim grinste. „Aber nur körperlich. Im Kopf hab ich mich mit den angenehmeren Seiten der Fortpflanzung beschäftigt. Wer braucht hier eigentlich einen tollen Lover, der niemals schlappmacht und alle Techniken draufhat?“

„Vielleicht unser Hausmeister“, sagte Jasmin, worauf die Mädchen zu lachen begannen und Tim beleidigt abzog.

Karin sah ihm hinterher. „Oh Mann, ist der dämlich! Aber zum Glück sieht er auch beschissen aus. Das passt wenigstens zusammen.“

Inzwischen waren sie auf dem Schulhof angekommen. Karin ließ noch mehr witzige Sprüche vom Stapel, Magdalene konnte nicht mehr vor Lachen. Eigentlich mochte sie Karin doch ganz gern. Und die sie offenbar auch, obwohl Magdalene ihr an ihrem ersten Schultag eine verpasst hatte. Dass Karin mit keiner Anspielung mehr daran erinnerte, machte sie Magdalene besonders sympathisch.

„Was treibt ihr denn heute noch so?“, fragte Karin die beiden Mädchen.

„Lernen, was sonst?“, antwortete Jasmin. „Morgen muss ich ein Referat in Geschichte halten.“

Karin nickte und wandte sich an Magdalene. „Und du?“

„Totschlag.“

„Hä?“

„Ich schlag die Zeit tot“, erklärte Magdalene grinsend. „Mit Zappen und Musikhören. Es wird also ein richtig aufregender Nachmittag!“

„Dann komm doch mit zu mir“, schlug Karin vor. „Wir essen erst was und gucken uns dann ein paar Videos an, okay?“

Was sollte das denn werden? Hielt Karin sie für einen Sozialfall, um den man sich ab und zu mal kümmern musste?

„Nein danke“, sagte Magdalene so cool wie möglich. „Keine Lust!“

Karin zuckte die Schultern und steuerte auf die Bushaltestelle zu. „Na, dann eben nicht. Bis morgen!“

„Ciao!“, riefen Jasmin und Magdalene im Chor.

Zwanzig Meter weiter fragte Jasmin: „Warum warst du so patzig? Das war doch sehr nett von ihr, dich einzuladen.“

„Die kann sich ihre Mitleidstour sparen!“, schnaubte Magdalene. „Wahrscheinlich dachte sie, ich fände es super, wenn ich mal wieder ’ne Familie von nahem zu sehen bekäme. Ist ja auch bald Weihnachten, da tun die Leute was für Obdachlose, hungernde Kinder und Jugendliche in Sozial-WGs.“

Jasmin seufzte. „Dann kannst du mich später in Geschichte abfragen. Wenn ich das Referat nicht hinkriege, habe ich echt ein Problem.“

Dieses Problem hätte Magdalene auch gern gehabt. Für Jasmin war eine Zwei in Geschichte schon eine Katastrophe.

Magdalene drehte sich zu Karin um, die nach dem Bus Ausschau hielt. Sie ärgerte sich darüber, dass sie Karins Einladung so schroff abgelehnt hatte. Ganz schön blöd von ihr, auf einen Video-Nachmittag zu verzichten! Gleich würde sie wieder mit Laura im Wohnzimmer rumhängen und sich mit ihr um die Fernbedienung streiten.

In diesem Moment stoppte Karins Bus an der Haltestelle. Magdalene entschied sich blitzschnell.

„Viel Spaß beim Lernen!“, rief sie Jasmin zu und sprintete los. Im letzten Augenblick sprang sie in den Bus und ließ sich auf den freien Platz neben Karin fallen.

„Ich hab’s mir anders überlegt“, erklärte sie atemlos.

Lächelnd machte Karin ihren Discman aus. „Freut mich. Wird bestimmt lustig. Hier!“ Sie zog einen Stöpsel aus ihrem Ohr und reichte ihn Magdalene.

Den Rest der Busfahrt hörten sie Musik und redeten kein Wort. Langsam machte sich Magdalene Sorgen. Was, wenn sie und Karin sich nachher gar nichts zu sagen hatten? Na toll! Das konnte der peinlichste Nachmittag ihres Lebens werden.

Fünfzehn Minuten später standen sie vor Karins Haus, einer richtigen Villa mit Vorgarten und goldenem Briefkasten und einem Steinlöwen, der vor der Treppe Wache hielt.

Karin schloss die Tür auf und warf ihren Rucksack in eine Ecke der riesigen Eingangshalle.

„Ich bin da!“, brüllte sie.

„Und ich bin nicht taub“, erklärte eine elegant gekleidete Frau, die plötzlich auftauchte und Magdalene ungezwungen die Hand hinstreckte. „Guten Tag, ich bin Karins Mutter“, sagte sie freundlich.

Das hatte Magdalene auf den ersten Blick erkannt. Sie hatte noch mehr Sommersprossen im Gesicht als ihre Tochter, und ihre Nase war genauso winzig.

Magdalene schüttelte die Hand und stellte sich vor. Karins Mutter lächelte. „Ich hab schon von dir gehört“, sagte sie. „Na, habt ihr Hunger? Das Essen ist gleich fertig.“

Magdalenes Magen knurrte wie ein junger Bernhardiner.

Karins Mutter grinste. „Fünf Minuten“, versprach sie und verschwand in einem der fünftausend Zimmer. Jedenfalls gab es hier mehr Türen als in jedem anderen Haus, das Magdalene kannte.

„Warum machst du so ein Gesicht?“, wunderte sich Karin.

„Ist deine Mutter etwa in die Küche gegangen?“, fragte Magdalene.

„Ja. Und?“

„Na ja, irgendwie ist sie nicht zum Kochen angezogen, sondern eher so, als wäre sie auf eine Party eingeladen.“

Karin musste kichern. „Warum sollte sie in irgendwelchen Schmuddelfetzen rumlaufen, nur weil sie mit Kartoffelschälen beschäftigt ist? Meine Mutter hasst übrigens Kochen, obwohl sie es sehr gut kann. Soll ich dir jetzt mein Zimmer zeigen?“

Magdalene nickte.

Sie gingen hinauf in den ersten Stock. Dort gab es noch mehr Türen als unten.

Richtig geschockt war Magdalene aber erst, als sie Karins Zimmer betrat. Sie spürte einen Stich in der Magengegend, der nichts mit ihrem Kohldampf zu tun hatte. War das nicht haargenau ihr eigener Stil? In so einem Zimmer hatte sie öfter gewohnt, allerdings nur in ihren Träumen.

Ein riesiges Himmelbett mit weißen Vorhängen stand neben dem Fenster. Direkt gegenüber vom Fernseher mit Videorekorder und DVD-Player. Das heißt, Magdalene glaubte, dass es ein Fernseher war. Sie hatte noch nie einen in der Größe gesehen. Wie hatte man den hier reingekriegt? Mit dem Kran durchs Fenster?

Auf dem Schreibtisch stand ein nagelneuer PC mit Flachbildmonitor und allen möglichen Extras.

„Ganz nett, eure Hütte", sagte Magdalene lahm.

Karin breitete die Arme aus. „Hält den Regen ab", murmelte sie. Es sollte ein Scherz sein, klang aber beinahe entschuldigend.

Magdalene hatte keine Ahnung gehabt, dass Karins Eltern so reich waren. Jasmin oder Karin selbst hatten nie was davon erzählt.

„Hast du auch CDs?", fragte Magdalene.

Leicht verlegen ging Karin auf einen Schrank zu und machte ihn auf.

„Ach du Scheiße!", rief Magdalene aus. „Handelst du mit den Dingern?"

Sie hatte schon mal so viele CDs auf einem Haufen gesehen – beim Media-Markt. Unglaublich! Wenn Karin die wirklich alle durchhören wollte, hätte sie in den nächsten dreißig Jahren genug zu tun.

„Kommt ihr bitte zum Essen?“, rief Karins Mutter von unten.

Fast erleichtert sprang Karin auf und ging voran ins Esszimmer, das sich im Erdgeschoss befand. Wow! Magdalene kam aus dem Staunen nicht heraus. Was war das für ein Haus! Überall Designermöbel in allen Farben und Formen und total verrückte Bilder an den Wänden.

Magdalene begrüßte Karins Vater, der an einem sechseckigen Glastisch saß. Er war schlank und so braun gebrannt, als würde er auf der Sonnenbank schlafen. Dass er irgendwie erfolgreich aussah, lag sicher nur an dem Haus. In so einer Umgebung hätte selbst der letzte Penner wie ein Topmanager gewirkt.

Während des Essens hätte sich Magdalene ein paar Mal gern vor Erstaunen die Augen gerieben. Das, was sie gerade erlebte, gab es doch nur im Fernsehen. Vor allem in amerikanischen Soaps und in Werbespots für Margarine und Luxusautos. Eine glückliche, reiche, schöne Familie; intelligent, höflich und nett zueinander. Magdalene war überzeugt, dass die heile Welt, in die sie plötzlich geraten war, garantiert irgendwo unsichtbare Risse hatte.

Wie viele Liftings hatten Karins Eltern zum Beispiel schon über sich ergehen lassen, um dieses makellose Aussehen zur Schau zu tragen? War das Grübchen am Kinn ihrer Mutter vielleicht schon der Bauchnabel?

Und zeigten sie diese perfekte Fassade nur, wenn Besuch da war? Verbarg der seidene, schwarze Rolli von Karins Mutter etwa die Blutergüsse und Striemen, die ihr Mann ihr verpasst hatte? Versteckten ihre offenen Haare ein halb abgebissenes Ohr? Waren die CDs in Karins Zimmer vielleicht nur eine Wiedergutmachung für jahrelange Prügel?

Und stammte das Glas Rotwein, das Karins Vater trank,

vielleicht aus der sechsten Flasche, die er heute geöffnet hatte?

Oder war – ein unerträglicher Gedanke für Magdalene – das hier alles echt? Wie oft hatte sie sich eingeredet, dass sie gar nicht so schlecht dran war! Dass es besser war, keine Familie zu haben als eine beschissene. Mit Genuss hatte sie in Frauenzeitschriften die Statistiken gelesen: Jedes fünfte Kind in Deutschland wird misshandelt! Oder: Jede dritte Ehe scheitert. Und: Jedes dritte Kind leidet unter Leistungsdruck vonseiten der Eltern!

Dass es so etwas wie das hier überhaupt gab, passte ganz und gar nicht in Magdalenes Konzept.

Währenddessen wurde sie selbst über die WG ausgefragt und über ihre Zukunftspläne. Magdalene war so in ihre Gedanken versunken, dass sie gar nicht daran dachte, irgendetwas zu verbergen.

So ertappte sie sich dabei, wie sie ihren größten Wunsch ausplauderte: Model zu werden und weit wegzuziehen.

„Wohin denn?", erkundigte sich Karins Mutter.

„Na ja, am besten irgendwohin, wo ich als Model bessere Chancen habe", dachte Magdalene laut. So konkret waren ihre Pläne noch nicht.

„Was hältst du denn von Paris?", fragte Karins Mutter plötzlich und zwinkerte dann ihrer Tochter zu.

Die schlug sich mit der flachen Hand auf die Stirn. „Natürlich, Mutti!", rief sie. „Das wäre doch die Idee!" Sie wandte sich an Magdalene: „Unsere Nachbarn hier links nebenan haben mich vorgestern gefragt, ob ich in den Ferien nicht als Aupairmädchen arbeiten will. Freunde von ihnen wohnen in Paris und suchen eins. Falls es gut klappt, wollen sie jemanden für ein Jahr."

Atmen!, ermahnte sich Magdalene. Vergiss jetzt bloß

nicht zu atmen. Das ist alles nur ein Traum, gleich wachst du in deinem Bett auf und ärgerst dich darüber, dass alles nur geträumt war.

„Pa... Paris?“, stotterte sie. „Soll das heißen, ich könnte vielleicht –“

„Wir gehen gleich mal rüber“, schlug Karin vor. „Dann kannst du ja mit den Leuten reden.“

Wie lange dauerte dieses verdammte Essen denn noch? Magdalene futterte so schnell wie ein Hamster, aber die anderen aßen im Schildkrötentempo.

Schließlich war auch der Nachtisch verputzt, Vanillepudding mit frischer Ananas. Karins Mutter stand auf und gab damit offenbar das Zeichen, dass das Mittagessen beendet war.

„Also, los!“, sagte Karin und führte Magdalene zurück in den Flur. Nachdem sie sich angezogen hatten, gingen sie hinüber zum Nachbarhaus, das genauso vornehm wirkte wie das von Karins Eltern.

Eine ältere Dame mit weißem Haar öffnete die Tür.

Eine halbe Stunde später verließ Magdalene mit Karin das Haus, auf dem Gesicht ein breites Grinsen und in der Hand ihre Eintrittskarte in ein anderes Leben.

Na ja, eigentlich war es nur ein Zettel mit einer Adresse. Aber diese Adresse gehörte einer Familie in Paris. Und Magdalene brauchte nur Ja zu sagen, und sie konnte bei diesen Leuten als Aupairmädchen anfangen. Zwar erst zwei Wochen auf Probe, aber das würde sie mit links schaffen.

Paris – die Stadt der Mode und der Models. Die Hauptstadt von Magdalenes Traumwelt.

Paris – Magdalenes neue Heimat ...

2 Kapitel

Noch nie in ihrem Leben hatte Laura so viel Geld für ein Kleid ausgegeben. Sie hatte nicht mal gewusst, dass es Kleider für dreihundert Mark gab, die keinen eingebauten Motor oder andere Extras hatten.

Wie es da so auf ihrem Bett ausgebreitet lag, sah es fast aus wie etwas Lebendiges. Als könnte es jeden Augenblick aufstehen und durchs Zimmer tanzen. Die langen Ärmel waren aus durchsichtiger, schwarzer Spitze mit feinen Goldfäden. Eigentlich hätte Laura schon dafür allein die drei Hunderter bezahlt. Liebevoll streichelte sie über den schwarzen Samt des Rockteiles.

Eigentlich gefiel ihr nur eine Kleinigkeit an dem Kleid nicht: die Größe. Es war das einzige gewesen, das es in der kleinen Boutique noch gegeben hatte – in Größe achtunddreißig. Mein Gott, bis Heiligabend musste Laura noch mindestens fünf Kilo abnehmen! Wie sollte sie das bloß schaffen? Mit der Ab-sofort-wird-überhaupt-nichts-mehr-gefuttert-Diät?

Sie hatte nicht einmal gewagt, das Kleid anzuprobieren. Aus Angst, sie könnte es zerreißen mit ihrem Elefantenkörper. In der Boutique behauptete sie, das Kleid wäre für ihre kleine Schwester. Oder hatte sie nicht *kleine* gesagt, sondern *dünne*?

Immer wieder hielt sie es an ihren Oberköper und schaute sich im Spiegel an. Dabei sah sie nicht nur sich und das Kleid. Sie sah sich auch vor einem riesigen Weihnachtsbaum stehen, der förmlich unterging in einem Berg von Geschenken. Er stand vor dem riesigen brennenden Kamin in einem Wohnzimmer. Und dieses Wohnzimmer samt Kamin gehörte einem Mann und einer Frau, die sich schon immer eine Tochter wie sie gewünscht hatten.

Warum sollte sich aber jemand eine sechzehnjährige Tochter wünschen, die Übergewicht hatte und nicht besonders gut in der Schule war? Eine Tochter, die ständig auf Diät und somit schlecht gelaunt war?

Laura würde sich so eine Tochter bestimmt nicht wünschen. Sie war sich auch nicht ganz sicher, ob sie die Leute kennen lernen wollte, denen so was wie sie vorschwebte. Aber die gab es sowieso nirgendwo auf der Welt. Warum sollte sie sich also Gedanken darüber machen?

Behutsam packte Laura das Kleid wieder in den Karton und schob die Schachtel unter ihr Bett. Dabei überlegte sie, ob sie denn wirklich so schlimm war, wie sie selbst dachte. Vielleicht sollte sie einfach mal jemanden um eine ehrliche Meinung bitten.

Aber wer konnte das sein?

Plötzlich fiel ihr jemand ein ...

Anfangs hatte sich Laura mit Magdalene überhaupt nicht verstanden. Inzwischen waren sie gute Freundinnen. Dafür gab es doch sicher einen Grund: Magdalene musste Lauras innere Schönheit erkannt haben, jawohl! Und genau das wollte Laura jetzt mal von ihr selbst hören.

Nur zehn Sekunden später klopfte sie an Magdalenes Zimmertür, machte sie auf und fragte: „Stör ich gerade?"

Magdalene saß am Schreibtisch und schrieb. Sie sah kurz auf und nickte. „Eigentlich schon. Was ist denn?"

„Na ja", begann Laura, schlüpfte ins Zimmer und hockte sich aufs Bett. „Sag mal, was findest du am nettesten an mir?"

Magdalene ließ langsam ihren Stift sinken und starrte Laura entgeistert an.

„Hä?“, war alles, was ihr dazu einfiel.

Laura seufzte. Das würde schwerer werden, als sie gedacht hatte.

„Wir konnten einander doch kein bisschen leiden, als du in die WG gezogen bist“, erklärte sie. Magdalene nickte. „Und jetzt mögen wir uns doch, oder?“, fuhr Laura fort.

„Mhm.“

„Na eben. Also: Welche meiner Charaktereigenschaften haben dich davon überzeugt, dass ich ein wertvoller Mensch bin?“

„Wie kommst du darauf, dass ich das denke?“, erkundigte sich Magdalene kopfschüttelnd.

„Na, irgendetwas muss dich doch dazu bewegt haben, mich zu mögen. Alles, was ich wissen will, ist: Was magst du besonders an mir?“

„Es war mir einfach zu anstrengend, ständig mit dir zu streiten“, erwiderte Magdalene lächelnd. „Und jetzt lass mich bitte in Ruhe. Ich muss das hier fertig kriegen.“

Tja, mehr war anscheinend nicht aus ihr rauszubekommen. Laura glaubte keinen Augenblick an Magdalenes Erklärung, sie war heute wohl einfach schlecht drauf.

„Was machst du denn da?“, fragte Laura.

„Französisch.“

„Wozu? Schreibt ihr noch eine Arbeit vor den Ferien?“

„Nö.“

„Warum lernst du dann so eifrig, du Streberin?“, stichelte Laura.

Sie stand auf, kam zu Magdalene und linste über ihre Schulter. Was sie da las, machte sie mehr als stutzig.

Je suis Magdalene Dorner d’Allemagne. – Ich bin Magdalene Dorner aus Deutschland. *Je veux devenir une model.* – Ich will Model werden. *Voulez-vous me photographier?* – Wollen Sie mich fotografieren?

Laura lachte drauflos. „Was soll denn dieser Schwachsinn?“

„Ich ziehe bald nach Paris, wenn du es genau wissen willst“, antwortete Magdalene in scharfem Ton. „Und da muss ich mich ja wohl deutlich ausdrücken können, sonst verstehen alle nur Bahnhof.“

„Tja, viel mehr verstehe ich im Moment leider auch nicht“, sagte Laura. „Du willst nach Paris?“

Magdalene nickte. „Als Aupairmädchen. Babysitten und so.“

„Und wenn du freihast, setzt du dich ins erstbeste Café und sagst zum Kellner: ‚Hallo, ich bin Magdalene Dorner! Wollen Sie mich fotografieren?‘“

„Raus!“, schrie Magdalene und zeigte auf die Tür. „Wenn ich erst mal ein berühmtes Model bin, werden dir deine Witze noch Leid tun, du blöde Kuh!“

Blitzschnell verschwand Laura aus dem Zimmer. Im Wohnzimmer fragte Jasmin, die sich zusammen mit Nicole eine uralte Liebesschnulze anguckte: „Was ist denn in Magdalene gefahren? Sie bellt ja lauter als Amigo!“

„Die spinnt!“, brummte Laura. „Sie lernt Französisch für so einen Job in Paris.“

„Hat sie uns auch erzählt“, seufzte Jasmin. „Vielleicht wird ja tatsächlich was draus. Habt ihr euch gestritten?“

„Nein.“

Sollte Laura nicht einfach mal bei Jasmin und Nicole nachfragen, was sie so von ihr hielten? Doch ehe sie sich dazu entschließen konnte, kam ihr Nicole mit einem anderen Thema zuvor.

„Ich hab Jasmin eben verklickert, wobei ich Lilli und Felipe belauscht habe“, sagte sie zu Laura. „Du weißt schon: dieses eingebildete Gequatsche von Felipe über die zweitausend Frauen, die ihn angeblich lieben.“

Laura warf Jasmin einen neugierigen Blick zu. Die starrte nicht auf den Bildschirm, wo gerade ein weißhaariger Rentner eine scheintote Blondine küsste, sondern auf einen Fleck an der Wand. Dort gab es absolut nichts zu sehen, wie Laura feststellte. Nicht mal die Blutreste von einer toten Mücke.

„Dieser Idiot glaubt doch tatsächlich, dass auch Jasmin in ihn verliebt ist!“, regte sich Nicole auf. „Könnt ihr euch das vorstellen?“

Mit angehaltenem Atem kaute Laura auf ihrer Unterlippe herum und behielt Jasmin im Auge. Die war ganz blass geworden und hatte ihren Kopf wieder in Richtung Fernseher gedreht. Doch ihr Blick war völlig leer. Laura war verwirrt. Natürlich wussten die Mädchen aus der WG, dass Jasmin für Felipe schwärmte. Aber an Nicole war das bisher vorbeigegangen, und auch Laura hatte die Sache nicht besonders ernst genommen. Jetzt merkte sie, dass es jemanden gab, der das ganz anders sah: Jasmin.

Ja, sie wirkte richtig geknickt! Kein Wunder – schließlich hatte sich ausgerechnet Felipe darüber lustig gemacht, dass sie ihn mochte.

„Wir wissen doch schon lange, dass Felipe ein arroganter Blödmann ist“, sagte Laura. „Und so ganz Unrecht hat er ja auch gar nicht. Er schleppt wirklich jede Woche eine neue Tussi an.“

Was für ein seltsames Geräusch hatte Jasmin denn da ausgestoßen? Es hört sich eher nach einem Gurgeln als nach einem Lachen an.

„Lilli fand seine Sprüche richtig ekelhaft!“ sagte Nicole. „Und wir wissen ja wohl auch alle, warum.“

„Warum denn?“, fragte Jasmin.

Nicole runzelte die Stirn. „Habt ihr das wirklich noch nicht gemerkt? Wer wohnt denn hier und sieht die beiden Tag für Tag – ihr oder ich? Die arme Lilli ist total in Felipe verknallt. Und zwar bis über beide Segelohren. Ich frage mich, ob wir da nichts machen können.“

Jasmin rutschte unruhig auf dem Sofa hin und her. „Wie meinst du das?“, fragte sie Nicole.

„Überlegt doch mal!“

Bitte nicht wieder so ein dämlicher Verkuppelungsversuch!, dachte Laura genervt. Nicole hatte schon immer eine Vorliebe dafür gehabt, Menschen, die einfach nicht zusammengehörten, zusammenbringen zu wollen.

Felipe hatte so ziemlich alles, was sich Lilli von einem Mann wünschte: Er sah gut aus, war witzig, sportlich, nicht auf den Mund gefallen und hatte mehr im Kopf als Fernsehen und Fußball. Lilli dagegen hatte so ziemlich alles, was Felipe bei einer Frau bestimmt nicht suchen würde: Sie war gebildet, intelligent, herzlich und erwachsen.

Sie fand ihn anscheinend attraktiv, er sie garantiert nicht. Punkt. Das war der Stand der Dinge, und nichts auf der Welt würde etwas daran ändern.

Am liebsten hätte Laura gegähnt. Sie hatte keine Lust mehr, sich darüber zu unterhalten, wer was für wen empfand oder auch nicht. Wie konnte man sich nur ständig Gedanken über die Gefühle anderer Leute machen? Sie persönlich hatte genug damit zu tun, über ihre eigenen Gefühle nachzudenken. Außer ihr interessierte sich ja sonst auch keiner dafür.

Argwöhnisch beobachtete Laura, wie Nicole ihre Finger

knetete und dabei fieberhaft überlegte. Hoffentlich würde sie nicht gleich mit irgendwelchen aberwitzigen Ideen rausrücken. Aber nein: Nicole dachte nur daran, wie sich Lilli ein wenig attraktiver präsentieren könnte.

„Es würde ja schon reichen, wenn sie ihre Haare nicht mehr zu diesem altmodischen Knoten hochstecken würde“, murmelte Nicole. „Und wenn sie Kontaktlinsen statt der Brille tragen würde. Und diese grauenvollen Schuhe!“

„Vergiss es!“, maulte Jasmin. „Lilli wirst du nie ändern! Außerdem ist es ihre Sache, was sie aus sich macht.“

Ein boshaftes Lächeln erschien auf Nicoles Gesicht. „Hey, willst du dich nicht in Lillis Angelegenheiten einmischen, weil du etwa selbst verknallt bist in den Typen?“

Jasmin zog eine Grimasse. „Bist du wahnsinnig? Der Kerl interessiert mich so sehr wie der Staub auf meiner Heizung!“

So eine elende Lügnerin!, dachte Laura. Merkte Nicole wirklich nicht, was Sache war? Jasmin spielte nur Theater, und das nicht mal besonders gut.

„Wir müssten die beiden irgendwie dazu bringen, zusammen etwas zu unternehmen“, fuhr Nicole fort, worauf ihr Jasmin einen giftigen Blick zuwarf. Nicole bemerkte ihn jedoch nicht und quatschte gnadenlos weiter: „Wofür interessieren sich Lilli und Felipe?“

„Für mich sicher nicht“, mischte sich Laura in mürrischem Ton ein. „Aber das tut ja auch sonst keiner.“

Sie stand auf und verzog sich in den Flur. Verdammter Mist! War denn niemand da, dem sie ihr Herz ausschütten konnte? Sie hätte sogar dafür bezahlt.

Moment mal! Hier gab es doch jemanden, der Geld dafür bekam, sich ihre Sorgen anzuhören.

Schnurstracks marschierte Laura nach draußen ins Treppenhaus und ging zur Wohnungstür nebenan. Dreimal klopfte sie an, jedes Mal etwas lauter. Natürlich hätte sie auch klingeln können, aber das war ihr irgendwie nicht dramatisch genug.

Endlich öffnete Felipe die Tür. Sein Haar war zerwühlt, und er bekam seine Augen nur halb auf. Klarer Fall: Er hatte sich was eingefangen. Entweder eine Grippe oder eine neue Freundin.

„Hi“, sagte er verschlafen. „Was gibt's?“

„Ich will mit dir reden“, sagte Laura. „Dafür wirst du doch bezahlt, oder?“

Felipe stutzte. „Unter anderem“, sagte er nicht sonderlich begeistert.

„Also. Lässt du mich rein, oder was?“

„Oder was“, antwortete Felipe trocken. „Kannst du nicht in zehn Minuten noch mal kommen?“

Aha, der gnädige Herr Sozialarbeiter interessierte sich also auch einen Dreck für Lauras Probleme! Laura kochte vor Wut. Was fiel dem Kerl eigentlich ein? Sie war schließlich nicht Jasmin, die er mit einem netten Lächeln abspeisen konnte.

„Nein, ich kann nicht in einer halben Ewigkeit wiederkommen!“, sagte sie scharf. „Ich habe ein Problem. Jetzt! Du bist mein Betreuer. Ich will mit dir reden.“

Felipe kratzte sich am Kopf. Jetzt sahen seine Haare endgültig aus wie ein Vogelnest.

„In zehn Minuten“, wiederholte er. „Ich hab gerade Besuch.“

„Hat er einen Busen?“, erkundigte sich Laura. Vielleicht war es ja nicht ganz fair, ihren ganzen Ärger an Felipe auszulassen. Es war aber nun mal kein anderer da.

„Jede Menge“, meinte er total cool. „Wenn du in zehn Minuten wiederkommst, hab ich Zeit", wiederholte er. „Sie wollte sowieso gerade gehen."

„Wieso?", fragte Laura. „Muss sie noch Hausaufgaben machen?"

Das fand Felipe alles andere als komisch. Er musterte Laura mit finsterer Miene und knurrte: „Vorsicht! Du solltest nicht vergessen, mit wem du redest."

„Das tue ich nicht", erwiderte Laura gereizt. „Allerdings vergesse ich auch nicht, wer nicht mit mir reden will. Schönen Abend noch!"

Damit drehte sie sich auf dem Absatz um, stürmte in die Wohnung zurück und verzog sich in ihr Zimmer. Dort riss sie ihren Schrank auf und kramte eine Tüte Chips hervor, die sie für besondere Notfälle aufbewahrte. Für so einen Notfall wie diesen hier.

Kauend ging sie zu ihrem Bett und verpasste der Schachtel darunter einen Tritt.

Das Kleid konnte ihr gestohlen bleiben. Heiligabend konnte ihr gestohlen bleiben. Die ganze Scheißwelt konnte ihr gestohlen bleiben!

3. Kapitel

Na großartig! Seit gestern war es in Düsseldorf fast so warm wie auf Mallorca. Der Schnee hatte angefangen zu schmelzen und sich in ekelhaften Matsch verwandelt. Jeder Schritt von Jasmin klang so, als würde sie einen Frosch zertreten. Zu allem Überfluss spritzte der Dreck auch noch auf ihre Jeans. Das trug nicht unbedingt dazu bei, ihre Stimmung zu heben.

Weihnachten – was für eine bescheuerte Erfindung! Bei ihren Freundinnen in der Schule war es das Thema Nummer eins. Sie zerbrachen sich die Köpfe darüber, was sie ihren Eltern und Geschwistern schenken sollten. Und was sie selbst bekommen würden. Und wie groß der Weihnachtsbaum wäre und wie er am besten geschmückt werden sollte und so weiter. In den letzten Pausen hatte sich Jasmin immer in irgendeine Ecke verkrochen und ihr Brot für sich allein gefuttert.

Was hätte sie denn auch sagen sollen bei all diesen Gesprächen? Jasmin wusste ja noch nicht mal, wo und mit wem sie den Heiligen Abend verbringen würde. Etwa in der Chaoswohnung ihrer Mutter? Dort feierten bestimmt die Maden und Wanzen eine große Party. Jasmin hatte keine Lust, ihre Mutter zu besuchen und die Stunden damit zu vertrödeln, ihre Schnapsfahne wegzufächeln.

Und was war mit der WG? Magdalene würde dann vielleicht schon in Paris sein, Nicole und ihr Vater auf dem Weg ins Gelobte Land, wenn man ihr glauben durfte. Und was Laura vorhatte, hatte sie bis jetzt niemandem verraten – außer Amigo vielleicht.

Jasmin schreckte aus ihren Gedanken auf, als sie von hinten angerempelt wurde. Na typisch, ausgerechnet auf dem Weihnachtsmarkt nahm keiner Rücksicht! Überall hingen Lichterketten und Lametta. Es roch nach Punsch und Glühwein. Jasmin hasste den Geruch! Warum mussten sich die Leute immer mit Alkohol in Feiertagsstimmung versetzen? Es war Donnerstagnachmittag. Konnten sie ihre Sauferei nicht wenigstens auf das Wochenende verlegen und das bei sich zu Hause machen?

Wie Ameisen wimmelten die Leute zwischen den Ständen herum. Oder sie standen in Gruppen beisammen, an irgendein Gesöff geklammert, und unterhielten sich fröhlich. Jedenfalls sahen die meisten so aus. Wie echt ihr Lachen war, konnte Jasmin nicht entscheiden.

Fast wütend drängte sie sich an ihnen vorbei. Es war so unfair, dass manche Leute immer Spaß hatten und – ach was! Die anderen konnten ihr doch völlig gleichgültig sein! Jasmin ging es in erster Linie um sich selbst. Sie hatte keinen Spaß, also gönnte sie ihn auch sonst keinem.

Sie fragte sich, was sie hier eigentlich wollte. Wozu sollte sie ihrer Mutter denn ein Geschenk machen? Wenn sie wirklich wieder angefangen hatte zu trinken, dann blickte sie ohnehin nicht mehr durch, ob gerade Weihnachten, Karneval oder Ostern war.

„Jasmin!"

Sie zuckte zusammen. Wer rief denn da ihren Namen? Aber wahrscheinlich war jemand anders gemeint. Darum drehte sie sich erst gar nicht um.

„Jasmin!"

Scott zupfte sie am Ärmel. Oh nein, der hatte ihr noch gefehlt! Er trug eine lächerliche Weihnachtsmannmütze, sah aber auch mit diesem Schrott auf dem Kopf noch irgendwie gut aus.

„Na?", begrüßte er sie leicht verlegen. „Was machst du denn hier?"

„Kannst du mir eine noch dümmere Frage stellen?", gab Jasmin giftig zurück.

Es regte sie auf, dass Scott immer so cool drauf war, wenn er über den Schulhof schlenderte, sich aber prompt in den letzten Vollidioten verwandelte, sobald er ihr allein gegenüberstand. Denn dann quoll aus seinem hübschen Kussmund nur noch Müll heraus.

„Suchst du Geschenke?"

„Volltreffer!“, rief Jasmin aus und setzte ihren Weg durchs Gewühl fort. Scott blieb an ihrer Seite. „Und du“, fragte Jasmin gereizt, „suchst du jemanden, der dir seinen Glühwein über den Mantel schüttet?“

Scott lachte. „Ich brauche noch was für meinen Vater, aber ich finde leider nichts.“

„Was hat er denn für Hobbys?“, erkundigte sich Jasmin.

„Rumbrüllen und angeben.“

„Dann kauf ihm ein goldenes Megafon.“

Dachte Scott tatsächlich über ihren schwachsinnigen Vorschlag nach? Jedenfalls machte er so ein Gesicht. Plötzlich schüttelte er den Kopf und meinte: „Ich kauf ihm doch lieber ein schönes Buch.“

„Von wem denn?“

„Egal“, antwortete Scott. „Er liest es sowieso nicht. Hauptsache, es macht sich gut im Regal. Und für wen suchst du ein Geschenk?“

„Für meine Mutter.“

Scotts linke Augenbraue wanderte erstaunt in die Höhe. „Ich dachte, ihr Mädels in der WG hättet keine Eltern mehr.“

„Doch. Ich hab eine Mutter. Aber ich lebe nicht bei ihr.“

Normalerweise wäre jetzt eine neugierige Frage fällig gewesen, die Jasmin allerdings nicht beantwortet hätte. Dafür, dass Scott den Mund hielt, war sie ihm richtig dankbar. Sie konnte es nicht ausstehen, jedem neuen Bekannten erklären zu müssen, dass ihre Mutter Alkoholikerin war und sie deshalb bei ihrer Oma aufgewachsen war, die inzwischen aber nicht mehr lebte. Sie hatte diese Geschichte schon so oft erzählt, dass sie gar nichts mehr mit ihr selbst zu tun zu haben schien. Es war einfach irgendeine Geschichte und Jasmin irgendeine Erzählerin.

„Hast du schon eine Idee, worüber sie sich freuen könnte?“, erkundigte sich Scott vorsichtig.

„Vielleicht eine Kette“, überlegte Jasmin.

„Hey, das ist klasse!“, rief Scott begeistert aus und klopfte ihr auf die Schulter.

Meine Güte, warum jubelte er denn so? Jasmin hatte schließlich nicht vorgeschlagen, den Hunger der Welt auszurotten.

„Da drüben gibt's Schmuck!“ Scott deutete auf einen Stand, packte Jasmins Arm und zog sie dorthin.

Auf mehreren Bahnen schwarzem Stoff waren mit Stecknadeln Ringe, Ohrringe, Ketten und Armbänder befestigt. Jasmin sah sich eine Kette genauer an, warf dabei aber einen Seitenblick auf Scott.

„Das mit Paul auf dem Schulhof neulich, das war echt super“, sagte sie und fuhr mit den Fingerspitzen über ein silbernes Armband.

Mit Scott geschah etwas Seltsames. Auf seinem Hals erschienen rote Punkte, die immer größer wurden und langsam nach oben wanderten, um sich auf seinem ganzen Gesicht auszubreiten.

„So?“, meinte er, ohne sie anzusehen. „Ich finde dich auch cool. Und nett. Irgendwie.“

Ach du Scheiße! Jasmin hatte ihm nur sagen wollen, dass sie sein Verhalten okay gefunden hatte. Hatte er das etwa als Liebeserklärung aufgefasst – irgendwie?

Sie tat, als hätte sie ihn nicht verstanden, und betrachtete intensiv ein Paar Ohrringe.

„Kann ich dir helfen?“, fragte die Verkäuferin. Sie trug ihr Haar zu einem Knoten zusammengefasst, genau wie Lilli. Sie hatte sogar eine ähnliche Brille auf. Jasmin spürte ein Kribbeln im Magen. Sie musste an Nicole und ihre tollen

Verkupplungspläne denken. Und daran, dass sich Felipe über ihre Gefühle für ihn lustig gemacht hatte. Hielt er sie etwa für ein Kleinkind, das man nicht richtig ernst nehmen durfte?

„Ich fragte, ob ich dir helfen kann", wiederholte die Verkäuferin so laut, als hätte sie es mit einer Schwerhörigen zu tun. „Möchtest du die Ohrringe mal anprobieren?"

„Nein", sagte Jasmin schnell, drehte sich um und kämpfte sich weiter durchs Menschengetümmel, verfolgt von Scott.

„Alles okay?", fragte er nach einer Weile besorgt.

Nein, gar nichts war okay. Scott war ein Jahr älter als sie, er sah gut aus, war nett – warum verliebte sie sich nicht in ihn? Wieso vergaß sie nicht schleunigst diesen affigen Felipe, für den sie nur eine Lachnummer war?

„Findest du mich eigentlich hübsch?", fragte sie Scott plötzlich.

Sofort tauchten die Flecken wieder auf seinem Hals auf. „Mhm", machte er, legte eine längere Pause ein und fuhr dann fast flüsternd fort: „Du hast schöne Augen. Und schöne Haare. Und du hast Stil."

„Was meinst du damit?", fragte Jasmin. „Stil! Woran merkst du, ob jemand Stil hat oder nicht? Und ist das überhaupt wichtig?"

„Guck dir die mal da an!", erwiderte Scott. „Würdest du so rumlaufen wie diese Schlampe?"

Er zeigte auf eine Frau mit fettigem, zerwühltem Haar und speckigem Anorak, die mit glasigen Augen und einer dampfenden Tasse in der Hand an einem Punschstand lehnte.

„So könntest du nie werden", sagte Scott. „Weil du eben Stil hast."

Jasmin war stehen geblieben. Tränen schossen ihr in die Augen. Sie ballte so fest die Fäuste zusammen, dass sie höllisch schmerzten. Die Frau, auf die Scott gedeutet hatte, war ihre Mutter.

Sie hatte getrunken. Eine ganze Menge sogar. Nur torkelnd würde sie diesen Stand verlassen können – wenn überhaupt. Jasmins Magen krampfte sich zusammen. Sie wollte nur noch weg hier.

„Warum bist du denn so blass?“, wunderte sich Scott. „Kannst du auch diesen widerlichen Bratwurstgestank nicht vertragen?“

„Ja“, sagte Jasmin. „Lass uns verschwinden!“

Zehn Minuten später saßen sie nebeneinander in der Straßenbahn. Jasmin suchte verzweifelt nach einem Gesprächsthema, nach irgendetwas, das dieses Bild aus ihrem Kopf löschen könnte. Ihre Mutter als besoffene Pennerin am Weihnachtsmarkt! Irgendjemand würde sich schon darum kümmern, dass sie nach Hause kam. Wenn nicht ein netter Mitmensch, dann halt die Ambulanz.

„Du findest mich also ganz hübsch?“, fragte sie schließlich noch einmal nach.

Scott war anscheinend heilfroh, dass Jasmin die Sprache wieder gefunden hatten. Er lächelte sie an und sagte: „Du wärst sogar hübsch, wenn du Sachen wie diese Frau eben anhättest. Gut, dass wir ihr nicht zu nahe gekommen sind! Gegen diesen Pennergestank hätten die Bratwürste wie Parfüm gerochen!“

Voller Wucht rammte ihm Jasmin einen Ellenbogen in die Seite. „Du blödes Arschloch!“, schrie sie außer sich vor Wut. „Noch ein Wort über meine Mutter, und ich kratz dir die Augen aus!“

Weil die Straßenbahn gerade hielt, sprang sie raus und

lief los. Irgendwohin. Tränen strömten ihr über die Wangen. Die Leute, die vorbeigingen, glotzten sie neugierig an.

„Kümmert euch um eure eigene Scheiße!“, brüllte Jasmin, als eine vierköpfige Familie an ihr vorüberging.

„Ganz meine Meinung!“, sagt eine vertraute Stimme hinter ihr.

Sie fuhr herum. Felipe!

Unbeholfen wischte sich Jasmin die Tränen ab. Wenn er jetzt eine blöde Bemerkung gemacht hätte, wäre es seine letzte in diesem Leben gewesen. Aber er stand nur stumm da und machte ein ungewohnt ernstes Gesicht.

„Was ist?“, schniefte Jasmin.

Felipe zückte ein Taschentuch und drückte es ihr in die Hand. Während sie sich die Nase putzte, zeigte er auf ein Café auf der anderen Straßenseite.

„Wie wär's mit Teetrinken und Reden?“, schlug er vor.

„Mir ist nicht nach Reden“, brummte Jasmin trotzig.

„Mir aber“, seufzte Felipe. „Hör mir einfach nur zu, okay? Mir geht's nämlich echt beschissen. Vielleicht kannst du mich ja ein bisschen trösten.“

Hatte Jasmin das richtig verstanden? Felipe wollte sich ausgerechnet bei ihr ausheulen? Sie zwang sich dazu, ihm nicht vor Freude um den Hals zu fallen. Stattdessen verkündete sie entschlossen: „Aber meinen Tee bezahle ich selbst, kapiert?“

„Und meinen auch“, sagte Felipe grinsend. „Ich hab nämlich kein Geld dabei. Spendierst du mir auch ein Stück Obsttorte?“

„Spinnst du? Ich bin doch keine Millionärin!“

Lachend überquerten sie die Straße.

.4 Kapitel

Oh Mann! Offenbar ist Kanada doch eine etwas kühle Angelegenheit, dachte Nicole fröstelnd. Sie lag auf Magdalenes Bett und blätterte in dem Reiseführer, den Jasmin ihr besorgt hatte.

Hauptstadt: Ottawa, eine Million Einwohner; Sprache: Englisch und Französisch.

Nicole stockte. Französisch? Vielleicht sollte sie zusammen mit Magdalene lernen. Ihr Englisch war auch nicht gerade erstklassig. Sie kannte zwar die meisten Songtexte der Beatles auswendig, aber mit *Yellow Submarine* würde sie in Kanada vermutlich nicht sehr weit kommen. Außerdem hatte Nicole längst entschieden, dass sie nach Montreal wollte. Die Bilder dieser Stadt gefielen ihr am besten. Zu dumm, dass man dort vor allem Französisch sprach! Das konnten weder ihr Vater noch sie.

Was ihr überhaupt nicht gefiel, war der Vermerk *Klima*. Was sie da las, ließ sie frösteln: In den dichter besiedelten Gebieten winterkaltes bis Steppenklima.

Was Steppenklima war, wusste Nicole nicht, aber das Wort *winterkalt* war so klar wie ein eisiger Januarmorgen. Sollten sie vielleicht nicht doch lieber nach Kalifornien auswandern?

„Was liest du denn da?“, fragte Magdalene, die eben ins Zimmer kam.

„Einen Reiseführer über Kanada“, sagte Nicole und machte Anstalten, von Magdalenes Bett aufzustehen.

„Bleib ruhig liegen“, sagte Magdalene schnell. „Ich suche

nur eine Creme." Sie fuhr sich über die Stirn. „Wenn der Pickel da oben nicht bald verschwindet, lande ich noch als Einhorn im Zoo!"

„Ach, den sieht man doch kaum", schwindelte Nicole.

Magdalene schaute sie ungläubig an. „Geh mal zum Augenarzt", schlug sie vor. „Der ist so riesig, dass ich ihm eigentlich 'ne Mütze aufsetzen müsste, wenn ich rausgehe ..."

Nicole lachte.

„Jaja, lach nur", knurrte Magdalene. „Du mit deiner Pfirsichhaut kennst solche Probleme natürlich nicht."

„Ich hab genug Probleme, glaub mir!", erwiderte Nicole seufzend.

Magdalenes Gesichtsausdruck änderte sich plötzlich. Sie setzte sich zu Nicole aufs Bett.

„Denkst du noch an die Zeit im Heim?", fragte sie.

Hä? Warum hätte Nicole denn daran denken sollen? Ach ja, richtig: die Mädchengang, die es angeblich auf sie abgesehen hatte! Im Grunde wäre Nicole eine verdammt gute Lügnerin gewesen. Sie konnte sich ihre Märchen nur blöderweise nie merken.

Nicole versuchte, betrübt zu wirken. „Ja, manchmal denke ich ans Heim", sagte sie leise und hoffte, dass Magdalene darauf reinfiel. Die Sache mit der brutalen Mädchengang war natürlich erstunken und erlogen. Das letzte Heim war genauso langweilig gewesen wie alle anderen davor. Nie hatte es jemand gewagt, Nicole auch nur schief anzusehen. Nein, besonders kräftig war sie nicht, aber dafür verfügte sie über eine Waffe, die alle fürchteten: ihre spitze Zunge.

An dem Abend, als entschieden werden sollte, ob Nicole in der WG bleiben durfte oder nicht, hatte Magdalene nicht sonderlich begeistert von dieser Idee gewirkt. Also hatte sich Nicole schnell was einfallen lassen: die böse Mädchengang, die ihr das Leben zur Hölle machte.

„Ich weiß, wie das ist", sagte Magdalene mitfühlend. „Mein Stiefbruder hat mich auch immer verprügelt. Meine Mutter hat so getan, als würde sie nichts merken." Sie stockte. „Und irgendwie kann man in so einer Situation auch mit keinem reden", fuhr sie fort. „Stimmt's?"

Nicole schluckte. Was war sie doch für eine miese Ratte! Ausgerechnet Magdalene, die selbst jahrelang verprügelt worden war, hatte sie diesen Schwachsinn mit der Gang aufgetischt!

Obwohl sie von ihrem schlechten Gewissen gezwickt und gezwackt wurde, dass es richtig wehtat, fuhr Nicole mit ihrer elenden Schauspielerei fort. Sie nickte tief betrübt vor sich hin und murmelte: „Du hast Recht."

Lächelnd strich ihr Magdalene übers Haar und schlug vor: „Sollen wir was essen?"

Danke, ich hab schon einen Kloß im Hals!, hätte Nicole am liebsten gesagt. Stattdessen stand sie auf und folgte Magdalene in die Küche.

„Wie wär's mit Toast?", fragte Magdalene fröhlich.

„Okay."

Nicole wünschte, sie wäre schon in Kanada. Was, wenn Magdalene weiter über die Gang reden wollte? Sicher, Nicole interessierte sich für Schauspielerei – aber nur im Kino.

„War da eigentlich niemand im Heim, der dir geholfen hätte?", erkundigte sich Magdalene prompt.

„Ach, das hab ich erst gar nicht versucht", sagte Nicole schnell. Womit konnte sie Magdalene ablenken? Gab's kein Thema, auf das Magdalene unweigerlich anspringen würde?

Na klar!

„Du willst echt Model werden?“, erkundigte sich Nicole.

Magdalene blühte sichtlich auf.

„Oh ja!“, erzählte sie eifrig. „Und jetzt hab ich auch noch die Chance, nach Paris zu gehen!“

Nicole unterdrückte ein Gähnen. „Toll!“, sagte sie.

„Hast du denn nie dran gedacht zu modeln?“, fragte Magdalene.

„Ich? Mit lächerlichen Fetzen auf einem Steg herumstolzieren und sämtliche Backen einziehen? Nein danke!“

Ups! Das war etwas schroffer rausgekommen als geplant.

Magdalene wirkte ziemlich geknickt. „Hm“, machte sie leise. „Genau das ist mein großer Traum.“

Scheiße! Nicole hatte wirklich nicht vorgehabt, Magdalene zu kränken. Sie beobachtete Magdalene dabei, wie sie zwei Toastscheiben nebeneinander legte, um sie mit Butter zu bestreichen. Bildete sie sich das ein, oder war da wirklich ein verräterisches Glitzern in Magdalenes Augen? So empfindlich konnte sie doch nicht sein, oder?

„Na schön, ich hab gelogen“, behauptete Nicole zögernd.

Magdalene hob nicht den Kopf. „Wie meinst du das?“, fragte sie.

„Ich wollte auch mal Model werden.“

Jetzt blickte Magdalene sie erstaunt an.

„Dann hat mir aber irgendein Fotograf gesagt, ich wäre zu klein“, fuhr Nicole fort.

„Wie groß bist du denn?“, fragte Magdalene und legte die Toastscheiben übereinander.

„Eins vierundsechzig.“

Mitleidig schüttelte Magdalene den Kopf. „Das ist nicht sehr groß. Für ein Model“, fügte sie schnell hinzu.

Magdalene grinste sie an. Das Glitzern in ihren Augen war verschwunden, stellte Nicole zufrieden fest.

„Das heißt also, du musst dir einen anderen spannenden Beruf suchen“, sagte Magdalene. „Zum Beispiel Astrophysikerin oder so.“

Nicole winkte ab. „Ich fürchte, dafür braucht man einen richtigen Schulabschluss. Allerdings hab ich gelesen, dass es in Kanada zu wenig Beachvolleyball-Spielerinnen gibt. Vielleicht versuch ich's mal damit.“

„Spielst du denn Beachvolleyball?“

„Noch nicht, aber wahrscheinlich komme ich auch drüben nicht dazu. Dafür sind die Temperaturen einfach zu frostig. Und darum gibt's dort auch kaum Beachvolleyball-Spielerinnen!“

So ein blödes Geschwätz! Aber das war Nicole egal, Hauptsache, Magdalene fing nicht wieder mit der Mädchengang an ...

Nachdem Magdalene die Toasts auf zwei Teller gelegt hatte, stellte sie einen vor Nicole, setzte sich ihr gegenüber und fing an zu essen.

Aus heiterem Himmel fragte sie plötzlich kauend: „Hast du denn mal daran gedacht, dass du erwischt werden könntest? Dann landest du nicht in Kanada, sondern wieder in Münster.“

Nicole hätte sich fast verschluckt. „Scheiße! Musst du mich unbedingt daran erinnern? Ich weiß selbst, dass ich bis jetzt unheimlich viel Glück gehabt habe.“

„Allerdings!“, sagte Magdalene. „Normalerweise kreuzen Lilli und Felipe viel öfter bei uns auf als in den letzten Tagen.“

Nicole wusste genau, was ihr drohte, wenn Lilli und Felipe sie erwischen würden. Felipe würde sie an den Ohren zum Bahnhof schleifen, in den Zug setzen und mit verschränkten Armen warten, bis er abfuhr. Sie sah das Bild so deutlich vor sich, dass sie fröstelte. Das lag vielleicht auch daran, dass sie das alles schon mal erlebt hatte. Na ja, die Sache mit dem Ohr war etwas übertrieben.

Aber wahrscheinlich wird das die Zugabe beim zweiten Mal!, dachte Nicole grimmig.

Wie konnte sie nur so verrückt sein, hier in der Küche herumzuhocken? Eigentlich müsste sie im Schrank wohnen, um auf Nummer sicher zu gehen. Jederzeit konnte jemand reinplatzen, der sie nicht sehen sollte.

„Ich geh jetzt wohl besser zurück in dein Zimmer", murmelte sie und wollte aufstehen. „Ich hab noch ein paar Dinge zu tun im ... äh ... am Schreibtisch."

Magdalene hielt sie am Arm fest.

„Ach Quatsch, bleib hier! Lilli hat die Tagschicht, und sie ist einkaufen. Sie hat sich meiner erbarmt, ich habe ihr etwas vorgeheult von wegen zu viele Hausaufgaben und dass ich es unmöglich zum Supermarkt schaffe. Wo sich Felipe tagsüber rumtreibt, weiß keiner", fügte sie hinzu. „Vermutlich erholt er sich von seinen Nächten."

Nicole war noch immer nicht ganz wohl in ihrer Haut. Es hatte sie unheimlich geärgert, dass sie damals aus der WG geflogen war. Aber seitdem sie sich hier versteckte, tat es ihr erst richtig Leid, nicht wirklich dazuzugehören.

Im Grunde genommen konnten Laura, Jasmin und Magdalene hier tun und lassen, was sie wollten. Warum wollten sie dann trotzdem alle weg?

„Was genau gefällt dir eigentlich nicht an der WG?", fragte sie Magdalene.

Die stutzte erst und zuckte dann die Schultern. „Keine Ahnung! Vielleicht, dass ich nicht ganz freiwillig hier bin. Wir drei sind irgendwie in dieser WG hängen geblieben. Unsere Familien wollen uns nicht, oder wir wollen sie nicht, oder es gibt gar keine Familie. Das weiß jeder hier im Haus und auch jeder in der Schule. Deshalb wär ich einfach gern woanders."

„Du meinst, weil du dort nicht die Magdalene wärst, die von ihrem Bruder verprügelt worden ist und geklaut hat? Weil du woanders ganz von vorn anfangen könntest?"

Magdalene nickte. „Genau. Verstehst du das?"

„Nein, kein bisschen!" Nicole grinste.

Lachend boxte Magdalene sie in die Seite.

In diesem Augenblick schlug jemand mit einem Knall die Wohnungstür zu. Nicole und Magdalene sprangen gleichzeitig auf und liefen wie kopflose Hühner in der Küche herum auf der Suche nach einem Versteck für Nicole.

Zu spät: Die Küchentür ging auf, und – Amigo zwängte sich durch, trottete zu seinem Futternapf und stupste ihn mit der Nase vor sich her.

Nicole atmete auf. Laura war mit Amigo spazieren gewesen. Zwei Sekunden später stand sie selbst in der Küchentür.

„Ihr könnt euch nicht vorstellen, was eben passiert ist!", keuchte sie völlig außer Atem. „Da war diese dicke Frau an dem Kiosk, und Amigo hat sie –"

„Wir hätten fast einen Herzinfarkt bekommen", unterbrach Magdalene sie und funkelte sie böse an. „Kannst du dich nicht irgendwie bemerkbar machen?"

Verdutzt starrte Laura von einer zur anderen.

„Wieso? Wie? Was?"

„Schon gut", winkte Nicole ab. „Wir haben's ja überlebt."

Sie hatte keine Lust, mit Laura zu streiten. Dazu konnte sie sich noch zu gut an ihre Wutanfälle erinnern. Die endeten nie besonders lustig.

„Warum seid ihr denn so schlecht drauf?", erkundigte

sich Laura beleidigt. „Ich hab doch nur die Tür aufgemacht und bin reingekommen. Ist das schon ein Verbrechen?“

Nicole war die ganze Sache zu blöd. Sie stand auf und ging zurück in Magdalenes Zimmer. Wieder schnappte sie sich den Reiseführer und starrte auf die Worte *Steppenklima* und *winterkalt*. Hm, vielleicht sollten ihr Vater und sie nur nach Montreal fliegen, um dort in eine Maschine nach Hawaii umzusteigen.

15. Kapitel

Laura konnte sich noch gut daran erinnern, wie sie sich gefühlt hatte, als Magdalene neu in die WG gekommen war. Jasmin hatte sich plötzlich nur noch für sie interessiert und Laura dabei links liegen gelassen.

Und jetzt passierte genau das Gleiche mit Nicole. Jasmin und Magdalene waren richtig schleimig zu ihr. Nicole hier, Nicole da. Wie schön, dass sich hier jeder für jeden interessierte! Nur für sie – Laura – interessierte sich kein Schwein.

War das Leben nicht ungerecht? Jeder Hund wurde besser behandelt als sie. Gestern Abend hatte Laura eine Sendung gesehen, in der Tiere ein neues Zuhause suchten.

Der Kater Galileo, kastriert, rot getigert, stubenrein, sucht eine nette Familie mit Kindern. Der Rauhaardackel Puzzi, acht Jahre alt, möchte gerne zu einer älteren Dame mit Garten.

Warum gab es so was nicht auch für Kinder und Jugendliche?

Die dicke Laura, sechzehn, stubenrein, kurzhaarig, sucht eine Familie mit DVD-Player und Marmorbad.

Klang doch gut, oder? Solange niemand von ihr erwartete, Männchen zu machen ...

Vielleicht sollte sie das wirklich mal probieren? Einfach zur Zeitung gehen und eine Anzeige aufgeben – was hatte sie schon zu verlieren?

Laura legte die Fernbedienung auf die Sofalehne und nahm einen Stift und den kleinen Block vom Couchtisch.

Nilpferd sucht Tierpfleger zur weiteren Betreuung.

Nein, das würde wohl kaum einer verstehen. Vielleicht meldete sich dann wirklich ein Tierpfleger aus dem Duisburger Zoo. Grinsend strich Laura den Satz wieder durch.

Aber was sollte sie sonst schreiben? Die Wahrheit? Sie überlegte hin und her. Und schließlich hatte sie einen Einfall. *Wohlerzogene Sechzehnjährige sucht Eltern.*

Ja, das war's: kurz, nett, alles drin – und absolut gelogen. Ob sich jemand auf die Anzeige melden würde?

Mit einem seltsamen Kribbeln im Bauch stand sie auf und rief nach Amigo. Ohne Erfolg. Dabei war er doch eben noch im Wohnzimmer gewesen.

„Na komm schon, Dicker! Wir gehen raus!"

Nichts.

„Es gibt Futter!"

Das wirkte! Mühsam quälte sich Amigo unter dem Sofa hervor und schaute sie mit heraushängender Zunge an.

„Sorry, mein Freund! Ich musste dich leider anlügen. Ich hab nur ein bisschen frische Luft für dich."

Er folgte ihr aus dem Wohnzimmer. An der Garderobe bückte sie sich und leinte ihn an. Dann zog sie Jacke und Schuhe an, während Amigo enttäuscht den Schwanz sinken ließ.

Laura schnappte sich die Leine und zerrte ihn hinter sich her.

„Wer weiß?", dachte sie laut. „Vielleicht finden wir ja eine Familie für uns beide?"

Eine halbe Stunde später betraten sie zusammen die Schadow-Arkaden und fuhren mit dem Aufzug in den zweiten Stock, wo sich die Anzeigenannahme der *Rheinischen Post* befand.

Mit reichlich Herzklopfen drückte Laura die Glastür auf. Vier Leute standen hinter einer breiten Theke. Am sympathischsten erschien ihr ein kleiner Mann mit Halbglatze, der noch dicker war als sie. Er grüßte sie freundlich und las dann den Zettel, den Laura ihm rüberschob. Anschließend runzelte er die Stirn.

„Wohlerzogene Sechszehnjährige sucht Eltern", murmelte er. „Hm. Wo soll denn die Anzeige erscheinen? Unter der Rubrik *Haustiere* wäre sie ja wohl nicht ganz passend, oder?"

Laura war heilfroh, dass sie sich nicht für die Variante mit dem Nilpferd entschieden hatte.

„Gibt's denn nichts mit Menschen?", erkundigte sie sich.

„Na klar! *Er sucht sie, sie sucht ihn* ... aber doch nichts mit Kindern, die Eltern suchen!"

„Was für Rubriken gibt es denn noch?"

„Jede Menge", sagte der Mann. *„Autos, Immobilien, Hobby, Möbel, Urlaub, Dies und Das –"*

„Ja!", unterbrach Laura schnell. „Drucken Sie es doch unter *Dies und Das*!"

„Na schön."

Der Mann lächelte ihr zu, pflanzte sich hinter seinen Computer und haute ihren Text in die Tasten.

„Macht achtzehn Mark", sagte er dann und stand auf.

Laura kramte einen Zwanziger aus der Hosentasche.

„Viel Glück!", sagte der Mann, als er die Quittung und das Wechselgeld auf die Theke legte.

Laura nickte und ging.

Auf dem Weg nach draußen kam sie ins Grübeln. War das die größte Geldverschwendung ihres Lebens gewesen? Oder würde sich tatsächlich jemand auf die Anzeige melden? Wenn ja, dann hätte sie ein gutes Geschäft gemacht. Eine eigene Familie für achtzehn Mark – bessere Sonderangebote gab es nicht mal im Aldi ...

6. Kapitel

War Babysitting nicht der einfachste Job der Welt? Die kleine Adelheid strahlte zufrieden aus ihrem Kinderwagen. Ihre Eltern wollten, dass sie zumindest einmal am Tag an die frische Luft kam. Frisch war die Luft heute wirklich – kein Wunder bei zehn Grad unter null! Obwohl Magdalene so dick angezogen war, dass man sie fast mit Laura verwechseln konnte, war ihr eiskalt.

Die kleine Adelheid war die Tochter von Lillis bester Freundin. Magdalene hatte keine Ahnung, was Lilli über sie erzählt hatte, aber es musste etwas Gutes gewesen sein.

Gestern Abend hatte Magdalene zum ersten Mal mit ihrer zukünftigen Aupairfamilie telefoniert. Sie hatte sich vorher aufgeschrieben, was sie sagen wollte. Auf alles andere hatte sie mit einem freudigen „Oui, oui!" geantwortet. Offenbar musste sie nur noch einmal „Oui" sagen und hatte den Job.

Magdalene schob den Wagen etwas schneller. Sie wollte

im Eiltempo eine Runde durch den Park drehen und wieder zurück sein, bevor es anfing zu schneien.

Als hinter ihnen ein Hund bellte, gluckste Adelheid und zappelte mit den Armen.

Na, das Lachen wird ihr noch früh genug vergehen!, dachte Magdalene. Die Kleine wusste ja noch nicht, welch dämlichen Namen ihr ihre Eltern gegeben hatten. Wahrscheinlich würde sie später mal Hausfrau werden. Oder Lehrerin. So ein Name rächte sich immer.

Adelheid war das fröhlichste Kind, das Magdalene je gesehen hatte. Im Park strahlte sie die Bäume an und lachte über jedes Geräusch.

„Oh, là, là, ist das eine süße Baby!"

Warum grinste dieser Spinner so schwachsinnig in den Kinderwagen? Dem Akzent nach musste er Franzose sein.

„Wie alt ist denn die Baby?", fragte der Typ, der ihr nicht von der Seite wich.

Magdalene blieb stehen und nahm diesen Schwätzer genauer unter die Lupe. Er war so um die zwanzig, groß und schlaksig. Besonders gut sah er nicht aus, aber sein Lächeln war fast so süß wie das von Adelheid. Nur dass er mehr Zähne hatte.

„Acht Monate", sagte Magdalene.

„Oh! Und was machst du mit Baby?", erkundigte er sich.

„Spazieren gehen", antwortete Magdalene. „Im Park", fügte sie unnötigerweise hinzu.

„Das ist dein Schwisterschen?"

Schwisterschen! Was wollte der Typ eigentlich von ihr? Ein Buch über ihr Leben schreiben? Warum stellte er sonst so aufdringliche Fragen?

„Nein, das ist meine Tochter", antwortete sie.

Er nickte bloß. „Wirklisch süß", wiederholte er.

Plötzlich streckte ihr der Typ seine Hand entgegen.

„Isch bin Maurice“, sagte er. „Isch kommen aus Pari.“

Pari? Paris? PARIS?

Mit einem Schlag wurde ihr der Kerl sympathisch.

„Paris?“, fragte Magdalene rasch nach. „Ist es dort wirklich so schön, wie man sagt?“

Maurice lächelte sie an, nahm ihre Hand und küsste sie. Verwirrt zog Magdalene sie weg.

„Ein wunderschones Stadt. Gaaans sauberaft. Warst du denn noch dort nischt?“

Sie schüttelte den Kopf.

„Ich fahre aber vielleicht bald hin“, meinte sie vage.

„Wirklisch? Dann musst du kommen in die Fruhling. Pari ist wunderschon in die Fruhling.“

Magdalene nickte. War vielleicht ganz gut, noch jemanden zu kennen in Paris.

„Ich bleibe vielleicht länger – um dort zu arbeiten. Ich will nämlich Model werden“, erzählte sie.

„Oh, das ist gut. Isch fahren nach Ause in ein paar Tage. Fur die Weihnacht. Vielleischt, wenn du fahren schon dann, du kommen mit misch. Isch bin hier in Deutschland mit mein eigen Auto. Ist egal, wenn noch einer darin sitzt. Oder auch swei – wenn dein Tochter kommen mit. Nischt so langweilisch dann.“

Adelheid krähte und schnappte nach dem Reißverschluss von Maurices Jacke. Magdalene hätte am liebsten das Gleiche getan, um den netten Franzosen festzuhalten. Oh Mann, das wär ja ’n Ding! Umsonst nach Paris!

„Äh – wann genau fährst du denn los?“, erkundigte sich Magdalene.

„Oh, an Eilige Abend. Gans in die Fruh. Sonst isch komme nischt rechtseitisch zu die Baumschmucken.“

Magdalene kicherte.

„Isch abe wieder Fehler gemacht, oui?"

„Äh nein, nein – kaum. Du sprichst schon ganz gut Deutsch."

„Oh nein. Isch bin schon seit eine Jahr ier su Studieren. Dafür meine Deutsch ist sehr schlescht."

Studieren? Seit einem Jahr? Und da redete er noch wie dieser Typ aus der Parfümwerbung?

„Hoffentlich studierst du nicht Deutsch", grinste Magdalene.

„Oh nein, nein", lachte Maurice. „Mathematik. Aber wir konnen auch spreschen Franzosisch. Wenn du willst arbeiten in Pari, du spreschen sischer sehr gut Franzosisch."

„Mein Französisch ist leider grauenhaft", gestand sie. „Ich muss noch viel üben. Alles, was ich sagen kann, ist: Ich bin Magdalene Dorner, wollen Sie mich fotografieren?"

Maurice lachte.

„Ein gutes Anfang", sagte er. Dann blickte er auf seine Armbanduhr. „Isch muss los. Ör mal, wir machen es so: Isch fahre mit mein Auto hier vor die Parkeingang. Wenn du nischt da bist an die Morgen von die Eilig Abend um sechs Uhr, dann isch fahre ohne disch, ja?"

Magdalene lächelte ihn an.

„Klingt gut", sagte sie. „Vielen Dank."

Er grinste. „Dann bis Samstag – oder nischt", sagte er, winkte Adelheid noch mal zu und ging zum Ausgang.

Magdalene sah ihm nach. Dann fiel ihr etwas ein.

„Maurice?", rief sie ihm nach.

Er drehte sich um.

„Das ist gar nicht meine Tochter."

Dann ging sie weiter.

„Magdalen?", rief Maurice.

Sie drehte sich wieder um.

„Isch abe disch auch keine Wort geglaubt!“

Magdalene winkte ihm hinterher und schob den Kinderwagen weiter.

„Was meinst du, Adelheid?“, fragte sie in den Kinderwagen hinein. „Kann ich dem Typen trauen?“

Adelheid lachte über beide Backen und klatschte begeistert mit den Händchen.

„Okay, dann isch fahr mit Maurice nach Pari!“

17. Kapitel

Jasmin machte auf dem Absatz kehrt und ging in die andere Richtung. Sie wollte auf keinen Fall Scott begegnen. Und der kam ihr gerade auf dem Schulkorridor entgegen. Anscheinend versuchte er genauso verzweifelt, in Jasmins Nähe zu kommen, wie sie ihm ausweichen wollte.

Sie konnte ihm einfach nicht verzeihen, was er auf dem Weihnachtsmarkt über ihre Mutter gesagt hatte.

Natürlich, er hatte nicht gewusst, wer diese betrunkene Frau an dem Glühweinstand gewesen war. Trotzdem: Niemand durfte so über ihre Mutter reden. Niemand außer Jasmin selbst.

Felipe hatte das verstanden. Aber er hatte ihr auch geraten, nicht nachtragend zu sein.

„Klingt doch nach einem ganz netten Kerl“, hatte er im Café gemeint, nachdem sie ihm alles über Scott erzählt hatte, was sie von ihm wusste.

Worauf Jasmin nur gebrummt hatte.

„Später findest du nie wieder so leicht gute Freunde wie in deiner Jugend“, hatte Felipe dann wehleidig geseufzt.

Anschließend verriet er Jasmin, dass wieder mal eine Freundin mit ihm Schluss gemacht hatte. Und dass er seine Familie in Andalusien über Weihnachten nicht besuchen konnte, weil er das Geld für den Flug nicht zusammenkriegte.

„Kannst du mir nicht ’n bisschen Kohle pumpen?“, hatte er Jasmin mit treuherzigem Blick aus braunen Dackelaugen scherzhaft gefragt.

Klar, wenn sie das Geld gehabt hätte, hätte sie es ihm geschenkt. Ihr Herz hatte er ja schon.

„Jasmin!“

Magdalene hatte ihr dermaßen ins Ohr gebrüllt, dass Jasmin tausend Glocken läuten hörte. Aber das passte ja zu Weihnachten.

„Kannst du mir jetzt endlich erklären, was das soll?“, fragte Magdalene durch das Gebimmel hindurch.

„Was *was* soll?“, fragte Jasmin zurück.

„Dass du jede Pause auf dem Schulgelände Haken schlägst wie ein verdammtes Karnickel.“

„Ich will Scott nicht begegnen“, erklärte sie knapp.

„Wie?“, machte Magdalene verständnislos. „Vor ein paar Tagen war er doch noch cool und nett. Und jetzt?“

„Jetzt nicht mehr.“

„Hab ich da irgendwas verpasst?“, erkundigte sich Magdalene neugierig.

„Nein“, sagte Jasmin schnell.

Zum Glück gongte es in diesem Moment. Sie mussten zurück in die Klasse. Letzte Stunde. Englisch. Eigentlich Magdalenes Lieblingsfach. Trotzdem fand sie ein anderes Thema spannender: Scott. Sie löcherte Jasmin mit Fragen.

Doch die ging nicht darauf ein, sondern tat so, als würde sie sich für die neuen Vokabeln an der Tafel interessieren.

Gegen Ende der Stunde flüsterte Magdalene: „Und was machst du, wenn er nach der Schule auf dich wartet?“

Scheiße! Daran hatte Jasmin noch gar nicht gedacht. Aber Scott hatte eine Stunde vor ihr Schluss. So lange würde er sicher nicht warten. Oder?

Draußen auf dem Schulhof traf Jasmin fast der Schlag. Scott hatte nicht nur auf sie gewartet – er hielt auch noch eine Rose in der Hand. Eine riesige, rote Rose!

„Hey, super!“, rief Magdalene lachend aus. „Die hat ja die gleiche Farbe wie dein Gesicht, Jasmin!“

Dafür bekam Magdalene von ihrer Freundin einen Boxhieb in die Seite verpasst. Jasmin hielt die Faust immer noch geballt, als sie wütend auf Scott zumarschierte.

„Was soll der Scheiß?“, fauchte sie ihn an. „Musst du mich auch noch in Verlegenheit bringen, nachdem du mich schon beleidigt hast?“

Scott sah aus wie ein begossener Pudel.

„Ich wusste doch nicht, dass es deine Mutter war“, murmelte er. „Und du hast auch nichts gesagt. Warum bist du denn nicht zu ihr gegangen?“

Erst wollte sie überhaupt nicht darauf antworten. Doch irgendwas in Scotts Augen signalisierte ihr, dass sie ruhig mit ihm über ihre Mutter reden konnte.

„War mir wohl peinlich“, gestand sie ihm kleinlaut.

Scott grinste. „Mann, kennst du irgendjemanden, dem seine Eltern nicht peinlich sind? Also, meine würde ich am liebsten gar nicht aus der Wohnung lassen. Meine Mutter zieht sich an, als hätte sie die Figur von Cindy Crawford. Dabei sieht sie aus wie die Zwillingsschwester von Otfried Fischer. Mein Vater sammelt Spielzeugeisenbahnen –“

„Schon gut, schon gut“, unterbrach Jasmin den Redeschwall. „Ist die für mich?“ Sie deutete auf die Rose, die Scott verlegen in der Hand drehte.

Er nickte und streckte ihr linkisch die Blume entgegen.

Jasmin rupfte sie ihm ebenso verlegen aus der Hand.

„Soll das jetzt so ’n Liebesding sein?“, fragte sie.

Scott schüttelte den Kopf. „Nö. Ich dachte, du wärst Vegetarierin und hättest vielleicht Hunger.“

Lachend schnupperte Jasmin an der Rose.

„Darf ich dem jungen Paar als Erste gratulieren?“, ertönte Magdalenes Stimme hinter ihr. „Ich habe leider keinen Reis dabei, mit dem ich euch bewerfen könnte. Aber wenn’s eine Banane auch tut, schmeiß ich euch die gerne an den Kopf.“

Jasmin war überrascht, dass sich Magdalene noch nicht zur Haltestelle verzogen hatte. Zu dritt machten sie sich nun auf den Weg dorthin. Magdalene quasselte und quasselte. Vielleicht hörte Scott ihr ja zu – Jasmin nicht.

Ja, Scott war wirklich nett. Und er sah gut aus. Gestern Abend vor dem Einschlafen hatte Jasmin an ihn gedacht. Doch dabei war etwas Seltsames passiert: Als sie sich sein Gesicht vorstellte, veränderte es sich. Seine Haare wurden schwarz, er wuchs um zwanzig Zentimeter, bekam Bartstoppeln und braune Dackelaugen.

Felipe!

Auch jetzt, während Jasmin neben Scott in der Straßenbahn saß, sah sie Felipe vor sich. Felipe, wie er ihr gegenüber im Café saß und ihr zuhörte. Felipe, wie er in sein Auto stieg. Felipe, wie er versuchte, Amigo zu dressieren, und dabei selbst ständig Pfote gab.

Verdammt!

„Wir sind da!“

Magdalene stupste Jasmin an. Sie zuckte zusammen und stieg mit den beiden aus.

„Bis morgen!“, sagte Scott.

„Ciao!“, rief Magdalene.

Jasmin murmelte auch irgendetwas und zückte den Schlüssel. Kurz darauf schloss sie die Haustür auf. Im Treppenhaus sah sie wieder Felipe vor sich. Diesmal allerdings live. Er kam eben aus der Betreuerwohnung.

„Hi“, sagte er grinsend. „Von wem stammt die denn?“ Er deutete auf die Rose.

„Von Scott“, erklärte Magdalene, ehe Jasmin irgendwas von wegen Werbegeschenk oder so erfinden konnte. Jasmin hätte Magdalene am liebsten erwürgt!

„Oh“, machte Felipe. „Muss ich eifersüchtig sein?“

Kichernd verschwand er die Treppe hinunter. Jasmin schaute ihm hinterher. Gab es denn gar nichts an ihm, das sie nicht leiden konnte? Seine Schuhe? Sein Haar? Seine Witze? Die Art, wie er redete oder sich bewegte?

Nein, sie liebte wirklich alles an ihm. Obwohl sie null Chancen bei ihm hatte!

Nachdenklich stieg sie die Stufen empor. Solange sie Felipe Tag für Tag über den Weg lief, würde sie nie von dieser schrecklichen Krankheit geheilt werden. Sie musste so bald wie möglich zu ihrer Mutter ziehen, jawohl! Dann würde sie Felipe auch schnell vergessen. Aus den Augen, aus dem Sinn. Und viel Sinn hatte die Sache ohnehin nicht.

18. Kapitel

Laura hüpfte wie eine Wahnsinnige im Wohnzimmer herum und wedelte mit einem weißen Briefumschlag. Das war der glücklichste Tag ihres Lebens!

„Worüber freust du dich denn so?“, fragte Jasmin verständnislos. „Will dich das Gesundheitsamt gratis gegen Tollwut impfen lassen?“

Lachend schüttelte Laura den Kopf und hüpfte weiter durchs Wohnzimmer. Sie war viel zu happy, um sich durch Jasmins Sticheleien ärgern zu lassen.

„Oder gibt’s ’ne neue Diät, bei der man so viel futtern darf, wie man will?“, fragte Jasmin weiter.

Wieder schüttelte Laura den Kopf.

„Besser, viel, viel besser!“, rief sie aufgeregt. „Ich hab eine Antwort! Eine richtige, echte Antwort! Von Leuten, die mich haben wollen!“

Ein verständnisloses Stirnrunzeln war Jasmins einzige Reaktion. Wie hätte sie auch ahnen können, warum Laura schier außer sich war. Laura zögerte, es ihr zu verraten. Würde Jasmin sie überhaupt verstehen? Schließlich hatte Jasmin ja eine Mutter. Also wusste sie nicht, was es für ein Waisenkind wie Laura bedeutete, dass jemand sie kennen lernen wollte, um sie vielleicht zu adoptieren.

Überglücklich hielt sie Jasmin den Umschlag unter die Nase. Die riss ihn an sich, zog den Brief heraus und las ihn laut vor.

„Liebes wohlerzogenes Mädchen! Wir haben deine ungewöhnliche Annonce in der Rheinischen Post gelesen und wür-

den dich gerne mal kennen lernen. Ich bin Hausfrau, und mein Mann ist leitender Angestellter einer Bank. Wir würden uns freuen, dich zu treffen. Wie wäre es am Dienstag, dem zweiundzwanzigsten Dezember, um fünfzehn Uhr in der Kunsthalle?"

Jasmin hob den Kopf. „Das ist ja heute!"

„Ja, ja!", frohlockte Laura.

„In anderthalb Stunden", sagte Jasmin nach einem Blick auf ihre Uhr.

Während Laura wieder kichernd durchs Wohnzimmer hopste, las Jasmin weiter.

„Du erkennst uns daran, dass wir beide schwarze Mäntel tragen und eine Ausgabe der Rheinischen Post dabeihaben. Mit freundlichen Grüßen – Ehepaar Streif."

Kopfschüttelnd ließ Jasmin den Brief sinken. „Kannst du mir bitte mal erklären, was das soll? Findet gleich im Museum eine Drogenübergabe statt?"

„Nein, eine Tochterübergabe – falls die sich nicht bei meinem Anblick übergeben!", sagte Laura.

„Nun verrat mir endlich, was das Ganze soll!", drängte Jasmin ungeduldig. „Ich versteh kein Wort!"

Da setzte sich Laura auf die Sofalehne, holte tief Luft und erzählte von der Sendung, in der Tiere ein Zuhause suchen. Und von ihrer Idee mit der Anzeige.

„Das findest du doch bestimmt zum Totlachen, oder?", fragte sie Jasmin.

„Nein", erwiderte diese ernsthaft. „Ich wünsch dir viel Glück, ehrlich!" Sie legte Laura eine Hand auf die Schulter.

„Ich muss mich jetzt fertig machen", sagte Laura schnell und stand auf, weil ihr Tränen in die Augen stiegen. Sie wusste selbst nicht, warum. Und darum wollte sie auch nicht, dass Jasmin sie nach dem Grund fragte.

Sie verschwand erst ins Bad und dann in ihr Zimmer. Das Anziehen dauerte diesmal viel länger als sonst, weil Laura nicht in ihren üblichen Schlabberklamotten im Museum aufkreuzen wollte. Wahrscheinlich hätte Jasmin sie gar nicht erkannt, wenn sie ihrer Mitbewohnerin eine Stunde später auf der Straße begegnet wäre. War das wirklich Laura, diese gepflegte junge Dame in schwarzer Hose, weißer Bluse und dem langen, grauen Mantel (ausgeliehen von Magdalene, die allerdings noch nichts davon wusste)?

Obwohl es nicht ganz so kalt war wie gestern, zitterten Lauras Knie, als sie in der Altstadt aus der Straßenbahn stieg und zum Museum ging. Warum war sie denn so verdammt nervös? Die Streifs würden sie schon nicht beißen. Vielleicht hatten sie nicht mal die passenden Zähne dafür. Von ihrem Alter war im Brief keine Rede gewesen. Aber Laura war es eigentlich egal, ob sie neue Eltern oder Großeltern bekam. Hauptsache eine Familie!

Aufgeregt betrat sie das Museum. Offenbar erledigten die Leute lieber ihre Weihnachtseinkäufe, als sich abstrakte Kunst anzusehen. Hier war es ja menschenleer! Das Ehepaar Streif hätte auf die schwarzen Mäntel und die *Rheinische Post* ruhig verzichten können. Außer ihnen und Laura und der Frau an der Kasse war weit und breit niemand zu sehen.

Laura ging auf das Ehepaar zu, das ihr freundlich zulächelte.

„Guten Tag“, sagte sie höflich und bemühte sich, klar und deutlich zu sprechen. „Ich bin Laura. Sind Sie das Ehepaar Streif?“

Die beiden nickten gleichzeitig und musterten Laura dann von oben bis unten. Laura musterte zurück. Frau Streif trug unter dem Mantel ein dunkelbraunes Kostüm.

Ihr Haar war im Nacken zu einer üppigen Welle geformt, und auf ihrer Nase saß eine Brille mit runden Gläsern.

Herrn Streifs Brille war aus Horn und ziemlich groß. Er trug einen dunkelblauen Anzug mit passender Krawatte.

Oh Mann, dachte Laura! Warum hießen die beiden eigentlich Streif und nicht Steif?

Die beiden schüttelten ihr die Hand.

„Was für eine elegante Bluse", meinte Frau Streif anerkennend. „Man trifft heute ja so selten junge Leute, die sich zu kleiden wissen."

Die Sprache passte zu ihrer Frisur, fand Laura.

Sie hatte erwartet, dass sie und die Streifs sich nur im Museum treffen würden, um dann in irgendein Café zu verschwinden. Aber nein: Die beiden wollten sich tatsächlich die Bilder anschauen. Laura machte gute Miene zum langweiligen Spiel und folgte den Streifs von Kunstwerk zu Kunstwerk.

Fast eine Stunde lang musste sich Laura Kommentare anhören wie „Man kann die Verzweiflung des Künstlers förmlich riechen, wenn man so in unmittelbarer Nähe vor seinem Werk steht". Alles, was Laura roch, war Ölfarbe.

„Welche Motive mögen den Künstler geleitet haben, als er das Rot so plakativ in die Mitte der Leinwand setzte?" Laura hatte da so eine Ahnung. Vermutlich waren ihm bis auf Rot sämtliche Farben ausgegangen.

Das Einzige allerdings, was sie hören ließ, waren einige Hms und Mhms und Phrasen wie „Ja, das seh ich auch so".

Endlich hatten die Streifs genug von den Farbklecksen und -strichen. Der gemütliche Teil konnte beginnen: im Café gegenüber. Laura hätte für ihr Leben gern Kaffee bestellt, aber irgendwie hatte sie das Gefühl, dass das bei ihren zukünftigen Eltern nicht gut ankommen würde.

„Eine Tasse schwarzen Tee, bitte!“, sagte sie lächelnd zum Kellner.

„Oh, da wollen wir uns mal anschließen“, meinte Frau Streif begeistert.

Volltreffer!

„Also: Du hast sicher eine ganze Menge Fragen an uns.“ Herr Streif lehnte sich zurück und schaute Laura erwartungsvoll an. „Schieß mal los!“

Fragen? Was denn für Fragen? Ach ja, klar: Darf ich Ihre Tochter sein?

„Wo wohnen Sie denn?“, fragte sie stattdessen.

„In Oberkassel.“

Wow! Gute Gegend, teure Gegend.

„Wie hübsch“, meinte Laura. Und weil ihr nichts mehr einfiel, ging sie zum Angriff über: „Haben Sie denn keine Fragen an *mich*?“

Die Streifs nickten einander zu, ehe Herr Streif das Wort ergriff: „Du rauchst und trinkst doch nicht, oder?“

Geschockt riss Laura den Mund auf.

„Großer Gott – natürlich nicht!“, rief sie empört. Die eine oder andere Zigarette, die sie schon mal mit ihren Freundinnen nach der Schule gequalmt hatte, konnte doch nicht wirklich schädlich sein. Vor allem deshalb nicht, weil sie ihr niemand nachweisen konnte. Hoffentlich bestanden die Streifs nicht darauf, ihre Freundinnen zu befragen.

„Entschuldige“, winkte Herr Streif schnell ab. „Wir wollten dich nicht beleidigen.“

Frau Streif nickte und legte ihre Hand auf Lauras Arm.

„Wir wussten es eigentlich schon, als wir dich sahen“, versicherte sie Laura. „Du hast vermutlich auch Empfehlungsschreiben – von Heimleitern, Pflegeeltern oder deinen Sozialbetreuern.“

Was für'n Scheiß?

„Natürlich!“, beruhigte Laura die Streifs.

„Es ist nämlich höchst ungewöhnlich, wie du dich selbst auf die Suche nach Pflegeeltern gemacht hast. Das wurde doch sicher von entsprechender Stelle abgesegnet, nicht wahr?“

Laura nickte, worauf die Streifs einen erleichterten Blick wechselten.

„Ausgezeichnet, ausgezeichnet“, sagte Herr Streif. „Wir haben auch schon so eine Art Plan ausgearbeitet für unser späteres Zusammenleben.“

Einen was?

„Du musst nämlich wissen, dass wir schon seit Jahren nach einem passenden Kind suchen, um unser Familienglück zu komplettieren.“

Wie redeten sie bloß? Hatten die etwa einen Stock verschluckt? Na, Laura würde ihnen schon noch das Fluchen beibringen. Mit ein paar fetten MTV-Videos würde sich ihr Wortschatz auch etwas entstauben lassen.

„Dinge wie fixe Fernsehzeiten ...“

Leb wohl, MTV!

„... oder Schlafenszeit oder wann und wie lange wir ausgehen.“

Wir? Die redeten doch mit Sicherheit nicht von sich. Hier ging es darum, Laura an die Leine zu legen. Aber denen würde sie es schon noch zeigen, wie man gleichzeitig ungehorsam und liebenswert sein konnte! Das hatte sie von Amigo gelernt. Wuff!

„Leider hatten wir Probleme mit unseren drei bisherigen Pflegekindern“, erklärte Herr Streif. „Um ehrlich zu sein: Schon nach wenigen Monaten sind wir im Streit auseinander gegangen.“

Mir kommen die Tränen!, dachte Laura.

„Das tut mir Leid", heuchelte sie. „Und was waren die Steine des Anstoßes?"

Toller Ausdruck! Es lohnte also doch, sich einmal pro Woche einen Hollywood-Schmachtfetzen über den britischen Hochadel reinzuziehen!

„Ach, anfangs waren alle immer sehr höflich und freundlich und schienen sich bei uns sehr gut einzuleben", erzählte Frau Streif. „Aber dann, als wir überzeugt waren, wir hätten ein solides Gebäude für unsere gemeinsame Zukunft aufgebaut – na ja, wie soll ich es ausdrücken? Irgendwann dachten sie dann wohl, dass sie sich uns gegenüber alles herausnehmen dürften."

Komisch, wie war das nur möglich? Laura unterdrückte krampfhaft ein Grinsen. Offenbar waren die anderen miese Schauspielerinnen gewesen. Sie würde garantiert nicht den gleichen Fehler machen, oh nein! Aber sie durfte nicht eine Sekunde länger hier bleiben, sonst würde sie einen schrecklichen Lachkrampf bekommen.

„Ich muss jetzt leider zurück zu meinen Hausaufgaben", sagte sie höflich nach einem Blick auf die Uhr. „Und ich fürchte, dass mein Zimmer auch mal wieder aufgeräumt werden sollte. Das habe ich seit zwei Tagen nicht mehr gemacht. Die Bücher stapeln sich schon bis zur Decke."

Der gerührte Blick, den Herr und Frau Streif sich zuwarfen, entging ihr nicht.

Laura kramte in ihrer Tasche und zog ihr Portmonee hervor.

„Nicht doch", winkte Herr Streif schnell ab. „Du bist natürlich unser Gast."

Höflich bedankte sich Laura, während die beiden wieder Blicke wechselten. Frau Streif nickte.

„Wir würden dich gerne zu uns einladen“, sagte Herr Streif und reichte Laura seine Visitenkarte. „Möchtest du vielleicht Heiligabend bei uns verbringen?“

Na also, es ging doch!

„Das wäre wirklich wunderschön“, sagte sie getragen. „Wenn ich Sie nicht störe.“

Beide winkten ab und verabschiedeten sich herzlich von Laura.

Sie schüttelte ihre Hände und meinte höflich: „Ich freue mich schon sehr darauf, Sie wiederzusehen!“

Aber um euch zu ertragen, muss ein dreistelliges Taschengeld drin sein!, fügte sie in Gedanken hinzu.

9 Kapitel

Nicoles Herz klopfte bis zum Hals. Seit einem halben Jahr wartete sie nun schon auf diesen Tag. Und jetzt, wo er da war, hätte sie sich am liebsten unter Magdalenes Bett verkrochen und wäre nie mehr rausgekommen. Was, wenn alles schief ging? Was, wenn ihr Vater inzwischen doch nicht mehr nach Kanada wollte? Was, wenn vor dem Gefängnis schon die Heimbetreuer aus Münster auf sie warteten?

Sie atmete tief durch, stand von ihrer Luftmatratze auf und ging in den Flur. In Zeitlupe zog sie ihre Stiefel und die Jacke an. Sie hatte doch gar keine andere Wahl, als es zu versuchen. In der WG konnte sie sich nicht ewig verstecken. Jasmin, Laura und Magdalene hatten ihr viel Glück gewünscht, ehe sie vorhin zur Schule gegangen waren. Klar, das hatten sie ehrlich gemeint! Aber gleichzeitig waren die drei bestimmt ganz froh, dass sie sich endlich aus dem Staub machte. Immerhin riskierten sie, selbst wieder ins Heim zu kommen, wenn die Sache aufflog.

Schon an der Haltestelle schaute sich Nicole nach Leuten um, die irgendwie nach Jugendamt aussahen. Vielleicht war man ihr schon dicht auf den Fersen. Nicole fühlte sich wie in einem Krimi. Besonders schön war dieses Gefühl jedoch nicht.

Eine Viertelstunde später stand sie vor dem Gefängnis. Wie oft hatte sie schon von diesem Moment geträumt! Doch in keinem der Träume hatte es so heftig geregnet wie jetzt.

Zum Glück ließ ihr Vater sie nicht warten. Pünktlich um neun verließ er das Gefängnis, eine Reisetasche in der einen und zwei Plastiktüten in der anderen Hand. Kaum hatte sich die Tür hinter ihm geschlossen, stellte er die Sachen ab und holte eine Zigarettenschachtel aus seinem Mantel. Warum schaute er sich nicht nach ihr um? Nicole hatte ihm doch versprochen, dass sie ihn abholen würde.

Er bemerkte sie erst, als er mit der brennenden Zigarette im Mund nach seinen Sachen griff. Nicht die Spur von einem Begrüßungslächeln. Auch sonst keinerlei Regung. Wusste er nicht mehr, wer sie war? Irgendwie wirkte er genauso ängstlich, wie Nicole sich fühlte. Und mit plötzlichem Unbehagen musste sie sich eingestehen, dass sie diesen Mann, der jetzt vor ihr stand und sie irgendwie ratlos ansah, eigentlich gar nicht kannte. Das war ihr Vater?

Nicole schluckte. Sie wusste nicht, was sie sagen sollte. Wie idiotisch ihr mit einem Schlag die Idee mit dem Auswandern erschien! Das war doch totaler Schwachsinn! Was wollten sie denn in Kanada? Wie war sie auf den blödsinnigen Gedanken verfallen, dass ausgerechnet jenes Land am anderen Ende der Welt auf sie und diesen dünnen, unsicheren Mann warten würde? Was sollte dort denn anders laufen als hier?

„Alles klar?“, meinte ihr Vater zur Begrüßung.

Nicole nickte. „Und bei dir?“

„Hm, fühl mich ganz gut“, sagte er. „Abgesehen vom Regen.“ Er ließ die nasse Zigarette aus seinem Mund fallen. „Hast du keinen Schirm?“

„Nein.“

„Bringst du mich ins Hotel?“, fragte er.

„Ja.“

Nicole nahm ihm die Plastiktüten ab und ging voran zur Haltestelle. In der Straßenbahn redeten sie hauptsächlich übers Wetter.

Das Hotel entpuppte sich als klein und schäbig – vermutlich die billigste Absteige in ganz Düsseldorf. Als der Portier den Schlüssel rausrückte, warf er Nicole einen misstrauischen Blick zu.

„Wissen deine Kumpels, wo du wohnst?“, fragte Nicole, als sie oben im Zimmer angekommen waren.

„Nein, keiner weiß, dass ich hier bin“, behauptete ihr Vater, der so erschöpft aufs Bett gefallen war, als hätte er eine endlose Reise hinter sich. Na ja, im Grunde hatte er das ja auch tatsächlich.

Nicole wollte sich auf einem schäbigen Sessel niederlassen, der aussah, als hätte er schon mehrere Weltkriege überstanden, allerdings nicht ohne schwere Verwundungen. Doch da klopfte es an die Tür. Wer mochte das sein? Hier gab es bestimmt keine Kellner, die einem Lachs und Champagner aufs Zimmer servierten.

Neugierig öffnete sie die Tür. Ein kleiner Dickwanst mit Dreitagebart spazierte an ihr vorbei, ohne sie eines Blickes zu würdigen, und begrüßte ihren Vater.

„Willkommen in der Freiheit!“, rief er und schüttelte ihrem Vater die Hand. „Na, alles gut überstanden?“

„Tag, Charly!“ Nicoles Vater hatte sich vom Bett erhoben. „Was machst du denn hier?“

„Keine Angst, ich hau sofort wieder ab!“ Sein Blick fiel auf Nicole. „Will ja nicht stören. Aber ist die Kleine nicht ein bisschen jung? Wusste gar nicht, dass du auf so was stehst, Willy.“

„Halt die Schnauze!“, brummte Nicoles Vater. „Das ist meine Tochter Nicole.“

„Entschuldige!“, sagte der Dicke schnell und streckte Nicole die Hand hin. „Du kannst mich Charly nennen.“

„Wer sind Sie?“, fragte Nicole und verschränkte demonstrativ die Arme. „Und woher wissen Sie, dass mein Vater hier ist?“

„Woher wohl?“ Der Dicke kicherte. „Ich bin Hellseher. Im Nebenberuf.“

„Und was ist Ihr Hauptberuf?“

Da wandte sich Charly an ihren Vater und beschwerte sich: „Ist das hier ’n Kreuzverhör? Ich dachte, wir haben was Wichtiges zu besprechen.“

„Später“, murmelte Nicoles Vater, worauf sein Kumpel ihr kurz zunickte und dann verschwand.

Ihr Vater ließ sich wieder aufs Bett fallen, schloss die Augen und stieß einen tiefen Seufzer aus. Wenn er dachte, dass ihn Nicole nun in Ruhe lassen würde, hatte er sich schwer getäuscht.

„Niemand weiß also, wo du bist, ja?“, fing sie an.

Ihr Vater verzog nur das Gesicht, sagte aber kein Wort.

„Es bleibt doch bei Kanada, oder?“, erkundigte Nicole sich vorsichtig und hoffte, dass ihr Vater Nein sagen würde. Die Reise war ohnehin gestorben.

„Natürlich!“ Ihr Vater grinste sie an. Ein besonders guter Lügner war er noch nie gewesen. Und im Gefängnis hatte er in dieser Hinsicht anscheinend nichts dazugelernt.

Nicole wollte nur noch weg.

„Hier, ich hab dir was zum Lesen mitgebracht“, sagte sie und warf den Reiseführer aufs Bett. Mehr als dieses Buch würden sie und ihr Vater nie von Kanada zu sehen kriegen.

„Ich muss los!“ Sie ging zur Tür und drehte sich noch mal kurz um. „Ich ruf dich an, okay?“

„Hm, hm“, machte ihr Vater und winkte ihr zu. Irgendwie idiotisch, diese Geste! Schließlich trennten sie nur drei Meter.

Nicole machte die Tür hinter sich zu und ging den Flur entlang auf die Treppen zu.

Eins war klar: Weihnachten würde sie bestimmt nicht in Kanada feiern. Fragte sich nur, ob sie darüber froh oder traurig sein sollte ...

20. Kapitel

„Jasmin! Besuch für dich!“, brüllte Laura durch die ganze Wohnung.

Erstaunt rappelte Jasmin sich vom Sofa auf. Wer sollte das denn sein? Jasmin hatte keine Freundinnen, die einfach so mal bei ihr reinschneiten. Eigentlich hatte sie auch keine Freundinnen, die vorher anriefen und dann reinschneiten.

Sie schlüpfte in ihre Hausschuhe und marschierte in den Flur.

Laura kam ihr entgegen.

„Brad Pitt steht vor der Tür!“, zischte sie ihr zu. „Für einen, der aussieht wie ein Schauspieler, ist er allerdings ganz schön von der Rolle."

Laura hatte Recht. In letzter Zeit hatte Scott anscheinend ein neues Hobby: Er imitierte Hunde. Mit Vorliebe begossene Pudel.

„Hi", begrüßte Jasmin ihn. „Was gibt's denn?"

Scott trat von einem Bein aufs andere.

„Na ja, du bist am Montag so schnell verschwunden. Und in der Schule haben wir ja auch kaum geredet. Und morgen ist schon Freitag, dann seh ich dich wieder bis nächsten Montag nicht. Da dachte ich ... äh, ich meine, dass du vielleicht doch noch böse auf mich bist. Und da wollte ich dich mal fragen –" Zum ersten Mal sah er auf und Jasmin in die Augen. „Bist du noch böse auf mich?"

Jasmin lachte.

„Nein", sagte sie schnell. „War's das?"

„Ja. Ich meine, nein. Ich weiß nicht so recht. Können wir nicht zusammen was unternehmen?"

Eigentlich hatte Jasmin nicht die geringste Lust dazu. Sie hatte diesen Nachmittag schon was vor: fernsehen, leise Chips kauen, damit Laura es nicht hörte, und krampfhaft versuchen, wach zu bleiben, bis es Zeit war, ins Bett zu gehen. Aber Scott tat ihr irgendwie Leid. Warum musste sich der arme Kerl ausgerechnet in sie verlieben? In Düsseldorf wimmelte es doch nur so von netten Mädchen.

Aber das mit der Liebe konnte man sich ja leider nicht selbst aussuchen. Das wusste Jasmin nur allzu gut. Wenn sie etwas dagegen hätte tun können, hätte sie sich bestimmt nicht ausgerechnet in Felipe verguckt.

„Wir könnten zu meiner Mutter gehen", schlug Jasmin zu ihrer eigenen Überraschung vor.

„Zu deiner Mutter?", wiederholte Scott.

„Dann siehst du mal, wie sie sonst so drauf ist", erklärte Jasmin. Wollte sie das wirklich? Was, wenn ihre Mutter die Tür aufmachte und ihnen vor die Füße kotzte oder lallend fragte, wer sie denn eigentlich sei?

Um ganz ehrlich zu sein – und das war Jasmin selten genug –, wollte sie Scott auch deshalb mitnehmen, weil sie sich nicht allein zu ihrer Mutter traute.

Ja, sie wollte zu ihr ziehen. Sie wollte, dass sie aufhörte zu trinken. Aber wenn sie feststellte, dass alles beim Alten war und ihre Träume den Bach runtergingen, dann sollte schon jemand dabei sein. Wenigstens, damit Jasmin sich zusammenriss und nicht völlig durchdrehte.

„Ich geh zu meiner Mutter!", rief sie Laura zu, schlüpfte in ihre Stiefel, schnappte sich ihre Jacke und war schon zur Tür draußen, ehe sie es sich anders überlegen konnte.

In der Straßenbahn erzählte Scott noch mal von seinen nervigen Eltern. Jasmin war froh, dass er redete. Sie hätte auch gerne zugehört, aber sie war zu sehr damit beschäftigt, sich die schlimmsten Horrorszenarien auszumalen. Die schwachsinnigsten Vorstellungen gingen ihr durch den Kopf. Ihre Mutter, die sich völlig betrunken an Scott ranmachte. Scott, der darauf einging und schließlich ihr Stiefvater wurde. Eine Wohnung, die bis oben hin mit leeren Flaschen gefüllt war.

Dann standen sie vor dem Haus, und Jasmin drückte mit zitternder Hand die Klingel. Was für ein beknackter Einfall, hierher zu kommen! Aber vielleicht war ihre Mutter ja gar nicht da. Vielleicht war sie irgendwo einkaufen. Oder auf Sauftour. Oder schlief ihren Rausch aus und hörte die Klingel nicht.

„Ja?", tönte es aus der Sprechanlage.

„Jasmin – deine Tochter!"

Konnte ja sein, dass ihre Mutter gerade einen Blackout hatte und sich nicht an Jasmins Namen erinnerte. „Kann ich raufkommen? Ich hab einen Freund mitgebracht."

„Ja, sicher!"

Wie hatte sich dieses „Ja, sicher!" angehört? Entsetzt? Erfreut? Überrascht? Oder eher wie der Hinweis „Geht ganz langsam die Treppen rauf, ich muss noch aufräumen und was anziehen"?

Sicher ist sicher, dachte Jasmin. Scott hielt ihr die Haustür auf. In Zeitlupe schob sie sich an ihm vorbei.

Dann die erste Stufe. Jasmin bewegte sich wie eine Schildkröte.

„Hast du einen Krampf im Bein?", wunderte sich Scott.

„Wie läuft's bei dir eigentlich in Mathe?", erkundigte sie sich schnell, ohne auf seine Frage einzugehen.

„Ganz gut", meinte Scott überrascht. „Wieso?"

„Nur so."

Jasmin hob vorsichtig das andere Bein, um es auf die zweite Stufe zu stellen. Wenn sie in dem Tempo weitermachte, hatte ihre Mutter noch genug Zeit, um die Wohnung neu zu tapezieren.

„Und in Englisch?", fragte sie weiter.

Ehe Scott darauf antworten konnte, rief ihre Mutter von oben: „Wo bleibt ihr denn?"

„Wir kommen schon!", rief Scott, drängte sich an Jasmin vorbei und stapfte in den dritten Stock.

Jasmin beeilte sich, hinterherzukommen. Als sie oben war, schüttelte Scott schon die Hand ihrer Mutter.

„Das ... das ist Scott", schnaufte Jasmin.

„Weiß ich schon. Wir haben uns gerade vorgestellt", sagte ihre Mutter, kam auf sie zu und umarmte sie. Sie roch nach Haarshampoo und Deodorant.

Jasmin atmete erleichtert auf. Ihre Mutter war nüchtern, gewaschen und –

„Dürfen wir reinkommen?“, fragte Scott und lächelte Jasmins Mutter an.

Sie strahlte zurück, und es sah plötzlich so aus, als ob sich die beiden schon ewig kennen würden.

Verwirrt stolperte Jasmin hinter Scott in die Wohnung. Alles war sauber und aufgeräumt. Nichts deutete darauf hin, dass hier vor kurzem irgendwelche Saufgelage stattgefunden hatten.

Scott und sie setzten sich an den Küchentisch, während ihre Mutter Tee kochte.

Anscheinend fühlte sich Scott sehr wohl in seiner Haut. Vermutlich hatte er sich auch selbst schon einige Horrorszenen ausgemalt und war heilfroh, dass sie nicht eingetreten waren. Bis jetzt jedenfalls.

„Verbringt ihr Weihnachten eigentlich hier zusammen?“, erkundigte sich Scott.

„Natürlich feiern wir hier!“, antwortete Jasmins Mutter an ihrer Stelle. „Mit Weihnachtsbaum und allem Drum und Dran. Stimmt's, Jasmin?“

Jasmin traute ihren Ohren kaum. Zog ihre Mutter da eine Show für Scott ab, oder meinte sie das etwa ernst? Sie hatten bisher noch nicht mal darüber gesprochen, ob sie gemeinsam feiern würden.

„Äh – klar“, sagte Jasmin.

Ihre Mutter stellte die Tassen auf den Tisch und setzte sich.

„Ich hab schon jede Menge Christbaumschmuck gekauft, und wenn du mir hilfst, kriegen wir sicher auch ein paar Plätzchen zu Stande.“

Christbaumschmuck gekauft? Wann denn? Auf dem

Weihnachtsmarkt, als sie völlig besoffen an einer Glühweinbude lehnte und mit glasigen Augen in ihren Pappbecher stierte? Vielleicht hatten ihr ja andere Budenbesitzer das Glitzerzeug nachgeschmissen, damit sie abhaute und ihnen die Kunden nicht vertrieb.

„Toll!", sagte Jasmin mit gespielter Begeisterung. „Das wird schön."

„Ich weiß schon, was bei uns unterm Baum liegen wird", meinte Scott. „Ein paar Tunnels, einige Häuser und jede Menge Schienen."

Jasmin und ihre Mutter starrten ihn verständnislos an.

„Mein Vater sammelt Spielzeugeisenbahnen", erklärte Scott grinsend. „Er hat eine im Keller, die inzwischen mindestens so verzweigt ist wie das echte Eisenbahnnetz. Allerdings gibt er nicht zu, dass er die Dinger sammelt. Offiziell gehört die Bahn mir. Darum bekomme ich zum Geburtstag und zu Weihnachten immer neue Teile, die mein Vater dann netterweise für mich einbaut."

„Ach du Schande!", rief Jasmin aus. „Seit wann geht das schon so?"

„Seit meinem achten Geburtstag. Da bekam ich die erste Lok und einen Schienenkreis."

„Und du hast dich nie dafür interessiert?", fragte Jasmins Mutter mitleidig.

„Am Anfang ein bisschen", gab Scott zu. „Da hab ich einen Plastiktunnel mit Moos und Bäumen und kleinen Gämsen beklebt –" Er stockte.

„Und dann?", fragte Jasmin.

„Dabei hab ich wohl irgendwie zu viele Gämsen erwischt. Am Ende waren es mehr als Bäume. Mein Vater ist ausgerastet, hat alles wieder abgepflückt und neu aufgebaut. Ich durfte nie wieder was anfassen."

Jasmins Mutter nickte. „Ein traumatisches Erlebnis“, erklärte sie fachmännisch. „Das kann später noch Folgen haben.“

„Och“, meinte Scott wegwerfend. „Nur weil ich jedes Mal einen Schreikrampf bekomme, wenn ich Schienen sehe? Oder ans Töten denke, wenn mir ein Schaffner begegnet? Nur, weil ich manchmal nachts davon träume, die Bäume auf den Tunnelbergen abzupflücken, damit die Gämsen eine Chance haben, gesehen zu werden?“

Er schlug die Hände vors Gesicht und begann zu schluchzen.

Jasmin und ihre Mutter lachten.

„Schon gut“, meinte Jasmins Mutter. „Dann hast du eben kein Trauma!“

Grinsend ließ Scott die Hände sinken.

„Kein Trauma?“, fragte er ungläubig. „Könnt ihr euch vorstellen, wie sich ein Zehnjähriger fühlt, dessen übergewichtige vierzigjährige Mutter mit rotem Ledermini zum Elternsprechtag geht? Ich hab sehr wohl ein Trauma.“

„Wenn du mal darüber reden willst, komm bitte nicht zu mir“, meinte Jasmin und schaute dabei so verständnisvoll drein wie Lilli.

Die nächste halbe Stunde erzählte Jasmins Mutter davon, wie sie als Kind Weihnachten gefeiert hatte. Jasmin schlief fast ein. Sie kannte die Geschichten schon – allerdings von ihrer Oma. Und die konnte sehr viel witziger erzählen.

Scott schien allerdings äußerst fasziniert. Entweder war er ein verdammt guter Schauspieler, oder Geschichte war sein Spezialgebiet, und er wollte aus erster Hand vom Leben der Menschen vor dreißig Jahren erfahren. Eine andere Möglichkeit war, dass er sich nur bei Jasmin einschleimen wollte.

„Also, ich muss jetzt leider nach Hause zum Abendessen“, seufzte Scott schließlich. „Mein Onkel kommt zu Besuch. Vielen Dank für den Tee!“

Sie standen auf, und Jasmins Mutter begleitete sie bis an die Tür.

„War nett, dich kennen zu lernen, Scott!“, sagte sie herzlich. „Komm doch mal wieder vorbei. Wenn du willst, kannst du auch gern meine Tochter mitbringen.“

Scott lachte. Jasmin gab ihrer Mutter einen Kuss auf die Wange.

„Also bis Samstag, Mutti“, sagte sie leise und folgte Scott.

„War das wirklich die gleiche Frau wie auf dem Weihnachtsmarkt?“, fragte Scott fassungslos, sobald sie aus dem Haus traten. „Die hätte ich ja nie wieder erkannt!“

Er kam richtig ins Schwärmen, was sie doch für eine tolle Mutter hätte und dass er jetzt wüsste, warum Jasmin so gut aussah ... blablabla. Genervt verdrehte Jasmin die Augen.

An der Haltestelle verstummte er plötzlich und schaute Jasmin ganz komisch an. „Das mit meinem Onkel und dem Abendessen war gelogen“, gestand er zögernd. „Ich muss gar nicht nach Hause. Ich wollte nur mit dir allein sein.“

„Wieso?“

Er kam einen Schritt näher auf sie zu und lächelte. Jasmin dachte, er wolle ihr etwas ins Ohr flüstern, und beugte sich zu ihm.

Eine Zehntelsekunde später lagen Scotts Arme um ihren Hals und seine Lippen auf der unteren Hälfte ihres Gesichtes, irgendwo in der Nähe ihrer Lippen. Bevor Jasmin noch richtig registriert hatte, was passiert war, hatte Scott sie auch schon wieder losgelassen und ihr den Rücken zugedreht. Mit großen Schritten verschwand er um die nächste Ecke.

Nachdenklich fuhr sich Jasmin über die Lippen. Zwei Dinge wusste sie jetzt: Dass Scott ganz gut küssen konnte. Und dass sie nicht im Mindesten in ihn verliebt war. Obwohl sie während des Kusses die Augen geschlossen hatte, hatte sie ein Gesicht vor sich gesehen. Aber nicht das von Scott.

21. Kapitel

Verdammter Mist!

Das Geld hätte Magdalene wirklich gut gebrauchen können. Sie hatte eben erfahren, dass sie am Nachmittag nicht babysitten sollte. Die kleine Adelheid war erkältet.

Kein Wunder!, dachte Magdalene. Mussten denn die Eltern das arme Baby ständig der Kälte aussetzen? Mit dem schrecklichen Vornamen hatten sie dem Kind doch schon mehr als genug angetan.

Jetzt würde die Kleine ihr erstes Weihnachtsfest mit einer Erkältung erleben, nur weil sie massenhaft frische Luft hatte schnappen müssen.

Weihnachten ...

Morgen war Heiligabend, und Magdalene hatte sich noch immer nicht so recht entschieden, ob sie im Park auf Maurice warten sollte oder nicht. Auf der einen Seite wollte sie unbedingt nach Paris. Auf der anderen Seite hatte sie Angst. Sie kannte niemanden dort. Was, wenn alles schief lief? Wenn ihre Aupairfamilie sie nicht ausstehen konnte und sie gar nicht für das komplette Jahr haben wollte? Sie musste natürlich abhauen, ohne dass Lilli und Felipe etwas merkten. Die wären sicher auch nicht begeistert, wenn sie wüssten, dass einer ihrer Schützlinge das Land verlassen wollte.

Wenn sie sich entschloss, mit Maurice zu fahren, würde die WG morgen wie ausgestorben sein. Jasmin wollte mit Amigo zu ihrer Mutter, Laura zu ihren zukünftigen Eltern und Nicole nach Kanada.

Magdalene zog einen Handschuh aus, um die Wohnungstür aufsperren zu können. Im Flur hörte sie die Stimmen von Jasmin und Nicole. Amigo lag breit wie ein Bettvorleger im Flur. Sie zog die Schuhe aus, streichelte Amigo über den Kopf und ging zur Küchentür.

„Ich kann das einfach nicht glauben!“, regte sich Jasmin gerade auf. „Du warst eine von den Ältesten im Heim. Und du bist doch nicht der Typ, der sich terrorisieren lässt.“

Wovon redete Jasmin da?

„Ich hatte wirklich Probleme mit dieser Mädchengang“, erwiderte Nicole.

„Aber die haben dich nicht verprügelt oder dir Haare ausgerissen oder dich aus dem Heim vertrieben, oder?“, stellte Jasmin fest. „Du bist gegangen, weil du zu deinem Vater wolltest.“

„Ja, das stimmt“, seufzte Nicole. „Okay, ich geb’s zu: Die Gang hab ich nur erfunden, damit ihr mich nicht gleich wieder rausschmeißt. Ich dachte, die Mitleidstour könnte nicht schaden.“

„Blöde Kuh!“, zischte Jasmin. „Diese Schwindelei hättest du dir echt sparen können.“

„Ja, ich weiß. Tut mir Leid!“

Die beiden schwiegen. Magdalene hielt die Luft an. Dieses falsche Biest! Seit zwei Wochen hielt die WG Nicole jetzt schon versteckt. Und dabei hatte sie sie die ganze Zeit über angelogen.

Magdalene kochte vor Wut, als sie daran dachte, wie sie Nicole von ihrem Stiefbruder erzählt hatte. Da war Nicole richtig verständnisvoll gewesen. So eine gemeine Schauspielerin! Nie wieder würde Magdalene ihr irgendwas anvertrauen.

„Eigentlich hab ich nur wegen Magdalene gelogen“, hörte sie Nicole sagen. „Die wollte doch nicht, dass ich hier bleibe. Konnte ich denn ahnen, dass sie früher von ihrem Bruder geschlagen worden ist? Dann hätte ich den Scheiß garantiert nicht erzählt, glaub mir!“

Leise schlich Magdalene zurück in den Flur und auf die Wohnungstür zu. Amigo folgte ihr.

Sie machte die Tür auf, und beide schlüpften nach draußen.

Beherzt ging Magdalene auf die Betreuerwohnung zu. Sie würde Lilli und Felipe einen kleinen Tipp geben, wo sie ein entlaufenes Heimmädel finden konnten.

Magdalene hob die Hand, um auf die Klingel zu drücken. Da fing Amigo plötzlich an zu winseln. Verwirrt blickte Magdalene nach unten. Mit großen braunen Augen sah der Kleine sie traurig an. Damit war eines klar: Einer von Amigos Vorfahren musste ein Dackel gewesen sein. Wie sonst hätte er diesen Blick zu Stande bringen können? Ob er irgendwie mit Felipe verwandt war? Der konnte auch so treuherzig aus der Wäsche gucken.

Noch einmal hob Magdalene die Hand, um zu klingeln. Wieder ließ Amigo dieses Stein erweichende Gewinsel hören. Magdalene ging neben ihm in die Knie und kraulte ihm das Kinn.

„Hast ja Recht, Dicker“, sagte sie liebevoll. „Morgen ist Heiligabend. Da liefert man keinen ans Messer. Auch, wenn sie’s verdient hätte.“

Sie kehrte zurück in die Wohnung. Jasmin und Nicole standen im Flur und starrten sie mit großen Augen an.

„Oh Gott!", stöhne Jasmin. „Ich dachte schon, du wärst Lilli."

Sie knöpfte ihren Mantel zu und drängte sich an Magdalene vorbei. „Ich bin mal kurz weg. Zu Scott", fügte sie etwas leiser hinzu.

„Aha, du findest ihn also doch ganz nett", stellte Magdalene grinsend fest.

Jasmin schüttelte erst den Kopf, nickte aber gleich darauf. „Ja, er ist ganz nett", erklärte sie ernst. „Aber mehr nicht. Und genau das möchte ich ihm jetzt klarmachen. Ciao!"

Sie verschwand aus der Wohnung, in der es plötzlich ganz still wurde. Nicole stand da und starrte auf ihre Finger. Magdalene wollte etwas sagen, wusste aber nicht, was. Da ging sie einfach wortlos ins Wohnzimmer, schaltete den Fernseher ein und ließ sich aufs Sofa fallen.

Während sie einem glatzköpfigen Rapper dabei zuschaute, wie er durch die Stadt stolzierte und dabei affengleich die Arme schwenkte, dachte sie an Paris. So langsam sollte sie sich entscheiden, ob sie morgen früh mit Maurice im Auto sitzen wollte oder nicht.

„Kann ich kurz mit dir reden?", fragte Nicole, die so leise wie eine Katze hereingeschlichen war.

„Wenn es unbedingt sein muss", entgegnete Magdalene nicht sehr freundlich.

Nicole räusperte sich und hockte sich aufs Fensterbrett.

„Ich muss dir was sagen", fing sie an. „Über das Heim und die Mädchengang, von der ich dir erzählt habe."

„Du meinst, dass diese Gang nur erfunden war?", fragte Magdalene betont gelangweilt.

„Das ... das hast du durchschaut?“ Nicole war total baff. „Und du hast mich trotzdem nicht verraten?“

Magdalene winkte großmütig ab. „Wozu? Ich wusste von Anfang an, dass du lügst. Für wie blöd hältst du mich eigentlich?“

Nicole breitete irgendwie entschuldigend die Arme aus. Dann murmelte sie: „Danke.“

„Bitte“, sagte Magdalene und dachte: Bedank dich lieber bei Amigo!

22. Kapitel

„Psssst! Aufwachen, Laura!“

Verschlafen drehte sich Laura auf die andere Seite.

Es war mitten in der Nacht. Niemand, der bei klarem Verstand war, hätte da versucht, sie zu wecken.

„Laura!“

Eine Hand rüttelte hartnäckig an ihrer Schulter. Mürrisch rieb sich Laura die Augen, ehe sie sie aufmachte. Magdalene kniete neben ihrem Bett. Sie war angezogen und trug sogar eine Jacke. Draußen war es noch stockdunkel. Schlaftrunken erinnerte sich Laura, dass heute Heiligabend war.

„Ich wollte mich nur verabschieden“, sagte Magdalene.

Mit einem Schlag war Laura hellwach. Natürlich wusste sie von Magdalenes Plänen. Von dem Aupairjob in Paris, von dem Typen, der sie mitnehmen wollte. Aber irgendwie hatte Laura nie ernsthaft damit gerechnet, dass Magdalene Ernst machte.

Und jetzt kniete sie neben ihrem Bett, um sich zu verabschieden. Für wie lange wohl?

Laura spürte ein leichtes Brennen in den Augen.

„Du – du fährst also wirklich?“, fragte sie.

Magdalene nickte.

„Lilli hab ich erzählt, ich würde im trauten Schoß meiner Familie feiern. Und von Jasmin und Nicole hab ich mich schon verabschiedet“, sagte sie. „Also: Mach's gut!“

„Nein, warte, geh nicht!“, wollte Laura sagen. Was sollte sie denn ohne Magdalene machen? Mit wem sollte sie dann streiten – oder fernsehen? Was wollte Magdalene denn in Paris, ganz allein?

Endlose Fragen wirbelten ihr durch den Kopf. Stattdessen sagte sie nur: „Ich wünsch dir viel Glück, Magdalene.“

Magdalene lächelte sie an. „Danke. Wünsch ich dir auch. Mit deinen neuen Eltern und so.“

Verlegen schwiegen beide einen Augenblick. Dann stand Magdalene auf und wischte sich über die Augen.

Laura dachte daran, wie sie Magdalene zum ersten Mal begegnet war. Wie sie sich gegenseitig Lügen über ihr Leben erzählt hatten. Ihre Streitereien. Mist!

Magdalene ging zur Tür. „Ich rufe an, wenn ich in Paris bin!“, versprach sie. „Au revoir!“

„Magdalene!“, rief Laura ihr nach.

Sie drehte sich noch mal um.

Geh nicht, dachte Laura. Bleib bei uns. Bleib bei mir. Du wirst mir wahnsinnig fehlen! Du hast ja keinen Schimmer, wie gern ich dich hab. Wie denn auch? Bis jetzt war mir das ja selbst nicht richtig klar.

„Frohe Weihnachten!“, sagte Laura leise.

„Wünsch ich dir auch. Ciao!“

Man sollte meinen, nach so einem Abschied könnten normale Menschen kein Auge mehr zutun. Aber Laura hatte ja nie behauptet, normal zu sein. Sie würde Magdalene vermissen. Aber das änderte nichts daran, dass es noch sehr früh war und sie todmüde. Außerdem war es ja vielleicht doch kein Abschied für länger.

Nur wenige Minuten später war sie wieder eingeschlafen.

„Laura!“

War Magdalene doch wieder zurückgekommen? Laura machte sicherheitshalber ein Auge auf.

Was war denn hier los? Da kniete schon wieder eine neben ihrem Bett. Diesmal war es Jasmin. Die benahmen sich ja alle, als wollten sie Abschied nehmen, weil Laura im Sterben lag.

„Gehst du auch nach Paris?“, fragte Laura verschlafen.

Jasmin kicherte.

„Nein, nur einkaufen“, erklärte sie. „Ein Geschenk für meine Mutter.“

„Dann lass mich weiterschlafen“, murmelte Laura und wollte Jasmin den Rücken zudrehen.

Wieder rüttelte Jasmin an ihrer Schulter.

„Ich komme dann nicht mehr hierher, sondern gehe gleich zu meiner Mutter“, sagte sie.

„Du kommst morgen wieder?“, erkundigte sich Laura.

„Ja.“

„Ja, gut. Dann Frohe Weihnachten, und feiert schön“, brummte Laura. „Von jetzt an empfange ich nur noch Leute, die sich für mindestens ein Jahr verabschieden.“

„Das ist dann wohl mein Stichwort“, sagte Nicole, die in der Tür stand. Jasmin ging nach draußen.

„Du fliegst jetzt nach Kanada?“, fragte Laura.

„Nein.“ Nicole setzte sich auf Lauras Bett. „Meine Oma hat meinem Vater Geld geschickt. Wir ziehen zusammen in ein besseres Hotel und warten dort, bis wir einreisen dürfen.“

„Einreisen?“, wiederholte Laura verständnislos.

Nicole nickte grimmig. „Daran hatten wir anfangs nicht gedacht. Für Kanada braucht man ein Visum. Und das sollte möglichst erteilt werden, ohne dass mein Vater als Vorbestrafter und ich als Heimausreißerin enttarnt werden.“

„Und wie soll das gehen?“, wollte Laura wissen.

„Mein Vater kennt da ein paar Leute“, sagte Nicole vage. „Es wird schon klappen. Und wenn nicht, dann – na ja –“ Sie zuckte die Achseln.

„Sehen wir uns noch, bevor du fliegst?“, erkundigte sich Laura. Sie wollte die Anzahl der Lebewohls für diesen Tag lieber gering halten.

„Wahrscheinlich nicht“, zerstörte Nicole ihre Hoffnung. „Es ist ziemlich riskant für mich, noch mal herzukommen.“

Ehe Laura sich wehren konnte, nahm Nicole sie kurz in den Arm und stand wieder auf.

„Danke für deine Hilfe“, sagte sie. „Und Frohe Weihnachten.“

Tja, da war es nur noch eine, dachte Laura traurig.

Jetzt konnte sie beim besten Willen nicht mehr einschlafen. Sie stand auf und ging müde durch die leere Wohnung. Jasmin hatte Amigo mitgenommen. Dabei hätte sich Laura heute wirklich über jede Gesellschaft gefreut.

Sie schaltete den Fernseher ein und warf sich aufs Sofa. Sie wollte lieber die Stimmen im Fernsehen hören als die, die sich in ihrem Kopf meldeten.

Du bist wieder übrig geblieben, sagten die Stimmen. Und: Jeder hat Zukunftspläne, nur du nicht!

„Hey!“, rief Laura den Stimmen zu. „Ich habe Pläne! Ich gehe heute zu meinen künftigen Eltern. Ich feiere Weihnachten mit einer echten Familie!“

Irgendwie ließen sich die Stimmen nicht überzeugen.

Den restlichen Tag verbrachte Laura mit Tom Cruise, Eddy Murphy und einigen ihrer Kollegen. Gegen fünf war es draußen schon stockdunkel. Mühsam streckte sie sich, gähnte noch mal ausgiebig und beschloss, sich fertig zu machen.

Sie stand auf und ging in ihr Zimmer. Dort fischte sie unter dem Bett den Karton hervor. Jetzt war also der entscheidende Augenblick gekommen. Sie öffnete die Schachtel und nahm vorsichtig das Kleid heraus. Dann zog sie sich bis auf die Unterwäsche aus und stieg langsam hinein. Erst schlüpfte sie in den linken Ärmel, dann in den rechten. Danach hob sie das Oberteil auf die richtige Höhe und langte auf ihren Rücken.

„Oh bitte, bitte, bitte geh zu!"

Behutsam zog sie den Reißverschluss hoch, Zentimeter für Zentimeter – und plötzlich war das Kleid zu. Und – oh Wunder! – Laura bekam sogar noch ein bisschen Luft.

Auf Zehenspitzen – um nicht auf den Saum zu treten – lief sie ins Badezimmer und stellte sich mit geschlossenen Augen vor den Spiegel. Sie machte die Augen auf und sah – eine Prinzessin.

Laura wirkte mindestens fünf Jahre älter und richtig schlank. Der lange Rockteil schwang um ihre Knöchel, wenn sie sich drehte, und das Oberteil hob ihren Busen bis fast unters Kinn. Wow! Genauso hatte sie sich das vorgestellt.

Sie fand, das Kleid stand ihr viel besser als der blöden, dürren Schaufensterpuppe in der Boutique.

Ja, so konnte sie sich bei ihren zukünftigen Eltern sehen lassen.

Sie schmierte noch ein bisschen Gel in ihre Haare, benutzte Jasmins roten Lippenstift und konnte kaum den

Blick vom Spiegel abwenden. Sollte sie ihn nicht mitnehmen für unterwegs?

Auf Zehenspitzen kehrte Laura zurück in ihr Zimmer und zog dort Jasmins schwarze Stöckelschuhe an. Die waren zwar etwas klein, aber sie würde ja nicht weit laufen müssen. Dann schlüpfte sie in ihre Jacke und schaltete das Licht aus.

Auf dem Weg zum Bahnhof überlegte sie, ob es nicht besser wäre, die Streifs vorher noch mal anzurufen. Nur für den Fall, dass sie sie erst später erwarteten. Sie wollte auf keinen Fall einen schlechten Eindruck machen. Schließlich hing verdammt viel von diesem Abend ab.

Schnurstracks marschierte sie in die nächste Telefonzelle und wählte die Nummer, die sie von dem seltsamen Ehepaar bekommen hatte.

„Hier Streif. Frohe Weihnachten!", zwitscherte die Stimme von Frau Streif. Laura kapierte nicht, warum sie nicht erst mal abwartete, wer dran war. Vielleicht wollte sie demjenigen dann gar nicht mehr Frohe Weihnachten wünschen.

„Guten Abend, Frau Streif", sagte sie höflich. „Hier spricht Laura. Ich wollte mich nur erkundigen, ob es in Ordnung ist, wenn ich jetzt vorbeikomme."

„Nun", meinte Frau Streif. „Nach dem gregorianischen Kalender ist heute der vierundzwanzigste Dezember, also Heiligabend."

Was für'n Gregor?, fragte sich Laura verwirrt.

„Für diesen Tag haben wir dich eingeladen. Nach mitteleuropäischer Zeit ist es jetzt siebzehn Uhr fünfundvierzig."

Mitteleuropäische Zeit? So redeten nur Offiziere in saudämlichen Kriegsfilmen. Planten die eine militärische Operation oder ein Abendessen?

„Wir haben dich für den Abend eingeladen. Der beginnt nach allgemeiner Konvention um achtzehn Uhr. Du bist also in einer Viertelstunde herzlich willkommen im Hause der Streifs."

Konvention? Konnte die Frau denn kein Deutsch?

„Heißt das, ich kann jetzt kommen?", fragte Laura sicherheitshalber noch mal nach.

„Natürlich, mein Kind!", sagte Frau Streif so mitleidig, als hätte sie das eben schon dreißigmal wiederholt. „Aber ich hoffe, du erwartest heute Abend kein Geschenk von uns."

Wie bitte? Natürlich erwartete Laura ein Geschenk. Heute war schließlich Weihnachten. Wer Laura als *mein Kind* anredete, musste dafür Schmerzensgeld zahlen, mindestens in Höhe einer CD.

„Wir haben beschlossen, erst einmal die weitere Entwicklung unserer Beziehung abzuwarten, ohne dich mit teuren Geschenken zu unseren Gunsten einnehmen zu wollen."

War Miss Föhnwelle noch ganz dicht?

„Sehr vernünftig", sagte Laura höflich.

„Im Übrigen sollte ich dich vorwarnen. Um unser Mitleid mit den Armen der Welt zu bekunden, verzichten mein Mann und ich am Heiligen Abend auf ein opulentes Mahl. Wir empfinden dies als Affront gegen alle Hunger Leidenden."

Moment mal! Nix zu futtern an Heiligabend? Schöne Bescherung!

„Heißt das, es steht kein Essen auf dem Tisch?", kreischte Laura fast.

„So ist es", bestätigte Frau Streif. „Aber wir werden sicher trotzdem viel Spaß haben. Vor allem mit den Wissensspielen. Kennst du Trivial Pursuit?"

Oh Gott! Der größte Schwachsinn, der seit Erfindung der

Schule auf die Menschheit losgelassen worden war! Laura platzte der Kragen. Und fast auch das Kleid, so heftig rang sie vor lauter Zorn nach Atem.

„Vergessen Sie's!", brüllte sie in den Hörer. „Was ist das denn für eine Scheiße? Heiligabend nichts zu essen? Und keine Geschenke? Und dafür stundenlang Trivial Pursuit spielen?"

Frau Streif schwieg.

„Kein Wunder, dass das mit Ihren Adoptivkindern nie geklappt hat!", fuhr Laura fort. „Die hatten Angst zu verhungern. Ich geb Ihnen mal 'nen guten Rat: Wenn Sie unbedingt ein Kind haben wollen, dann tun Sie und Ihr Mann gefälligst was dafür! Zum Beispiel ab und zu mal beide auf der gleichen Seite des Bettes schlafen. Oder verzichten Sie darauf auch? Vielleicht aus Mitleid mit allen Singles dieser Welt?"

Stinksauer knallte Laura den Hörer auf die Gabel, eilte zum nächsten Kiosk und kaufte eine große Flasche Cola und jede Menge Süßigkeiten.

Wenn sie sich ranhielt, schaffte sie es vielleicht, dass ihr Kleid von selbst aufging – entlang den Nähten!

23. Kapitel

Hey, für Weihnachten hatten sich die Typen vom Fernsehen ja so richtig ins Zeug gelegt! Einige uralte Komödien, ein paar Action-Reißer mit Schwarzenegger und haufenweise schnarchige Familienfilme mit Weihnachten im Titel. Laura fühlte sich nicht besonders wohl. Die Wohnung wirkte riesig und leer. Und totenstill, als sie die

Kiste ausschaltete. Schluss! Laura hatte absolut keine Lust, ihren Heiligen Abend auf dem Sofa vor der Mattscheibe zu verbringen. Sie ging in Magdalenes Zimmer und schleppte die kleine Zimmerpalme ins Wohnzimmer. Dann riss sie eine Tüte Popcorn auf. In amerikanischen Filmen fädelten sie die Dinger auf und hängten die Ketten auf den Baum. Das dauerte Laura entschieden zu lange. Sie befestigte das Popcorn an einem Klebeband und warf es über die Zweige. Dann holte sie eine Rolle Klopapier und wickelte es um den Stamm der Palme. Sah doch schon ganz gut aus. Jetzt fehlte nur noch etwas Farbe. Das einzige Bunte, das Laura einfiel, waren Magdalenes Socken. Sie holte ein Paar rote, ein Paar blaue, ein Paar grüne und ein Paar violette aus ihrem Schrank und legte sie über die Blätter der Palme. Dann trat sie einen Schritt zurück und begutachtete ihr Werk. Sehr schön. Jetzt brauchte sie nur noch Weihnachtsmusik. Sie schaltete wieder den Fernseher ein. MTV. Doch dort liefen die gleichen Videos wie immer, also nichts Weihnachtliches. Schließlich fand Laura einen Knabenchor, der Weihnachtslieder plärrte. Sie holte eine Kerze aus der Küche, zündete sie an und stellte sie auf den Tisch. So, jetzt war alles perfekt. Der Film konnte beginnen: Heiligabend von und mit Laura Alleinzuhaus. In diesem Moment klingelte es an der Tür. Laura zuckte erschrocken zusammen und überlegte. Lilli feierte bei ihrer Schwester, und Felipe hatte Geld von seinen Eltern geschickt bekommen, damit er Weihnachten in Andalusien verbringen konnte. Wer sollte also um neun Uhr abends hier noch klingeln? Voller Neugier stand Laura auf und ging zur Tür. „Wer ist da?“, fragte sie in die Sprechanlage.

„Nicole.“

Verwundert drückte Laura auf den Summer und öffnete

die Wohnungstür. Nicole trippelte im Eiltempo die Stufen hinauf. Kaum war sie drin, schloss sie die Tür hinter sich.

„Keine Angst“, versuchte Laura, sie zu beruhigen. „Lilli und Felipe sind nicht da.“

„So eine Scheiße!“, rief Nicole.

Jetzt verstand Laura überhaupt nichts mehr.

„Wolltest du etwa zu ihnen?“, fragte sie verblüfft.

Nicole schüttelte den Kopf und ging ins Wohnzimmer. „Mein Vater!“, schrie Nicole außer sich vor Wut. „Der Arsch hat mir einen Brief geschrieben. Er ist bei einem Freund in Berlin. Er muss angeblich über einiges nachdenken.“ Sie warf sich aufs Sofa. „Als ob er nicht im Gefängnis mehr als genug Zeit zum Nachdenken gehabt hätte!“

Laura setzte sich neben sie. „Und Kanada?“, fragte sie.

Nicole schüttelte den Kopf. „Aufgeschoben, schreibt er. Toll! In zwei Jahren kann ich allein und legal hinfahren, dann brauch ich ihn auch nicht mehr.“

Irgendwas an Nicoles Verhalten störte Laura.

„Und du bist jetzt traurig?“, wollte sie von Nicole wissen.

„Na klar!“, erklärte sie barsch. „Warum fragst du so blöd?“

„Ach, komm schon!“, sagte Laura. „Du wolltest in ein Land, das du nicht kennst und dessen Sprache du nicht sprichst. Ohne Geld und zusammen mit einem Vater, den du in den letzten acht Jahren ein dutzend Mal gesehen hast. Bist du nicht ein bisschen erleichtert, dass die Sache gestorben ist?“

„Nein“, sagte Nicole. „Und wenn, dann würde ich es nicht zugeben.“

Plötzlich wurde die Wohnungstür zugeschlagen.

„Der Weihnachtsmann!“, flüsterte Laura und sauste aus dem Wohnzimmer. „Fröhliche Weihnachten!“, summte ihr

Magdalene entgegen und umarmte sie. Hinter ihr tauchte Jasmin auf, gefolgt von Amigo.

„Hallo!“, rief Laura. „Ratet mal, wer da drin wartet!“

„Ein Berg mit Geschenken?“, fragte Jasmin.

„Nein: Nicole!“

Die Mädchen gingen ins Wohnzimmer und fielen sich um den Hals. Amigo bellte so laut, dass man die zarten Knabenstimmchen aus dem Fernseher nicht mehr hören konnte. Nachdem sich alle einigermaßen beruhigt hatten, fragte Laura Jasmin: „Was ist passiert?“

„Es schneit und ist eiskalt draußen“, erklärte die. „Also dachte ich, ich komme mal hier rauf und wärme mich ein bisschen auf.“

„Heißt das, deine Mutter war –“

Jasmin nickte traurig.

„Besoffen!“ Sie zog den Mantel aus und ließ sich neben der Heizung auf dem Teppich nieder.

„Scheiße!“, murmelte Laura. Dann wandte sie sich Magdalene zu. „Und wieso bist du nicht nach Paris gefahren?“

„Bin ich ja“, erwiderte Magdalene. „Aber ich bin nur bis Aachen gekommen. Da ist mir nämlich klar geworden, dass Lilli und Felipe vermutlich ihren Job verlieren, wenn ich einfach so verschwinde. Und dass ihr Trantüten ohne mich auch nicht richtig klarkommt. Also bin ich ausgestiegen, hab Maurice ein schönes Fest gewünscht und bin mit dem Zug zurückgefahren. Na? Bin ich nicht ein Goldstück?“

Die Antwort darauf musste verschoben werden. Denn in diesem Moment fuhren alle vier Mädchen gleichzeitig hoch. Ein Schlüssel drehte sich im Schloss. Dann hörten sie schwere Schritte im Flur.

„Was ist denn hier los?“, fragte Felipe erstaunt. „Die heilige Familie? Ein bisschen einseitig mit vier Marias, oder?“

„Na, jetzt haben wir ja auch einen Ochsen“, lachte Laura.

Nicole war zur Salzsäule erstarrt.

„Wolltest du nicht nach Andalusien?“, fragte Magdalene.

„Wollte ich“, antwortete Felipe grimmig. „Bis mich meine Mutter am Telefon total fertig gemacht hat, weil ich noch nicht verheiratet bin und keine Kinder habe. Das wollte ich mir ersparen. Drüben, in unserer Wohnung, haben wir schon die Heizung ausgeschaltet. Also dachte ich, ich warte hier, bis es nebenan wieder warm wird.“

Er ließ sich aufs Sofa fallen. „Übrigens: Hallo, Nicole. Wie geht es denn so?“, sagte er seelenruhig.

„Du bist nicht überrascht, sie zu sehen?“, fragte Laura.

„Ach, Leute!“ Felipe schüttelte den Kopf. „Ihr müsst Lilli und mich wirklich für die allerletzten Vollidioten halten. Als ob wir nicht die ganze Zeit gewusst hätten, wo Nicole untergeschlüpft ist! Natürlich hat uns das Heim verständigt, dass Nicole abgehauen ist. Wir haben denen erzählt, wir hätten sie eingeladen. Und uns gebührend entschuldigt, dass wir sie nicht vorher informiert haben.“

Felipe wandte sich an Nicole. „Sie erwarten dich am zweiten Januar zurück. So, und jetzt darfst du danke sagen.“

„Danke“, hauchte eine völlig verblüffte Nicole.

„Was ist?“, fragte Felipe in die Runde. „Können wir jetzt Weihnachten feiern?“

„Moment!“, rief Laura und lief in ihr Zimmer. Zwei Minuten später kam sie in ihrem schwarzen Kleid zurück. Nachdem ihr alle Anwesenden bestätigt hatten, dass sie darin toll aussah, zog sich Laura wieder bequeme Klamotten an.

Auf dem Weg zurück ins Wohnzimmer dachte sie kurz an die Streifs, die jetzt an einem leeren Esstisch saßen und sich gegenseitig anödeten. Nein, Laura brauchte keine Familie – sie hatte was Besseres.

Hinter *C. B. Lessmann* verbirgt sich ein kreatives Autorenteam, das seit vielen Jahren Kinder- und Jugendbücher schreibt.

Wenn die Autoren nicht zwischen Wien und Düsseldorf hin- und herpendeln, sammeln sie auf zahlreichen Lesungen Ideen für neue Bücher. In der WG der *sisters* sind sie inzwischen genauso zu Hause wie ihre drei Hauptfiguren.

Drei Mädels raufen sich zusammen ...

- Verliebt, verlobt und ungeküsst
- Katzenjammer auf Wolke sieben
- Popstars, Pleiten, Peinlichkeiten
- Eine für alle, jede für sich
- Lebe wild und küsse sanft